汪曾祺

作者，摄于二十世纪九十年代初

汪曾祺

独坐小品

河南文艺出版社

图书在版编目（CIP）数据

汪曾祺集:10卷本/汪曾祺著. —郑州:河南文艺出版社，
2019.1（2021.3重印）

ISBN 978-7-5559-0788-6

Ⅰ.①汪…　Ⅱ.①汪…　Ⅲ.①短篇小说-小说集-中国-
当代②散文集-中国-当代　Ⅳ.①I217.2

中国版本图书馆 CIP 数据核字（2018）第 275736 号

汪曾祺集

李建新　编订

出版发行　河南文艺出版社
本社地址　郑州市郑东新区祥盛街 27 号 C 座 5 楼
邮政编码　450018
承印单位　河南瑞之光印刷股份有限公司
经销单位　新华书店
纸张规格　787 毫米×1092 毫米　1/32
总 印 张　109.625
总 字 数　1900 000
版　　次　2019 年 1 月第 1 版
印　　次　2021 年 3 月第 2 次印刷
总 定 价　660.00 元（全 10 册）

印厂地址　河南省武陟县产业集聚区东区（詹店镇）泰安路
邮政编码　454950　　电话　0371-63956290

凡例

一、《汪曾祺集》共十种，包括小说集四种：《邂逅集》、《晚饭花集》、《菰蒲深处》、《矮纸集》；散文集六种：《晚翠文谈》、《蒲桥集》、《旅食集》、《塔上随笔》、《逝水》、《独坐小品》。

二、全书均以初版本或初刊本为底本，参校各种文集及作者部分手稿、手校本。不论所据底本为何种形式，全书统一为简体横排。

三、底本误植者，或据校本，或据上下文可明确推断所误为何，由编者径改。异体字可见作者习惯者不做改动；通假字，方言用字，象声词，及外国人名、地名译法，仍存旧貌。

四、在早期作品中，作者习惯使用或现代文学创作中尚不规范的"的"、"地"、"得"、"做"、"作"、"撩天"等特殊用法，悉仍其旧。

五、意义完全相同的同一字，及同一人、地、物名，保持局部（限于一篇）统一。

六、作者原注、编者注统一随文注于当页页脚，编者注特别标出。

七、独立引文统一使用仿宋体，另行起排，段首缩进两字。

八、作者自注的创作时间，一律在文后以中文数字标注。

目录

1

自序

我的孙女两岁多的时候（她现在已经九岁了），大人问她长大了干什么，她说："当作家。"——"什么是作家？"——"在家里坐着呗。"她大概看我老是坐着，故产生这样的"误读"。

我家有一对老沙发，还是我岳父手里置的，已经有好几十年，面料换了不止一次，但还能坐。坐在老沙发里和坐在真羊皮面新沙发里感觉有所不同。

我不能像王维"独坐幽篁里"那样的潇洒，也不是"今者吾丧我"那样地块然枯坐，坐着，脑子里总会想一点事。东想想，西想想，情绪、思想、形象就会渐渐清晰起来，这就是通常所说的构思。我的儿女们看到我坐在沙发里"直眉瞪眼"，就知道我在捉摸一篇小说。到我考虑成熟了，他们也看得出来，就彼此相告："快点，快点，爸爸有一个蛋要下了，快给他腾个地方！"——我们家在甘家口住的时候，全家五口人只有一张三屉桌，老伴打字，孩子做作业，轮流用这张桌子。到我要下蛋的时候，他们就很自觉地让给我。我的小说大都是这样写出来的。

这二年我写小说较少，散文写得较多。写散文比写小说总要轻松一些，不要那样苦思得直眉瞪眼。但我还是习惯在沙发里坐着，把全文想得成熟了，然后伏案著笔。

这些散文大都是独坐所得，因此此集取名为《独坐小品》。

近二三年散文忽然兴旺起来，报刊发表散文多了，有些刊物每年要发一期散文专号，出版社也愿意出散文集，据说是散文现在走俏，行情好，销得出去。这事有点怪。这是很值得研究的文学现象。

与此有关的还有一种现象，是这些年涌现的散文作家多半是两种人：一是女性作家，一是老人。为什么？

女作家的感情、感觉比较细，比较清新，这是散文写作所需要的。老年写散文的多起来，除了因为"庾信文章老更成"，老年人的文笔比较成熟，比较干净，较自然，少做作，还因为老人阅历多一些，感慨较深，寄兴稍远。另外就是书读得比较多。说得更明白一些，就是老作家的散文比较有文化气息。大部分老作家的散文可以归入"学者散文"一类，有人说散文是老人的文体，这话似有贬意，即有些老作家的散文比较干枯，过于平直，不滋润，少才华。这也是实情。我今亦老矣，当以此为戒。

一九九三年三月二十六日

星斗其文,赤子其人

　　沈先生逝世后,傅汉斯、张充和从美国电传来一幅挽辞。字是晋人小楷,一看就知道是张充和写的。词想必也是她拟的。只有四句:

　　　　不折不从　　亦慈亦让

　　　　星斗其文　　赤子其人

　　这是嵌字格,但是非常贴切,把沈先生的一生概括得很全面。这位四妹对三姐夫沈二哥真是非常了解。——荒芜同志编了一本《我所认识的沈从文》,写得最好的一篇,我以为也应该是张充和写的《三姐夫沈二哥》。

　　沈先生的血管里有少数民族的血液。他在填履历表时,"民族"一栏里填土家族或苗族都可以,可以由他自由选择。湘西有少数民族血统的人大都有一股蛮劲,狠劲,做什么都要做出一个名堂。黄永玉就是这样的人。沈先生瘦瘦小小(晚年发胖了)，但是有用不完的精力。他小时是个顽童，爱游泳(他叫"游水")。进城后好像就不游了。三姐(师母张兆和)很想看他游一次泳，但是没有看到。我当然更没有看到过。他少年当兵，飘泊转徙，很少连续几晚睡在同一张床上。吃的东西，最好的不过是切成四方的大块猪肉(煮在豆芽菜汤里)。行军、拉船，锻炼出一副极富耐力的体魄。二十岁冒冒失失地闯到北平来，举目无亲。连标点符号都不会用，就想用手中一枝笔打出一个天下。经常为弄不到一点东西"消化消化"而发愁。冬天屋里生不起火，用被子围起来，还是不停地写。我一九四六年到上海，因为找不到职业，情绪很坏，他写信把我大骂了一顿，说："为了一时的困难，就这样哭哭啼啼的，甚至想到要自杀，真是没出息！你手中有一枝笔，怕什么！"他在信里说了一些他刚到北京时的情形。——同时又叫三姐从苏州写了一封很长的信安慰我。他真的用一枝笔打出了一个天下了。一个只读过小学的人，竟成了一个大作家，而且积累了那么多的学问，真是一个奇迹。

沈先生很爱用一个别人不常用的词："耐烦"。他说自己不是天才(他应当算是个天才)，只是耐烦。他对别人的称赞，也常说"要算耐烦"。看见儿子小虎搞机床设计时，说"要算耐烦"。看见孙女小红做作业时，也说"要算耐烦"。他的"耐烦"，意思就是锲而不舍，不怕费劲。一个时期，沈先生每个月都要发表几篇小说，每年都要出几本书，被称为"多产作家"，但是写东西不是很快的，从来不是一挥而就。他年轻时常常日以继夜地写。他常流鼻血。血液凝聚力差，一流起来不易止住，很怕人。有时夜间写作，竟致晕倒，伏在自己的一摊鼻血里，第二天才被人发现。我就亲眼看到过他的带有鼻血痕迹的手稿。他后来还常流鼻血，不过不那么厉害了。他自己知道，并不惊慌。很奇怪，他连续感冒几天，一流鼻血，感冒就好了。他的作品看起来很轻松自如，若不经意，但都是苦心刻琢出来的。《边城》一共不到七万字，他告诉我，写了半年。他这篇小说是《国闻周报》上连载的，每期一章。小说共二十一章，$21 \times 7 = 147$，我算了算，差不多正是半年。这篇东西是他新婚之后写的，那时他住在达子营。巴金住在他那里。他们每天写，巴老在屋里写，沈先生搬个小桌子，在院子里树荫下写。巴老写了一个长篇，沈先生写了《边城》。他称他的小说为"习作"，并不完全是谦虚。有些小说是为了教创作课给学生示范而写的，因此试验了各种方法。为了教学生写对话，有的小说通篇都用对话组成，如《若墨医生》；有的，一句对话也没有。《月下小景》确是为了履行许给张家小五的诺言"写故事给你看"而写的。同时，当然是为了试验一下"讲故事"的方法（这一组"故事"明显地看得出受了《十日谈》和《一千零一夜》的影响）。同时，也为了试验一下把六朝译经和口语结合的文体。这种试验，后来形成一种他自己说是"文白夹杂"的独特的沈从文体，在四十年代的文字（如《烛虚》）中尤为成熟。他的亲戚，语言学家周有光曾说"你的语言是古英语"，甚至是拉丁文。沈先生讲创作，不大爱说"结构"，他说是"组织"。我也比较喜欢"组织"这个词。"结构"过于理智，"组织"更带感情，较多作者的主观。他曾把一篇小说一条一条地裁开，用不同方法组织，看看哪一种形式更为合适。沈先生爱改自己的文章。他的原稿，一改再改，天头地脚页边，都是修改的字迹，蜘蛛网似的，这里牵出一条，那里牵出一条。作品发表了，改。成书了，改。看到自己的文章，总要改。有时改了多次，反而不如原来的，以至三姐后来不许他改了（三姐是沈先生文集的一个极其细心，极其认真的义务责任编辑）。沈先生的作品写得最快，最顺畅，改得最少的，只有一本《从文自传》。这本自传没有经过冥思苦想，只用了三个星期，一气呵成。

他不大用稿纸写作。在昆明写东西，是用毛笔写在当地出产的竹纸上的，自己折出印子。他也用钢笔，蘸水钢笔。他抓钢笔的手势有点像抓毛笔（这一点可以证明他不是洋学堂出身）。《长河》就是用钢笔写的，写在一个硬面的练习簿上，直行，两面写。他的原稿的字很清楚，不潦草，但写的是行书。不熟悉他的字体的排字工人是会感到困难的。他晚年写信写文章爱用秃笔淡墨。用秃笔写那样小的字，不但清楚，而且顿挫有致，真是一个功夫。

他很爱他的家乡。他的《湘西》、《湘行散记》和许多篇小说可以作证。他不止一次和我谈起棉花坡，谈起枫树坳，——一到秋天满城落了枫树的红叶。一说起来，不胜神往。黄永玉画过一张凤凰沈家门外的小巷，屋顶墙壁颇零乱，有大朵大朵的红花——不知是不是夹竹桃，画面颜色很浓，水气泱泱。沈先生很喜欢这张画，说："就是这样！"八十岁那年，和三姐一同回了一次凤凰，领着她看了他小说中所写的各处，都还没有大变样。家乡人闻知沈从文回来了，简直不知怎样招待才好。他说："他们为我捉了一只锦鸡！"锦鸡毛羽很好看，他很爱那只锦鸡，还抱着它照了一张相，后来知道竟作了他的盘中餐，对三姐说："真煞风景！"锦鸡肉并不怎么好吃。沈先生说及时大笑，但也表现出对乡人的殷勤十分感激。他在家乡听了傩戏，这是一种古调犹存的很老的弋阳腔。打鼓的是一位七十多岁的老人，他对年轻人打鼓失去旧范很不以为然。沈先生听了，说："这是楚声，楚声！"他动情地听着"楚声"，泪流满面。

沈先生八十岁生日，我曾写了一首诗送他，开头两句是：

犹及回乡听楚声，

此身虽在总堪惊。

端木蕻良看到这首诗，认为"犹及"二字很好。我写下来的时候就有点觉得这不大吉利，没想到沈先生再也不能回家乡听一次了！他的家乡每年有人来看他，沈先生非常亲切地和他们谈话，一坐半天。每当同乡人来了，原来在座的朋友或学生就只有退避在一边，听他们谈话。沈先生很好客，朋友很多。老一辈的有林宰平、徐志摩。沈先生提及他们时充满感情。没有他们的提挈，沈先生也许就会当了警察，或者在马路旁边"瘪了"。我认识他后，他经常来往的有杨振声、张奚若、金岳霖、朱光潜诸先生，梁思成、林徽音夫妇。他们的交往真是君子之交，既无朋党色彩，也无酒食征逐。清茶一杯，闲谈片刻。杨先生有一次托沈先生带信，让我到南锣鼓巷他的住处去，我以为有什么事。去了，只是他亲自给我煮一杯咖啡，让我看一本他收藏的姚茫父的册页。这册页的芯子只有火柴盒那样大，横的，是山水，用极富金石味的墨线勾轮廓，设极重的青绿，真是妙品。杨先生对待我这个初露头角的学生如此，则其接待沈先生的情形可知。杨先生和沈先生夫妇曾在颐和园住过一个时期，想来也不过是清晨或黄昏到后山谐趣园一带走走，看看湖里的金丝莲，或写出一张得意的字来，互相欣赏欣赏，其余时间各自在屋里读书做事，如此而已。沈先生对青年的帮助真是不遗余力。他曾经自己出钱为一个诗人出了第一本诗集。一九四七年，诗人柯原的父亲故去，家中拉了一笔债，沈先生提出卖字来帮助他。《益世报》登出了沈从文卖字的启事，买字的可定出规格，而将价款直接寄给诗人。柯原一九八〇年去看沈先生，沈先生才记起有这回事。他对学生的作品细心修改，寄给相熟的报刊，尽量争取发表。他这辈子为学生寄稿的邮费，加起来是一个相当可观的数字。抗战时期，通货膨胀，邮费也不断涨，往往寄一封信，信封正面反面都得贴满邮票。为了省一点邮费，沈先生总是把稿纸的天头地脚页边都裁去，只留一个稿芯，这样分量轻一点。稿子发表了，稿费寄来，他必为亲自送去。李霖灿在丽江画玉龙雪山，他的画都是寄到昆明，由沈先生代为出手的。我在昆明写的稿子，几乎无一篇不是他寄出去的。一九四六年，郑振铎、李健吾先生在上海创办《文艺复兴》，沈先生把我的《小学校的钟声》和《复仇》寄去。这两篇稿子写出已经有几年，当时无地方可发表。稿子是用毛笔楷书写在学生作文的绿格本上的，郑先生收到，发现稿纸上已经叫蠹虫蛀了好些洞，使他大为激动。沈先生对我这个学生是很喜欢的。为了躲避日本飞机空袭，他们全家有一阵住在呈贡新街，后迁跑马山桃源新村。沈先生有课时进城住两三天。他进城时，我都去看他，交稿子，看他收藏的宝贝，借书。沈先生的书是为了自己看，也为了借给别人看的。"借书一痴，还书一痴"，借书的痴子不少，还书的痴子可不多。有些书借出去一去无踪。有一次，晚上，我喝得烂醉，坐在路边，沈先生到一处演讲回来，以为是一个难民，生了病，走近看看，是我！他和两个同学把我扶到他住处，灌了好些酽茶，我才醒过来。有一回我去看他，牙疼，腮帮子肿得老高。沈先生开了门，一看，一句话没说，出去买了几个大橘子抱着回来了。沈先生的家庭是我见到的最好的家庭，随时都在亲切和谐气氛中。两个儿子，小龙小虎，兄弟怡怡。他们都很高尚清白，无丝毫庸俗习气，无一句粗鄙言语，——他们都很幽默，但幽默得很温雅。一家人于钱上都看得很淡。《沈从文文集》的稿费寄到，九千多元，大概开过家庭会议，又从存款中取出几百元，凑成一万，寄到家乡办学。沈先生也有生气的时候，也有极度烦恼痛苦的时候，在昆明，在北京，我都见到过，但多数时候都是笑眯眯的。他总是用一种善意的、含情的微笑，来看这个世界的一切。到了晚年，喜欢放声大笑，笑得合不拢嘴，且摆动双手作势，真像一个孩子。只有看破一切人事乘除，得失荣辱，全置度外，心地明净无渣滓的人，才能这样畅快地大笑。

沈先生五十年代后放下写小说散文的笔（偶然还写一点，笔下仍极活泼，如写纪念陈翔鹤文章，实写得极好），改业钻研文物，而且钻出了很大的名堂，不少中国人、外国人都很奇怪。实不奇怪。沈先生很早就对历史文物有很大兴趣。他写的关于展子虔游春图的文章，我以为是一篇重要文章，从人物服装颜色式样考订图画的年代和真伪，是别的鉴赏家所未注意的方法。他关于书法的文章，特别是对宋四家的看法，很有见地。在昆明，我陪他去遛街，总要看看市招，到裱画店看看字画。昆明市政府对面有一堵大照壁，写满了一壁字（内容已不记得，大概不外是总理遗训），字有七八寸见方大，用二爨掺一点北魏造像题记笔意，白墙蓝字，是一位无名书家写的，写得实在好。我们每次经过，都要去看看。昆明有一位书法家叫吴忠荩，字写得极多，很多人家都有他的字，家家裱画店都有他的刚刚裱好的字。字写得很熟练，行书，只是用笔枯扁，结体少变化。沈先生还去看过他，说"这位老先生写了一辈子字！"意思颇为他水平受到限制而惋惜。昆明碰碰撞撞都可见到黑漆金字抱柱楹联上钱南园的四方大颜字，也还值得一看。沈先生到北京后即喜欢搜集瓷器。有一个时期，他家用的餐具都是很名贵的旧瓷器，只是不配套，因为是一件一件买回来的。他一度专门搜集青花瓷。买到手，过一阵就送人。西南联大好几位助教、研究生结婚时都收到沈先生送的雍正青花的茶杯或酒杯。沈先生对陶瓷赏鉴极精，一眼就知是什么朝代的。一个朋友送我一个梨皮色釉的粗瓷盒子，我拿去给他看，他说："元朝东西，民间窑！"有一阵搜集旧纸，大都是乾隆以前的。多是染过色的，瓷青的、豆绿的、水红的，触手细腻到像煮熟的鸡蛋白外的薄皮，真是美极了。至于茧纸、高丽发笺，那是凡品了。（他搜集旧纸，但自己舍不得用来写字。晚年写字用糊窗户的高丽纸，他说："我的字值三分钱。"）

在昆明，搜集了一阵耿马漆盒。这种漆盒昆明的地摊上很容易买到，且不贵。沈先生搜集器物的原则是"人弃我取"。其实这种竹胎的，涂红黑两色漆，刮出极繁复而奇异的花纹的圆盒是很美的。装点心，装花生米，装邮票杂物均合适，放在桌上也是个摆设。这种漆盒也都陆续送人了。客人来，坐一阵，临走时大都能带走一个漆盒。有一阵研究中国丝绸，弄到许多大藏经的封面，各种颜色都有：宝蓝的、茶褐的、肉色的，花纹也是各式各样。沈先生后来写了一本

《中国丝绸图案》。有一阵研究刺绣。除了衣服、裙子，弄了好多扇套、眼镜盒、香袋。不知他是从哪里"寻摸"来的。这些绣品的针法真是多种多样。我只记得有一种绣法叫"打子"，是用一个一个丝线疙瘩缀出来的。他给我看一种绣品，叫"七色晕"，用七种颜色的绒绣成一个团花，看了真叫人发晕。他搜集、研究这些东西，不是为了消遣，是从发现、证实中国历史文化的优越这个角度出发的，研究时充满感情。我在他八十岁生日写给他的诗里有一联：

> 玩物从来非丧志，
>
> 著书老去为抒情。

这全是记实。沈先生提及某种文物时常是赞叹不已。马王堆那副不到一两重的纱衣，他不知说了多少次。刺绣用的金线原来是盲人用一把刀，全凭手感，就金箔上切割出来的。他说起时非常感动。有一个木俑（大概是楚俑）一尺多高，衣服非常特别：上衣的一半（连同袖子）是黑色，一半是红的；下裳正好相反，一半是红的，一半是黑的。沈先生说："这真是现代派！"如果照这样式（一点不用修改）做一件时装，拿到巴黎去，由一个长身细腰的模特儿穿起来，到表演台上转那么一转，准能把全巴黎都"镇"了！他平生搜集的文物，在他生前全都分别捐给了几个博物馆、工艺美术院校和工艺美术工厂，连收条都不要一个。

沈先生自奉甚薄。穿衣服从不讲究。他在《湘行散记》里说他穿了一件细毛料的长衫，这件长衫我可没见过。我见他时总是一件洗得褪了色的蓝布长衫，夹着一摞书，匆匆忙忙地走。解放后是蓝卡其布或涤卡的干部服，黑灯芯绒的"懒汉鞋"。有一年做了一件皮大衣（我记得是从房东手里买的一件旧皮袍改制的，灰色粗线呢面），他穿在身上，说是很暖和，高兴得像一个孩子。吃得很清淡。我没见他下过一次馆子。在昆明，我到文林街二十号他的宿舍去看他，到吃饭时总是到对面米线铺吃一碗一角三分钱的米线。有时加一个西红柿，打一个鸡蛋，超不过两角五分。三姐是会做菜的，会做八宝糯米鸭，炖在一个大砂锅里，但不常做。他们住在中老胡同时，有时张充和骑自行车到前门月盛斋买一包烧羊肉回来，就算加了菜了。在小羊宜宾胡同时，常吃的不外是炒四川的菜头，炒茨菇。沈先生爱吃茨菇，说"这个好，比土豆'格'高"。他在《自传》中说他很会炖狗肉，我在昆明，在北京都没见他炖过一次。有一次他到他的助手王亚蓉家去，先来看看我（王亚蓉住在我们家马路对面，——他七十多了，血压高到二百多，还常为了一点研究资料上的小事到处跑），我让他过一会来吃饭。他带来一卷画，是古代马戏图的摹本，实在是很精彩。他非常得意地问我的女儿："精彩吧？"那天我给他做了一只烧羊腿，一条鱼。他回家一再向三姐称道："真好吃。"他经常吃的荤菜是：猪头肉。

他的丧事十分简单。他凡事不喜张扬，最反对搞个人的纪念活动。反对"办生做寿"。他生前累次嘱咐家人，他死后，不开追悼会，不举行遗体告别。但火化之前，总要有一点仪式。新华社消息的标题是沈从文告别亲友和读者，是合适的。只通知少数亲友。——有一些景仰他的人是未接通知自己去的。不收花圈，只有约二十多个布满鲜花的花篮，很大的白色的百合花、康乃馨、菊花、莒兰。参加仪式的人也不戴纸制的白花，但每人发给一枝半开的月季，行礼后放在遗体边。不放哀乐，放沈先生生前喜爱的音乐，如贝多芬的"悲怆"奏鸣曲等。沈先生面色如生，很安详地躺着。我走近他身边，看着他，久久不能离开。这样一个人，就这样地去了。我看他一眼，又看一眼，我哭了。

沈先生家有一盆虎耳草，种在一个椭圆形的小小钧窑盆里。很多人不认识这种草。这就是《边城》里翠翠在梦里采摘的那种草，沈先生喜欢的草。

一九八八年五月二十六日

吴雨僧先生二三事

吴宓（雨僧）先生相貌奇古。头顶微尖，面色苍黑，满脸刮得铁青的胡子，有学生形容他的胡子之盛，说是他两边脸上的胡子永远不能一样：刚刮了左边，等刮右边的时候，左边又长出来了。他走路很快，总是提了一根很粗的黄藤手杖。这根手杖不是为了助行，而是为了矫正学生的步态。有的学生走路忽东忽西，挡在吴先生的前面，吴先生就用手杖把他拨正。吴先生走路是笔直的，总是匆匆忙忙的。他似乎没有逍遥闲步的时候。

吴先生是西语系的教授。他在西语系开了什么课我不知道。他开的两门课是外系学生都可以选读或自由旁听的。一门是"中西诗之比较"，一门是"红楼梦"。

"中西诗之比较"第一课我去旁听了。不料他讲的第一首诗却是：

> 一去二三里，
>
> 烟村四五家。
>
> 楼台六七座，
>
> 八九十枝花。

吴先生认为这种数字的排列是西洋诗所没有的。我大失所望了，认为这讲得未免太浅了，以后就没有再去听，其实讲诗正应该这样：由浅入深。数字入诗，确也算得是中国诗的一个特点。骆宾王被人称为"算博士"。杜甫也常以数字为对，如"两个黄鹂鸣翠柳，一行白鹭上青天"，"窗含西岭千秋雪，门泊东吴万里船"。吴先生讲课这样的"卑之无甚高论"，说明他治学的朴实。

"红楼梦"是很"叫座"的，听课的学生很多，女生尤其多。我没有去听过，但知道一件事。他一进教室，看到有些女生站着，就马上出门，到别的教室去搬椅子。联大教室的椅子是不固定的，可以搬来搬去。吴先生以身作则，听课的男士也急忙蜂拥出门去搬椅子。到所有女生都已坐下，吴先生才开讲。吴先生讲课内容如何，不得而知。但是他的行动，很能体现"贾宝玉精神"。

文林街和府甬道拐角处新开了一家饭馆，是几个湖南学生集资开的，取名"潇湘馆"，挂了一个招牌。吴先生见了很生气，上门向开馆子的同学抗议：林妹妹的香闺怎么可以作为一个饭馆的名字呢！开饭馆的同学尊重吴先生的感情，也很知道他的执拗的脾气，就提出一个折中的方案，加一个字，叫做"潇湘饭馆"。吴先生勉强同意了。

听说陈寅恪先生曾说吴先生是《红楼梦》里的妙玉，吴先生以为知己。这个传说未必可靠，也许是哪位同学编出来的。但编造得颇为合理，这样的编造安在陈先生和吴先生的头上，都很合适。

吴先生长期过着独身生活，吃饭是"打游击"。他经常到文林街一家小饭馆去吃牛肉面。这家饭馆只有一间门脸，卖的也只是牛肉面。小饭馆的老板很尊重吴先生。抗战期间，物价飞涨，小饭馆随时要调整价目。每次涨价，都要征得吴先生同意。吴先生听了老板说明涨价的理由，把老的价目表撤下，在一张红纸上毛笔正楷写一张新的价目表贴在墙上：炖牛肉多少钱一碗，牛肉面多少钱一碗，净面多少钱一碗。

抗战胜利，三校（西南联大是清华、北大、南开联合起来的）复原，不知道为什么吴先生没有回清华（他是老清华了），我就没有再见到吴先生。有一阵谣传他在四川出了家，大概是因为他字"雨僧"而附会出来的。后来打听到他辗转在武汉大学、香港大学教书，最后落到北碚师范学院。①
"文化大革命"中挨斗得很厉害。罪名之一，是他曾是"学衡派"，被鲁迅骂过。这是一篇老账了，不知道造反派怎么翻了出来。他在挨斗中跌断了腿。他不能再教书，一个月只能领五十元生活费。他花三十七块钱雇了一个保姆，只剩下十三块钱，实在是难以度日，后来他回到陕西，死在老家。吴先生可以说是穷困而死。一个老教授，落得如此下场，哀哉！

一九八九年一月七日

① 实为西南师范学院，后改为西南师范大学，即今西南大学。校址在北碚。——编者注

唐立厂先生

唐立厂①先生名兰，"立厂"是兰的反切。离名之反切为字，西南联大教授中有好几位。如王力——了一。这大概也是一时风气。

唐先生没有读过正式的大学，只在唐文治办的无锡国学馆读过，但因为他的文章为王国维、罗振玉所欣赏，一夜之间，名满京师。王国维称他为"青年文字学家"。王国维岂是随便"逢人说项"者乎？这样，他年轻轻地就在北京、辽宁（唐先生谓之奉天）等大学教了书。他在西南联大时已经是教授。他讲"说文解字"时，有几位已经很有名的教授都规规矩矩坐在教室里听。西南联大有这样一个好学

---

① 厂读庵。

风：你有学问，我就听你的课，不觉得这有什么丢人。唐先生对金文甲骨都有很深的研究。尤其是甲骨文。当时治甲骨文的学者号称有"四堂"：观堂（王国维）、雪堂（罗振玉）、彦堂（董作宾）、鼎堂（郭沫若），其实应该加上一厂（唐立厂）。难得的是他治学无门户之见。郭沫若研究古文字是自学，无师承，有些右派学者看不起他，唐立厂独不然，他对郭沫若很推崇，在一篇文章中说过："鼎堂导夫先路"，把郭置于诸家之前。他提起郭沫若总是读其本字"郭沫若"，沫音妹，不读泡沫的沫。唐先生是无锡人，说话用吴语，"郭"、"若"都是入声，听起来有一种特殊的味道，让人觉得亲切。唐先生说诸家治古文字是手工业，一个字一个字地认，他是小机器工业。他认出一个"斤"字，于是凡带斤字偏旁的字根都迎刃而解，一认一大批。在当时认古文字数量最多的应推唐立厂。

唐先生兴趣甚广，于学无所不窥。有一年教词选的教授休假，他自告奋勇，开了词选课。他的教词选实在有点特别。他主要讲《花间集》，《花间集》以下不讲。其实他讲词并不讲，只是打起无锡腔，把这一首词高声吟唱一遍，然后加一句短到不能再短的评语。

"'双鬓隔香红啊，

玉钗头上风。'

——好！真好！"

这首词就算讲完了。学生听懂了没有？听懂了！从他的作梦一样的声音神情中，体会到了温飞卿此词之美了。讲是不讲，不讲是讲。

唐先生脑袋稍大，一年只理两次发，头发很长，他又是个鬈发，从后面看像一只狻猊，——就是芦沟桥上的石狮子，也即是耍狮子舞的那种狮子，不是非洲狮子。他有一阵住在大观楼附近的乡下。请了一个本地的女孩子照料生活，洗洗衣裳，做饭。唐先生爱吃干巴菌，女孩子常给他炒青辣椒干巴菌。有时请几个学生上家里吃饭，必有这一道菜。

唐先生有过一段 Romance，他和照料他生活的女孩子有了感情，为她写了好些首词。他也并不讳言，反而抄出来请中文系的教授、讲师传看。都是"花间体"。据我们系主任罗常培（莘四）说："写得很艳！"

唐先生说话无拘束，想到什么就说。有一次在办公室说起闻一多、罗膺中（庸），这是两个中文系上课最"叫座"的教授。闻先生教楚辞、唐诗、古代神话，罗先生讲杜诗。他们上课，教室里座无虚席，有一些工学院学生会从拓东路到大西门，穿过整个昆明城赶来听课。唐立厂当着系里很多教员、助教，大声评论他们二位："闻一多集穿凿附会之大成；罗膺中集啰唆之大成！"他的无锡语音使他的评论更富力度。教员、助教互相看看，不赞一词。"处世无奇但率真"，唐立厂先生是一个胸无渣滓的率真的人。他的评论并无恶意，也绝无"打击别人，抬高自己"的用心。他没有想到这句话传到闻先生、罗先生耳中会不会使他们生气。也没有无聊的人会搬弄是非，传小话。即使闻先生、罗先生听到，也不会生气的。西南联大就是这样一所大学，这样的一种学风：宽容、坦荡、率真。

一九九七年三月十一日

闻一多先生上课

闻先生性格强烈坚毅。日寇南侵，清华、北大、南开合成临时大学，在长沙少驻，后改为西南联合大学，将往云南。一部分师生组成步行团，闻先生参加步行，万里长征，他把胡子留了起来。声言：抗战不胜，誓不剃须。他的胡子只有下巴上有，是所谓"山羊胡子"，而上髭浓黑，近似一字。他的嘴唇稍薄微扁，目光灼灼。有一张闻先生的木刻像，回头侧身，口衔烟斗，用炽热而又严冷的目光审视着现实，很能表达闻先生的内心世界。

联大到云南后，先在蒙自呆了一年。闻先生还在专心治学，把自己整天关在图书馆里。图书馆在楼上。那时不少教授爱起斋名，如朱自清先生的斋名叫"贤于博弈斋"，魏建功先生的书斋叫"学无不暇簃"，有一位教授戏赠闻先生一个斋主的名称："何妨一下楼主人"。因为闻先生总不下楼。

西南联大校舍安排停当，学校即迁至昆明。

我在读西南联大时，闻先生先后开过三门课：楚辞、唐诗、古代神话。

楚辞班人不多。闻先生点燃烟斗，我们能抽烟的也点着了烟（闻先生的课可以抽烟的），闻先生打开笔记，开讲："痛饮酒，熟读《离骚》，乃可以为名士。"闻先生的笔记本很大，长一尺有半，宽近一尺，是写在特制的毛边纸稿纸上的。字是正楷，字体略长，一笔不苟。他写字有一特点，是爱用秃笔。别人用过的废笔，他都收集起来。秃笔写篆楷蝇头小字，真是一个功夫。我跟闻先生读一年楚辞，真读懂的只有两句"嫋嫋兮秋风，洞庭波兮木叶下"。也许还可加上几句："成礼兮会鼓，传葩兮代舞，春兰兮秋菊，长毋绝兮终古。"

闻先生教古代神话，非常"叫座"。不单是中文系的、文学院的学生来听讲，连理学院、工学院的同学也来听。工学院在拓东路，文学院在大西门，听一堂课得穿过整整一座昆明城。闻先生讲课"图文并茂"。他用整张的毛边纸墨画出伏羲、女娲的各种画像，用按钉钉在黑板上，口讲指画，有声有色，条理严密，文采斐然，高低抑扬，引人入胜。闻先生是一个好演员。伏羲女娲，本来是相当枯燥的课题，但听闻先生讲课让人感到一种美，思想的美，逻辑的美，才华的美。听这样的课，穿一座城，也值得。

能够像闻先生那样讲唐诗的，并世无第二人。他也讲初唐四杰、大历十才子、《河岳英灵集》，但是讲得最多，也讲得最好的，是晚唐。他把晚唐诗和后期印象派的画联系起来。讲李贺，同时讲到印象派里的 pointlism（点画派）。说点画看起来只是不同颜色的点，这些点似乎不相连属，但凝视之，则可感觉到点与点之间的内在联系。这样讲唐诗，必须本人既是诗人，也是画家，有谁能办到？闻先生讲唐诗的妙悟，应该记录下来。我是个大大咧咧的人，上课从不记笔记。听说比我高一班的同学郑临川记录了，而且整理成一本《闻一多论唐诗》，出版了，这是大好事。

我颇具歪才，善能胡诌，闻先生很欣赏我。我曾替一个比我低一班的同学代笔写了一篇关于李贺的读书报告，——西南联大一般课程都不考试，只于学期终了时交一篇读书报告即可给学分。闻先生看了这篇读书报告后，对那位同学说："你的报告写得很好，比汪曾祺写得还好！"其实我写李贺，只写了一点：别人的诗都是画在白底子上的画，李贺的诗是画在黑底子上的画，故颜色特别浓烈。这也是西南联大许多教授对学生鉴别的标准：不怕新，不怕怪，而不尚平庸，不喜欢人云亦云，只抄书，无创见。

一九九七年三月十二日

怀念德熙

德熙原来是念物理系的，大学二年级，才转到中文系来。他的数学底子很好。这样，他才能和王竹溪先生合作，测定一件青铜器的容积。

我和德熙大一时就认识。我们的认识是因为在一起唱京剧。有时也一同去看厉家班的戏。后来云南大学组织了一个曲社，我们一起去拍曲子，做"同期"，几乎一次不落。我后来不唱昆曲了，德熙是一直唱着的。他的爱好影响了他的夫人何孔敬。他们到美国去，我想是会带了一枝笛子去的。

德熙不蓄字画。他家里挂着的只有一条齐白石的水印木刻梨花，和我给他画的墨菊横幅。他家里没有什么贵重的摆设，但是窗明几净，一尘不染，瓶花灯罩朴朴素素，位置得宜，表现出德熙一家的审美趣味。

同时具备科学头脑和艺术家的气质，我以为是德熙能在语言学、古文字学上取得很大成绩的优越条件。也许这是治人文科学的学者都需要具备的条件。

德熙的治学，完全是超功利的。在大学读书时生活清贫，但是每日孜孜，手不释卷。后来在大学教书，还兼了行政职务，往来的国际、国内学者又多，很忙，但还是不疲倦地从事研究写作。我每次到他家里去，总看到他的书桌上有一篇没有写完的论文，摊着好些参考资料和工具书。研究工作，在他是辛苦的劳动，但也是一种超级的享受。他所以乐此不倦，我觉得，是因为他随时感受到语言和古文字的美。一切科学，到了最后，都是美学。德熙上课，是很能吸引学生的。我听过不止一个他的学生说过：语法，本来是很枯燥的，朱先生却能讲得很有趣味，常常到了吃饭的钟声响了，学生还舍不得离开。为什么能这样？我想是德熙把他对于语言，对于古文字的美感传染给了学生。感受到工作中的美，这样活着，才有意思。

德熙是个感情不甚外露的人，但是是一个很有感情的人。他对家人子女，第三代，都怀有一种含蓄，温和，但是很深的爱。对青年学者也是如此。我不止一次听他谈起过裘锡圭先生，语气是发现了一个天才。"君有奇才我不贫"，德熙就是这样对待后辈的。

德熙对师长是很尊敬的，对唐立厂先生、王了一先生、吕叔湘先生，都是如此。他后来是国际知名的学者了，但没有一般的"后起之秀"的傲气。我没有听他说过一句关于前辈的刻薄话。

德熙乐于助人，师友中遇有困难，德熙总设法帮助他"解决问题"。因此他的人缘很好。不少人提起德熙，都说"朱德熙人很好"。一个人被人说是"人很好"并不容易。我以为这是最高的称赞。

德熙今年七十二岁（他、李荣和我是同年），按说寿数也不算短，但是他还有许多工作可以做，他应该再过几年清闲安静的日子，遽然离去，叫人不得不感到非常遗憾。

一九九二年九月七日

未尽才

——故人偶记

陶光

陶光字重华，但我们背后都只叫他陶光。他是我的大一国文教作文的老师。西南联大大一教课文和教作文的是两个人。教课文的是教授、副教授，教作文的一般是讲师、助教。陶光当时是助教。陶光面白皙，风度翩翩。他有个特点，上课穿了两件长衫来，都是毛料的，外面一件是铁灰色的，里面一件是咖啡色的。进了教室就把外面一件脱了，挂在墙上的钉子上。外面一件就成了夹大衣。教作文，主要是修改学生的作文，评讲。他有时评讲到得意处，就把眼睛闭起来，很陶醉。有一个也是姓陶的女同学写了一篇抒情散文，记下雨天听一盲人拉二胡的感受，陶先生在一段的末尾给她加了一句："那湿冷的声音湿冷了我的心。"当时我就记住了。也许是因为第二个"湿冷"是形容词作动词用，有点新鲜。也许是这一句的感伤主义情绪。

他后来转到云南大学教书去了，好像升了讲师。

后来我跟他熟起来是因为唱昆曲。云南大学中文系成立了一个曲社，教学生拍曲子的，主要的教师是陶光。吹笛子的是历史系教员张宗和。陶先生的曲子唱得很好，是跟红豆馆主学过的。他是唱冠生的，嗓子很好，高亮圆厚，底气很足。《拾画叫画》、《八阳》、《三醉》、《琵琶记·辞朝》、《迎像哭像》……都唱得慷慨淋漓，非常有感情。用现在的说法，他唱曲子是很"投入"的。

他主攻的学问是什么，我不了解。他是刘文典的学生，好像研究过《淮南子》。据说他的旧诗写得很好，我没有见过。他的字写得很好，是写二王的。我见过他为刘文典的《淮南子校注》石印本写的扉页的书题，极有功力。还见过他为一个同学写的小条幅，是写在桃红地子的冷金笺上的，三行：

故园东望路漫漫，

双袖龙钟泪不干。

马上相逢无纸笔，

凭君传语报平安。

字有《圣教序》笔意。选了这首唐诗，大概是有所感的，那时已是抗战胜利，联大的老师、同学都作北归之计，他还要滞留云南。他常有感伤主义的气质，触景生情是很自然的。

他留在云南大学教书。我们北上后不大知道他的消息。听说经刘文典作媒，和一个唱滇戏的女演员结了婚。后来好像又离了。滇戏演员大概很难欣赏这位才子。

全国解放前他去了台湾，大概还是教书。后在台湾客死，遗诗一卷。我总觉得他在台湾是寂寞的。

陆

真抱歉，我连他的真名都想不起来了。和他同时期的研究生都叫他"小陆克"。陆克是三十年代美国滑稽电影明星。叫他小陆克是没有道理的。他没有哪一点像陆克，只是因为他姓陆。长脸，个儿很高。两腿甚长，走起路来有点打晃。这个人物有点传奇性，他曾经徒步旅行了大半个中国。所以能完成这一壮举，大概是因为他腿长。

他在云南大学附近的一所中学——南英中学兼一点课，我也在南英中学教一班国文，联大同学在中学兼课的很多，这样我们就比较熟了。他的特点是一天到晚泡茶馆，可称为联大泡茶馆的冠军。他把脸盆、毛巾、牙刷都放在南英中学下坡对面的一家茶馆里，早起到茶馆洗脸，然后泡一碗茶，吃两个烧饼。他的手指特别长，拿烧饼的姿势是兰花手。吃了烧饼就喝茶看书。他好像是历史系的研究生，所看的大都是很厚的外文书。中午，出去随便吃点东西，回来重要一碗茶，接着泡。看书，整个下午。晚上出去吃点东西，回来接着泡。一直到灯火阑珊，才挟了厚书回南英中学睡觉。他看了那么多书，可是一直没见他写过什么东西。联大的研究生、高年级的学生，在茶馆里喜欢高谈阔论，他只是在一边听着，不发表他的见解。他到底有没有才华？我想是有的。也许他眼高手低？也许天性羞涩，不爱表现？

他后来到了重庆，听说生活很潦倒，到了吃不上饭。终于死在重庆。

朱南铣

朱南铣是个怪人。我是通过朱德熙和他认识的。德熙和他是中学同学。他个子不高，长得很清秀，一脸聪明相，一看就是江南人。研究生都很佩服他，因为他外文、古文都很好，很渊博。他和另外几个研究生被人称为"无锡学派"，无锡学派即钱钟书学派，其特点是学贯中西，博闻强记。他是念哲学的，可是花了很长时间钻研滇西地理。

他家在上海开钱庄，他有点"小开"脾气。我们几个人：朱德熙、王逊、徐孝通常和他一起喝酒。昆明的小酒铺都是窄长的小桌子，盛酒的是莲蓬大的绿陶小碗，一碗一两。朱南铣进门，就叫"摆满"，排得一桌酒碗。他最讨厌在吃饭时有人在后面等座。有一天，他和几个人快吃完了，后面的人以为这张桌子就要空出来了，不料他把堂倌叫来："再来一遍"。——把刚才上过的菜原样再上一次。

他只看外文和古文的书，对时人著作一概不看。我和德熙到他家开的钱庄去看他，他正躺在藤椅上看方块报。说："我不看那些学术文章，有时间还不如看看方块报。"

他请我们几个人到老正兴吃螃蟹喝绍兴酒。那天他和我都喝得大醉，回不了家，德熙等人把我们两人送到附近一家小旅馆睡了一夜。德熙后来跟我说："你和他喝酒不能和他喝得一样多。如果跟他喝得一样多，他一定还要再喝。"这人非常好胜。

他后来在人民文学出版社当编辑，研究《红楼梦》。

听说，他在咸宁干校，有一天喝醉酒，掉到河里淹死了。

他没有留下什么著作。他把关于《红楼梦》的独创性的见解都随手记在一些香烟盒上。据说有人根据他在香烟盒子上写的一两句话写了很重要的论文。

遥寄爱荷华

——怀念聂华苓和保罗·安格尔

一九八七年九月，我应安格尔和聂华苓之邀，到爱荷华去参加爱荷华大学"国际写作计划"，认识了他们夫妇，成了好朋友。

安格尔是爱荷华人。他是爱荷华城的骄傲。爱荷华的第一国家银行是本城最大的银行，和"写作计划"的关系很密切（"国际写作计划"作家的存款都在第一银行开户），每一届"国际写作计划"，第一银行都要举行一次盛大的招待酒会。第一银行的墙壁上挂了一些美国伟人的照片或画像。酒会那天，银行特意把安格尔的巨幅淡彩铅笔画像也摆了出来。画像画得很像，很能表现安格尔的神情：爽朗，幽默，机智。安格尔拉了我站在这张画像的两边拍了一张照片。可惜照像的人没有给我加印一张。

江迪尔是一家很大的农机厂。这家厂里请亨利·摩尔做了一个很大的抽象的铜像，特意在一口湖当中造了一个小岛，把铜像放在岛上。江迪尔农机厂是"国际写作计划"的赞助者之一，每年要招待国际作家一次午宴。在宴会上，经理致辞，说安格尔是美国文学的巨人。

我不熟悉美国文学的情况，尤其是诗，不能评价安格尔在美国当代文学中的位置。我只读过一本他的诗集《中国印象》，是他在中国旅行之后写的，很有感情。他的诗是平易的，好懂的，是自由诗。有一首诗的最后一段只有一行：

中国也有萤火虫吗？

我忽然非常感动。

我真想给他捉两个中国的萤火虫带到美国去。

我三天两头就要上聂华苓家里去，有时甚至天天去。有两天没有去，聂华苓估计我大概一个人在屋里，就会打电话来。我们住在五月花公寓，离聂华苓家很近，五分钟就到了。

聂华苓家在爱荷华河边的一座小山半麓。门口有一块铜牌，竖写了两个隶书："安寓"。这大概是聂华苓的主意。这是一所比较大的美国中产阶级的房子，买了已经有些年了。木结构。美国的民居很多是木结构，没有围墙，一家一家不挨着。这种木结构的房子也是不能挨着，挨在一起，一家着火，会烧成一片。我在美国看了几处遭了火灾的房子，都不殃及邻舍。和邻舍保持一段距离，这也反映出美国人的以个人主义为基础的文化心理。美国人不愿意别人干扰他们的生活，不讲什么"处街坊"，不讲"闻多素心人，乐与数晨夕"。除非得到邀请，美国人不随便上人家"串门儿"。

是一座两层的房子。楼下是聂华苓的书房，有几张中国字画。我给她带去一个我自己画的小条幅，画的是一丛秋海棠，一个草虫，题了两句朱自清先生的诗："解得夕阳无限好，不须怅惘近黄昏。"第二天她就挂在书桌的左侧，以示对我的尊重。

楼上是卧室、厨房、客厅。一上楼梯，对面的墙上在一块很大的印第安人的壁衣上挂满了各个民族、各个地区、各色各样的面具，是安格尔搜集来的。安格尔特别喜爱这些玩意。他的书架上、壁炉上，到处都是这一类东西（包括一个黄铜敲成的狗头鸟脚的非洲神像，一些东南亚的皮影戏人形……）。

餐厅的一壁横挂了一柄船桨，上面写满了字。想是安格尔在大学划船比赛获奖的纪念。

一个书柜里放了一张安格尔的照片，坐在一块石头上，很英俊，一个典型的美国年轻的绅士。聂华苓说："我认识他的时候，他就是这个样子！"

南面和西面的墙顶牵满了绿萝。美国很多人家都种这种植物，有的店铺里也种。这玩意只要一点土，一点水，就能陆续抽出很长的条，不断生出心脏形的浓绿肥厚的叶子。

白色羊皮面的大沙发是可以移动的。一般是西面、北面各一列，成直角。有时也可以拉过来，在小圆桌周围围成一圈。人多了，可以坐在地毯上。台湾诗人蒋勋好像特爱坐在地毯上。

客厅的一角散放着报纸、刊物、画册。

这是一个舒适、随便的环境，谁到这里都会觉得无拘无束。美国有的人家过于整洁，进门就要脱鞋，又不能抽烟，真是别扭。

安格尔和聂华苓都非常好客。他们家几乎每个晚上都是座上客常满，杯中酒不空。爱荷华是个安静、古板的城市（城市人口六万，其中三万是大学生），没有夜生活。有一个晚上台湾诗人郑愁予喝了不少酒，说他知道有一家表演脱衣舞的地方，要带几个男女青年去看看去。不大一会，回来了！这家早就关闭了。爱荷华原来有一家放色情片子的电影院，教一些老头儿、老太太轰跑了。夜间无事，因此，家庭聚会就比较多。

"国际写作计划"会期三个月，聂华苓星期六大都要举行晚宴，招待各国作家。分拨邀请。这一拨请哪些位，那一拨请哪些，是用心安排的。她邀请中国作家（包括大陆的、台湾的、香港的，和在美国的华人作家）次数最多。有些外国作家（主要是说西班牙语的南美作家）有点吃醋，说聂华苓对中国作家偏心。聂华苓听到了，说："那是！"我跟她说："我们是你的娘家人。"——"没错！"

　　美国的习惯是先喝酒，后吃饭。大概六点来钟，就开始喝。安格尔很爱喝酒，喝威士忌。我去了，也都是喝苏格兰威士忌或伯尔本（美国威士忌）。伯尔本有一点苦味，别具特色。每次都是吃开心果就酒。聂华苓不知买了多少开心果，随时待客，源源不断。有时我去早了，安格尔在他自己屋里，聂华苓在厨房里忙着，我就自己动手，倒一杯先喝起来。他们家放酒和冰块的地方我都知道。一边喝加了冰的威士忌，一边翻阅一大摞华文报纸，蛮惬意。我在安格尔家喝的威士忌加在一起，大概不止一箱。我一辈子没有喝过那样多威士忌。有两次，聂华苓说我喝得说话舌头都直了！临离爱荷华前一晚，聂华苓还在我的外面包着羊皮的不锈钢扁酒壶里灌了一壶酒。

　　晚饭烤牛排的时候多。我爱吃烤得很嫩的牛排。聂华苓说："下次来，我给你一块生牛排，你自己切了吃！"

吃过一次核桃树枝烤的牛肉。核桃树枝是从后面小山上捡的。

美国火锅吃起来很简便。一个长方形的锅子，各人自己涮鸡片、鱼片、肉片……

聂华苓表演了一次豆腐丸子。这是湖北菜。

聂华苓在美国二十多年了，但从里到外，都还是一个中国人。

她有个弟弟也在美国，我听到她和弟弟打电话，说的是地地道道的湖北话！

有一次中国作家聚会，合唱了一支歌"我的家在东北松花江上"。聂华苓是抗战后到台湾的，她会唱相当多这样的救亡歌曲。台湾小说家陈映真、诗人蒋勋，包括年轻的小说家李昂也会唱这支歌。唱得大家心里酸酸的。聂华苓热泪盈眶。

聂华苓是个很容易动感情的人。有一次她的在美的华人友好欢聚，在将近酒阑人散（有人已经穿好外衣）的时候，她忽然感伤起来，失声痛哭，招得几位女士陪她哭了一气。

有一次陈映真的父亲坐了一天汽车，特意到爱荷华来看望中国作家。老先生年轻时在台湾教学，曾把鲁迅的小说改成戏剧在台演出，大概是在台湾最早介绍鲁迅的学人之一。老先生对祖国怀了极深的感情。陈映真之成为台湾"统派"的代表人物之一，与幼承庭训有关。陈老先生在席间作了热情洋溢的讲话。我听了，一时非常激动，不禁和老先生抱在一起，哭了。聂华苓陪着我们流泪，一面攥着我的手说："你真好！你真好！你真可爱！"

我跟聂华苓说："我已经好多年没有哭过了。"

我到美国好像变了一个人。我对聂华苓说："我好像脱了一层壳，放开得多了。"

聂华苓说："那是！"

"这跟和你们相处有关系。"

"那是！"

我说："回国之后，我还会缩进壳里去的。"

聂华苓原来叫我"汪老"，有一天，对我说："我以后不叫你'汪老'了，把你都叫老了！我叫你汪大哥！"我说："好！"不过似乎以后她还是一直叫我"汪老"。

中国人在客厅里高谈阔论，安格尔是不参加的，他不会汉语。他会说的中国话大概只有一句："够了！太够了！"一有机会，在给他分菜或倒酒时，他就爱露一露这一句。但我们在聊天时，他有时也在一边听着，而且好像很有兴趣。我跟他不能交谈，但彼此似乎很能交流感情，能够互相欣赏。有一天我去得稍早，用英语跟他说了一句极其普通的问候的话："你今天看上去气色很好"，他大叫："华苓！他能说完整的英语！"

安格尔在家时衣著很随便，总是穿一件宽大的紫色睡袍，软底的便鞋，跑来跑去，一会儿回他的卧室，一会儿又到客厅里来。我说他是个无事忙。聂华苓说："就是，就是！整天忙忙叨叨，busy！busy！不知道他忙什么！"

他忙活的事情之一，是伺候他的那群鹿和浣熊。有一群鹿和浣熊住在"安寓"后山的杂木林里，是野生的，经常到他的后窗外来做客。鹿有时两三只，有时七八只；浣熊一来十好几只。他得为它们准备吃的。鹿吃玉米粒。爱荷华是产玉米的州，玉米粒多的是。鹿都站在较高的山坡上，低头吃玉米粒，忽然又扬起头来很警惕地向窗户里看一眼。浣熊吃面包。浣熊憨头憨脑，长得有点像熊猫，胆小。但是在它们专心吃面包片时，就不顾一切了。美国面包隔了夜，就会降价处理，很便宜。聂华苓隔一两天就要开车去买面包。"浣熊吃，我们也吃！"鹿和浣熊光临，便是神圣的时刻。安格尔深情地注视窗外，一面伸出指头示意：不许作声！鄂温克族作家乌热尔图是猎人，看着窗外的鹿，说："我要是有一杆枪，一枪就能打倒一只。"安格尔瞪着灰蓝色的眼睛说："你要是拿枪打它，我就拿枪打你！"

安格尔是个心地善良，脾气很好，快乐的老人，是个老天真。他爱大笑，大喊大叫，一边叫着笑着，一边还要用两只手拍着桌子。

他很爱聂华苓，老是爱说他和聂华苓恋爱的经过：他在台北举行酒会，聂华苓在酒会上没有和他说话。聂华苓要走了，安格尔问她："你为什么不理我？"聂华苓说："你是主人，你不主动找我说话，我怎么理你？"后来，安格尔约聂华苓一同到日本去，聂华苓心想：一个外国人，约我到日本去？她还是同意了。到了日本，又到了新加坡、菲律宾……后来呢？后来他们就结婚了。他大概忘了，他已经跟我说过一次他的罗曼史。我告诉蒋勋，我已经听他说过了，蒋勋说："我已经听过五次！"他一说起这一段，聂华苓就制止他："No more！No more！"

聂华苓从客厅走回她的卧室，安格尔指指她的背影，悄悄地跟我说：

"她是一个了不起的女人！"

十二月中旬，我到纽约、华盛顿、费城、波士顿走了一圈。走的时候正是爱荷华的红叶最好的时候，橡树、元宝树、日本枫……层层叠叠，如火如荼。

回到爱荷华，红叶已经落光，这么快！

我是年底回国的。离开爱荷华那天下了大雪，爱荷华一点声音没有。

一九八八年，安格尔和聂华苓访问了大陆一次。作协外联部不知道是哪位出了一个主意，不在外面宴请他们，让我在家里亲手给他们做一顿饭，我说"行！"聂华苓在美国时就一直希望吃到我做的菜（我在她家里只做过一次炸酱面），这回如愿以偿了。我给他们做了几个什么菜，已经记不清了，只记得有一碗扬州煮干丝、一个炝瓜皮，大概还有一盘干煸牛肉丝，其余的，想不起来了。那天是蒋勋和他们一起来的。聂华苓吃得很开心，最后端起大碗，连煮干丝的汤也喝得光光的。安格尔那天也很高兴，因为我还有一瓶伯尔本，他到大陆，老是茅台酒、五粮液，他喝不惯。我给他斟酒时，他又找到机会亮了他的唯一的一句中国话：

"够了！太够了！"

一九九〇年初秋，我有个亲戚到爱荷华去（他在爱荷华大学读书），我和老伴请他带了两件礼物给聂华苓，一个仿楚器云纹朱红漆盒，一件彩色扎花印染的纯棉衣料。她非常喜欢，对安格尔说："这真是汪曾祺！"

安格尔因心脏病突发，在芝加哥去世。大概是一九九一年初。

安格尔去世后，我和聂华苓没有通过信。她现在怎么生活呢？前天给她寄去一张贺年卡，写了几句话，信封上写的是她原来的地址，也不知道她能不能收到。

一九九一年十二月二十日

林斤澜！哈哈哈哈……

　　林斤澜这个名字很怪。他原名庆澜，意思是庆祝河水安澜，大概生他那年他们家乡曾遭过一次水灾，后来水退了。不知从哪年，他自己改名"斤澜"。我跟他说过，"斤澜"没讲，他也说：没讲！他们家的人名字都有点怪。夫人叫"古叶"，女儿叫"布谷"。大概都是他给起的。斤澜好怪，好与众不同。他的《矮凳桥风情》里有三个女孩子，三姐妹叫笑翼、笑耳、笑杉。小城镇哪里会有这样的名字呢？我捉摸了很久，才恍然大悟：原来只是小一、小二、小三。笑翼的妈妈给儿女起名字时不会起这样的怪名字的，这都是林斤澜搞的鬼。夏尚质，周尚文，林尚怪。林斤澜被称为"怪味胡豆"，罪有应得。

　　斤澜曾患心脏病，三十岁就得过一次心肌梗死，后来又得过一次，但都活下来了。六十岁时他就说过他活得已经够了本，再活就是白饶。斤澜的身体不算好，但他不在乎。我这些年出外旅游，总是"逢高不上，遇山而止"，斤澜则是有山就爬。他慢条斯理的，一步一步地走，还误不了看山看水，结果总是他头一个到山顶。一览众山小，笑看众头低。他应该节制饮食，但是他不，每有小聚，他都是谈笑风生，饮啖自若。不论是黄酒、白酒、葡萄酒、啤酒，全都招呼。最近有一次，他同时喝了三种酒。人常说酒喝杂了不好，斤澜说："没事！"斤澜爱吃肉。"三天不吃肉就觉得难受。"他吃肉不讲究部位，冰糖肘子、腌笃鲜、蒜泥白肉，都行。他爱吃猪头肉，尤其爱吃"拱嘴"——猪鼻子，以为乃人间之"大美"。他是温州人，说起生吃海鲜，眉飞色舞。吃海鲜，喝黄酒，嘿！不过温州的"老酒汗"（黄酒再蒸一次）我实在喝不出好来。温州人还有一种喝法，在黄酒里加鸡蛋，煮熟，这算什么酒！斤澜的吃喝是很平民化的。我和他曾在屯溪街头一小吃店的檐下，就一盘煮螺蛳，一人喝了两瓶加饭。他爱吃豆腐，老豆腐、嫩豆腐、毛豆腐、臭豆腐，都好。煎炒煮炸，都好。我陪他在乐山小饭馆吃了乡坝头上的菜豆花，好！

斤澜的生活是很平民化的。他不爱洗什么桑那浴，愿意在澡塘的大池子里（水很烫）泡一泡，泡得大汗淋漓，浑身作嫩红色。他大概是有几身西服的，但我从未见过他穿了整齐的套服，打了领带。他爱穿夹克，里面是条纹格子衬衫。衬衫就是街上买的，棉料的多，颜色倒是不怕花哨。

斤澜的平民化生活习惯来自于他对生活的平民意识。这种平民意识当然会渗入他的作品。

斤澜的哈哈笑是很有名的。这是他的保护色。斤澜每遇有人提到某人、某事，不想表态，就把提问者的原话重复一次，然后就殿以哈哈的笑声。"×××，哈哈哈哈……""这件事，哈哈哈哈……"把想要从口中掏出他的真实看法的新闻记者之类的人弄得莫名其妙，斤澜这种使人摸不着头脑抓不住尾巴的笑声，使他摆脱了尴尬，而且得到一层安全的甲壳。在反右派运动中，他就是这样应付过来的。林斤澜不被打成右派，是无天理，因此我说他是"漏网右派"，他也欣然接受。

斤澜极少臧否人物，但是是非清楚，爱憎分明。他一直在北京市文联工作，对市文联的领导，一般干部的遗闻佚事了如指掌。比如他对老舍挨斗，是他亲眼所见，亲耳所闻，揭发批判老舍的人是赖也赖不掉的。他觉得萧军有骨头有侠气，真是一条汉子。红卫兵想要萧军低头认罪，萧军就是不低头，两腿直立，如同生了根。萧军没有动手，他说："我要是一动手，七八个小青年就得趴下。"红卫兵斗骆宾基，萧军说：“你们谁敢动骆宾基一根毫毛！”京剧演员苟慧生病重，是萧军背着他上车的。“文革”后，文联作协批斗浩然，斤澜听着，忽然大叫：“浩然是好人哪！”当场昏厥。斤澜平时似很温和，总是含笑看世界，但他的感情是非常强烈的。

斤澜对青年作家（现在都已是中年了）是很关心的。对他们的作品几乎一篇不落地都看了，包括一些评论家的不断花样翻新，用一种不中不西希里古怪的语言所写的论文。他看得很仔细，能用这种古怪语言和他们对话。这一点，他比我强得多。

林斤澜！哈哈哈哈……

赵树理同志二三事

赵树理同志身高而瘦。面长鼻直，额头很高。眉细而
微弯，眼狭长，与人相对，特别是倾听别人说话时，眼角常
若含笑。听到什么有趣的事，也会咕咕地笑出声来。有时
他自己想到什么有趣的事，也会咕咕地笑起来。赵树理是
个非常富于幽默感的人。他的幽默是农民式的幽默，聪
明，精细而含蓄，不是存心逗乐，也不带尖刻伤人的芒刺，
温和而有善意。他只是随时觉得生活很好玩，某人某事很
有意思，可发一笑，不禁莞尔。他的幽默感在他的作品里
和他的脸上随时可见（我很希望有人写一篇文章，专谈赵树
理小说中的幽默感，我以为这是他的小说的一个很大的特
点）。赵树理走路比较快（他的腿长；他的身体各部分都偏
长，手指也长），总好像在侧着身子往前走，像是穿行在热

闹的集市的人丛中，怕碰着别人，给别人让路。赵树理同志是我见到过的最没有架子的作家，一个让人感到亲切的、妩媚的作家。

树理同志衣着朴素，一年四季，总是一身蓝咔叽布的制服。但是他有一件很豪华的"行头"，一件水獭皮领子、礼服呢面的狐皮大衣。他身体不好，怕冷，冬天出门就穿起这件大衣来。那是刚"进城"的时候买的。那时这样的大衣很便宜，拍卖行里总挂着几件。奇怪的是他下乡体验生活，回到上党农村，也是穿了这件大衣去。那时作家下乡，总得穿得像个农民，至少像个村干部，哪有穿了水獭领子狐皮大衣下去的？可是家乡的农民并不因为这件大衣就和他疏远隔阂起来，赵树理还是他们的"老赵"，老老少少，还是跟他无话不谈。看来，能否接近农民，不在衣裳。但是敢于穿了狐皮大衣而不怕农民见外的，恐怕也只有赵树理同志一人而已。——他根本就没有考虑穿什么衣服"下去"的问题。

他吃得很随便。家眷未到之前，他每天出去"打游击"。他总是吃最小的饭馆。霞公府（他在霞公府市文联宿舍住了几年）附近有几家小饭馆，树理同志是常客。这种小饭馆只有几个菜。最贵的菜是小碗坛子肉，最便宜的菜是"炒和菜盖被窝"——菠菜炒粉条，上面盖一层薄薄的摊鸡蛋。树理同志常吃的菜便是炒和菜盖被窝。他工作得很晚，每天十点多钟要出去吃夜宵。和霞公府相平行的一个胡同里有一溜卖夜宵的摊子。树理同志往长板凳上一坐，要一碗馄饨，两个烧饼夹猪头肉，喝二两酒，自得其乐。

喝了酒，不即回宿舍，坐在传达室，用两个指头当鼓箭，在一张三屉桌上打鼓。他打的是上党梆子的鼓。上党梆子的锣经和京剧不一样，很特别。如果有外人来，看到一个长长脸的中年人，在那里如醉如痴地打鼓，绝不会想到这就是作家赵树理。

赵树理是一个多才多艺的农村才子。王春同志在一篇文章中提到过树理同志曾在一个集上一个人唱了一台戏：口念锣经过门，手脚并用作身段，还误不了唱。这是可信的。我就亲眼见过树理同志在市文联内部晚会上表演过起霸。见过高盛麟、孙毓堃起霸的同志，对他的上党起霸不是那么欣赏，他还是口念锣经，一丝不苟地起了一趟"全霸"，并不是比划两下就算完事。虽是逢场作戏，但是也像他写小说、编刊物一样地认真。

赵树理同志很能喝酒，而且善于划拳。他的划拳是一绝：两只手同时用，一会儿出右手，一会儿出左手。老舍先生那几年每年要请两次客，把市文联的同志约去喝酒。

一次是秋天，菊花盛开的时候，赏菊（老舍先生家的菊花养得很好，他有个哥哥，精于艺菊，称得起是个"花把式"）；一次是腊月二十三，那天是老舍先生的生日。酒、菜，都很丰盛而有北京特点。老舍先生豪饮（后来因血压高戒了酒），而且划拳极精。老舍先生划拳打通关，很少输的时候。划拳是个斗心眼的事，要捉摸对方的拳路，判定他会出什么拳。年轻人斗不过他，常常是第一个"俩好"就把小伙子"一板打死"。对赵树理，他可没有办法，树理同志这种左右开弓的拳法，他大概还没有见过，很不适应，结果往往败北。

赵树理同志讲话很"随便"。那一阵很多人把中国农村说得过于美好，文艺作品尤多粉饰，他很有意见。他经常回家乡，回来总要做一次报告，说说农村见闻。他认为农村还是很穷，日子过得很艰难。他戏称他戴的一块表为"五驴表"，说这块表的钱在农村可以买五头毛驴。——那时候谁家能买五头毛驴，算了不起的富户了。他的这些话是不合时宜的，后来挨了批评，以后说话就谨慎一点了。

赵树理同志抽烟抽得很凶。据王春同志的文章说，在农村的时候，嫌烟袋锅子抽了不过瘾，用一个山药蛋挖空了，插一根小竹管，装了一"蛋"烟，狂抽几口，才算解气。进城后，他抽烟卷，但总是抽最次的烟。他抽的是什么牌子的烟，我不记得了，只记得是棕黄的皮儿，烟味极辛辣。他逢人介绍这种牌子的烟，说是价廉物美。

赵树理同志担任《说说唱唱》的副主编，不是挂一个名，他每期都亲自看稿，改稿。常常到了快该发稿的日期，还没有合用的稿子，他就把经过初、二审的稿子抱到屋里去，一篇一篇地看，差一点的，就丢在一边，弄得满室狼藉。忽然发现一篇好稿，就欣喜若狂，即交编辑部发出。他把这种编辑方法叫做"绝处逢生法"。有时实在没有较好的稿子，就由编委之一，自己动手写一篇。有一次没有像样的稿子，大概是康濯同志说："老赵，你自己搞一篇！"老赵于是关起门来炮制。《登记》（即《罗汉钱》）就是在这种等米下锅的情况下急就出来的。

赵树理同志的稿子写得很干净清楚，几乎不改一个字。他对文字有"洁癖"，容不得一个看了不舒服的字。有一个时候，有人爱用"妳"字。有的编辑也喜欢把作者原来用的"你"改"妳"。树理同志为此极为生气。两个人对面说话，本无需标明对方是不是女性。世界语言中第二人称代名词也极少分性别的。"妳"字读"奶"，不读"你"。有一次树理同志在他的原稿第一页页边写了几句话："编辑、排版、校对同志注意：文中所有'你'字一律不得改为'妳'字，否则要负法律责任。"

树理同志的字写得很好。他写稿一般都用红格直行的稿纸，钢笔。字体略长，如其人，看得出是欧字、柳字的底子。他平常不大用毛笔。他的毛笔字我只见过一幅，字极潇洒，而有功力。是在劳动人民文化宫见到的。劳动人民文化宫刚成立，负责"宫务"的同志请十几位作家用宣纸毛笔题词，嵌以镜框，挂在会议室里。也请树理同志写了一幅。树理同志写了六句李有才体的通俗诗：

> 古来数谁大，
>
> 皇帝老祖宗。
>
> 今天数谁大，
>
> 劳动众弟兄。
>
> 还是这座庙，①
>
> 换了主人翁!

一九九〇年六月八日

---

① 劳动人民文化宫原是太庙。

才子赵树理

赵树理是个高个子。长脸。眉眼也细长。看人看事，常常微笑。

他是个农村才子。有时赶集，他一个人能唱一台戏。口念锣鼓，拉过门，走身段，夹白带做还误不了唱。他是长治人，唱的当然是上党梆子。他在单位晚会上曾表演过。下班后他常一个人坐在传达室里，用两个指头当鼓箭，敲打锣鼓，如醉如痴，非常"投入"。严文井说赵树理五音不全。其实赵树理的音准是好的，恐怕倒是严文井有点五音不全，听不准。不过是他的高亢的上党腔实在有点吃他不消！他爱"起霸"，也是揸手舞脚，看过北京的武生起霸，再看赵树理的，觉得有点像螳螂。

他能弹三弦，不常弹。他会刻图章，我没有见过。他的字写得很好，是我见过的作家字里最好的，他的散文《写金字》写的大概是他自己的真事。字是欧字底子，结体稍长，字如其人。他的稿子非常干净，极少涂改。他写稿大概不起草。我曾见过他的底稿，只是一些人物名姓，东一个西一个，姓名之间牵出一些细线，这便是原稿了，考虑成熟，一口呵成。赵树理衣着不讲究，但对写稿有洁癖。他痛恨人把他文章中的"你"字改成"妳"字（有一个时期有些人爱写"妳"字，这是一种时髦），说："当面说话，第二人称，为什么要分性别？——'妳'也不读'你'！"他在一篇稿子的页边批了一行字："排版校对同志请注意，文内所有'你'字，一律不准改为'妳'，否则要负法律责任。"这篇稿子是经我手发的，故记得很清楚。

赵树理是《说说唱唱》副主编，实际上是执行主编。他是负责发稿的。有时没有好稿，稿发不出，他就从编辑部抱了一堆稿子回屋里去看，不好，就丢在一边，弄得一地都是废稿。有时忽然发现一篇好稿，就欣喜若狂。他说这种编辑方法是"绝处逢生"。陈登科的《活人塘》就是这样发现的。这篇作品能够发表也真有些偶然，因为稿子有许多空缺的字和陈登科自造的字，有一个冎字，大家都猜不出，后来是康濯猜出来了，是"趴"，马（马的繁体字）没有四条腿，可不是趴下了？写信去问陈登科，果然！

有时实在没有好稿，康濯就说："老赵，你自己来一篇吧！"赵树理关上门，写出了一篇名著《登记》（即《罗汉钱》）。

赵树理吃食很随便，随便看到路边的一个小饭摊，坐下来就吃。后来是胡乔木同志跟他说："你这么乱吃，不安全，也不卫生。"他才有点选择。他爱喝酒。每天晚上要到霞公府间壁一条胡同的馄饨摊上，来二三两酒，一碟猪头肉，吃两个芝麻烧饼，喝一碗馄饨。他和老舍感情很好。每年老舍要在家里请市文联的干部两次客。一次是菊花开的时候，赏菊；一次是腊月二十三，老舍的生日。赵树理必到，喝酒，划拳。老赵划拳与众不同，两只手出拳，左右开弓，一会儿用左手，一会儿用右手。老舍摸不清老赵的拳路，常常败北。

赵树理很有幽默感。赵树理的幽默和老舍的幽默不同。老舍的幽默是市民式的幽默，赵树理的幽默是农民式的幽默。他常常想到一点什么事，独自咕咕地笑起来，谁也不知道他笑的什么。他爱给他的小说里的人起外号：翻得高、糊涂涂（均见《三里湾》）……他写的散文中有一个国民党小军官爱训话，训话中爱用"所以"，而把"所以"连读成为"水"，于是农民听起来很奇怪：他干嘛老说"水"呀？他写的《催租吏》为了"显派"，戴了一副红玻璃的眼镜，眼镜度数不对，他就这样深一脚浅一脚地在农村的土路上走。

他抨击时事，也往往以幽默的语言出之。有一个时期，很多作品对农村情况多粉饰夸张，他回乡住了一阵，回来作报告，说农村情况不像许多作品那样好，农民还很苦，城乡差别还很大，说，我这块表，在农村可以买五头毛驴，这是块"五驴表"！他因此受到批评。

赵树理的小说有其独特的抒情诗意。他善于写农村的爱情，农村的女性。她们都很美，小飞蛾（《登记》）是这样，小芹（《小二黑结婚》）也是这样，甚至三仙姑（《小二黑结婚》）也是这样。这些，当然有赵树理自己的感情生活的忆念，是赵树理的初恋感情的折射。但是赵树理对爱情的态度是纯真的，圣洁的。

××市文联有一个干部×××是一个一贯专搞男女关系的淫棍。他的乱搞简直到了不可想象的地步。他很注意保养，每天喝一大碗牛奶。看传达室的老田在他的背后说："你还喝牛奶，你每天吃一条牛也不顶！"×××和一个女的胡搞，用赵树理的大衣垫在下面，把赵树理的一件貂皮领子礼服呢面的狐皮大衣也弄脏了。赵树理气极了，拿了这件大衣去找文联副主席李伯钊，说："这是怎么回事！"事隔多日，老赵调回山西，大家送他出门，老赵和大家一一握手。×××也来了，老赵趴在地下给×××磕了一个头，说："×××我可不跟你在一起了！"

哲人其萎

——悼端木蕻良同志

　　端木蕻良真是一位才子。二十来岁，就写出了《科尔沁旗草原》。稿子寄到上海，因为气魄苍莽，风格清新，深为王统照、郑振铎诸先生所激赏，当时就认为这是一部划时代的大小说，应该尽快发表，出版。原著署名"端木红粮"，王统照说"红粮"这个名字不好，亲笔改为"端木蕻良"。从此端木发表作品就用了这个名字。他后在上海等地发表了一些短篇小说，其中《鹭鸶湖的忧郁》最受注意。这篇小说发散着东北黑土的浓郁的芳香，我觉得可以和梭罗古柏比美。端木后将短篇小说结集，即以此篇为书名。

　　端木多才多艺。他从上海转到四川，曾写过一些歌词，影响最大的是由张定和谱曲的《嘉陵江上》。这首歌不像"我的家在东北松花江上"那样过于哀伤，也不像"大刀向鬼子们的头上砍去"那样直白，而是婉转深挚，有一种"端木蕻良式"的忧郁，又不失"我必须回去"的信念，因此在大后方的流亡青年中传唱甚广。他和马思聪好像合作写过一首大合唱，我于音乐较为隔膜，记不真切了。他善写旧体诗，由重庆到桂林后常与柳亚子、陈迩冬等人唱和。他的旧诗间有拗句，但俊逸潇洒，每出专业诗人之上。他和萧红到香港后，曾两个人合编了一种文学杂志，那上面发表了一些端木的旧体诗。我只记得一句：

"落花无语对萧红。"

我觉得这颇似李商隐，在可解不可解之间。端木的字很清秀，宗法二王。他的文稿都很干净。端木写过戏曲剧本。他写戏曲唱词，是要唱着写的。唱的不是京剧，却是桂剧。端木能画。和萧红在香港合编的杂志中有的小说插图即是端木手笔。不知以何缘由，他和王梦白有很深的交情。我见过他一篇写王梦白的文章，似传记性的散文，又有小说味道，是一篇好文章！王梦白在北京的画家中是最为萧疏淡雅的，结构重留白，用笔如流水行云，可惜死得太早了。一个人能对王梦白情有独钟，此人的艺术欣赏品味可知矣！

端木到北京市文联后，没有得到应有的重视，不知是什么原因。他被任为创研部主任，这是一个闲职。以端木的名声、资历，只在一个市级文联当一个创研部主任，未免委屈了他。然而端木无所谓。

关于端木的为人，有些议论。不外是两个字，一是冷，二是傲。端木交游不广，没有多少人来探望他，他也很少到显赫的高门大宅人家走动，既不拉帮结伙，也无酒食征逐，随时可以看到他在单身宿舍里伏案临帖，——他写"玉版十三行洛神赋"；看书；哼桂剧。他对同人疾苦，并非无动于衷，只是不善于逢年过节，"代表组织"到各家循例作礼节性的关怀。这种"关怀"也实在没有多大意思。至于"傲"，那是有的。他曾在武汉呆过一些时候。武汉文化人不多，而门户之见颇深，他也不愿自竖大旗希望别人奉为宗师。他和王采比较接近。王采即因酒后鼓腹说醉话"我是王采，王采是我。王采好快活"而被划为右派的王采。王采告诉我，端木曾经写过一首诗，有句云：

"赖有天南春一树，

不负长江长大潮……"

这可真是狂得可以！然而端木不慕荣利，无求于人，"帝力于我何有哉"，酒后偶露轻狂，有何不可，何必"世人皆欲杀"！

真知道端木的"实力"的，是老舍。老舍先生当时是市文联主席，见端木总是客客气气的（不像一些从解放区来的中青年作家不知道端木这位马王爷有"三只眼")。老舍先生在一次大家检查思想的生活会上说:"我在市文联只'怕'两个人,一个是端木,一个是汪曾祺。端木书读得比我多,学问比我大。今天听了他们的发言,我放心了。"老舍先生说话有时是非常坦率的。

端木晚年主要力量放在写《曹雪芹》上。有人说端木这一着是失算。因为材料很少,近乎是无米之炊。我于此稍有不同看法。一是作为小说的背景材料是不少的。端木对北京的礼俗、节令、吃食、赛会,搜集了很多,编组织绘,使这大部头小说充满历史生活色彩,人物的活动便有了广宽天地,此亦曹雪芹写《红楼梦》之一法。有些对人物的设计,诚然虚构的成分过大。如小说开头写曹雪芹小时候是当女孩子养活的。有评论家云"这个端木蕻良真是异想天开!说曹雪芹打扮成丫头,有何根据?!"没有根据!然而何必要有根据?这是小说,是充满浪漫主义色彩的小说,不是传记,不是言必有据的纪实文学。是想象,不是考证。我觉得治"红学"的专家缺少的正是想象。没有想象,是书呆子。

端木的身体一直不好。我认识他时他就直不起腰来,天还不怎么冷就穿起貉绒的皮裤,他能"对付"到八十五岁,而且一直还不放笔,写出不少东西,真是不容易。只是我还是有些惋惜，如果他能再"对付"几年，把《曹雪芹》写完，甚至写出《科尔沁旗草原》第二部，那多好！

一九九六年十一月二十八日

铁凝印象

　　"我对给他人写印象记一直持谨慎态度，我以为真正理解一个人是困难的，通过一篇短文便对一个人下结论则更显得滑稽。"①铁凝说得很对。我接受了让我写写铁凝的任务，但是到快交卷的时候，想了想，我其实并不了解铁凝。也没有更多的时间温习一下一些印象的片段，考虑考虑。文章发排在即，只好匆匆忙忙把一枚没有结熟的"生疙瘩"送到读者面前，——张家口一带把不熟的瓜果叫做"生疙瘩"。

　　四次作代会期间，有一位较铁凝年长的作家问铁凝："铁凝，你是姓铁吗？"她正儿八经地回答："是呀。"这是

———————————
　　① 《铁凝文集·5·写在卷首》。

一点小狡狯。她不姓铁，姓屈，屈原的屈。我不知道她为什么不告诉那年纪稍长的作家实话。姓屈，很好嘛！她父亲作画署名"铁扬"，她们姊妹就跟着一起姓起铁来。铁凝有一个值得叫人羡慕的家庭，一个艺术的家庭。铁凝是在一个艺术的环境长大的。铁扬是个"不凡"的画家。——铁凝拿了我在石家庄写的大字对联给铁扬看，铁扬说了两个字："不凡。"我很喜欢这个高度概括，无可再简的评语，这两个字我可以回赠铁扬，也同样可以回赠给他的女儿。铁凝的母亲是教音乐的。铁扬夫妇是更叫人羡慕的，因他们生了铁凝这样的女儿。"生子当如孙仲谋"，生女当如屈铁凝。上帝对铁扬一家好像特别钟爱。且不说别的，铁凝每天要供应父亲一瓶啤酒。一瓶啤酒，能值几何？但是倒在啤酒杯里的是女儿的爱！

上帝在人的样本里挑了一个最好的，造成了铁凝。又聪明，又好看。四次作代会之后，作协组织了一场晚会，让有模有样的作家登台亮相。策划这场晚会的是疯疯癫癫的张辛欣和《人民文学》的一个胖胖乎乎的女编辑，——对不起，我忘了她叫什么。二位一致认为，一定得让铁凝出台。那位小胖子也是小疯子的编辑说："女作家里，我认为最漂亮的是铁凝！"我准备投她一票，但我没有表态，因为女作家选美，不干我这大老头什么事。

铁凝长得不高不矮，不胖不瘦，两腿修长，双足秀美，行步动作都很矫健轻快。假如要用最简练的语言形容铁凝的体态，只有两个最普通的字：挺拔。她面部线条清楚，不是圆乎乎地像一颗大香白杏儿。眉浓而稍直，眼亮而略狭长。不论什么时候都是精精神神，清清爽爽的，好像是刚刚洗了一个澡。我见过铁凝的一些照片。她的照片大致可分为两类。一类是露齿而笑的。不是"巧笑倩兮"那样自我欣赏，也叫人欣赏的"巧笑"，而是坦率真诚，胸无渣滓的开怀一笑。一类是略带忧郁地沉思。大概这是同时写在她的眉宇间的性格的两个方面。她有时表现出有点像英格丽·褒曼的气质，天生的纯净和高雅。有一张放大的照片，梳着蓬松的鬈发（铁凝很少梳这样的发型），很像费雯丽。我当面告诉铁凝，铁凝笑了，说："又说我像费雯丽，你把我越说越美了。"她没有表示反对。但是铁凝不是英格丽·褒曼，也不是费雯丽，铁凝就是铁凝，世间只有一个铁凝。

铁凝胆子很大。我没想到她爱玩枪，而且枪打得不错。她大概也敢骑马！她还会开汽车。在她挂职到涞水期间，有一次乘车回涞水，从驾驶员手里接过方向盘，呼呼就开起来。后排坐着两个干部，一个歪着脑袋睡着了，另一个推醒了他，说："快醒醒！你知道谁在开车吗？——铁凝！"睡着了的干部两眼一睁，睡意全消。把性命交给这么个姑奶奶手上，那可太玄乎了！她什么都敢干。她写东西也是这样：什么都敢写。

铁凝爱说爱笑。她不是腼腆的，不是矜持渊默的，但也不是家雀一样叽叽喳喳，哨起来没个完。有一次我说了一个嘲笑河北人的有点粗俗的笑话：一个保定老乡到北京，坐电车，车门关得急，把他夹住了，老乡大叫："夹住俺腚了！夹住俺腚了！"售票员问："怎么啦？"——"夹住俺腚了！"售票员明白了，说："北京这不叫腚。"——"叫什么？"——"叫屁股。"——"哦！"——"老大爷你买票吧。您到哪儿呀。"——"安屁股门！"铁凝大笑，她给续了一段："车开了，车上人多，车门被挤开了，老乡被挤下去了，——'哦，自动的！'"铁凝很有幽默感。这在女作家里是比较少见的。

关于铁凝的作品，我不想多谈，因为我只看过一部分，没有时间通读一遍。就印象言，铁凝的小说也可以大致分为两类。一类《哦，香雪》一样清新秀润的。"清新"二字被人用滥了，其实这是很不容易做到的。河北省作家当得起清新二字的，我看只有两个人，一是孙犁，一是铁凝。这一类作品抒情性强，笔下含蓄。另一类，则是社会性较强的，笔下比较老辣。像《玫瑰门》里的若干章节，如"生吃大黄猫"，下笔实可谓带着点残忍，惊心动魄。王蒙深为铁凝丢失了清新而惋惜，我见稍有不同。现实生活有时是梦，有时是严酷的、粗粝的。对粗粝的生活只能用粗粝的笔触写之。即便是女作家，也不能一辈子只是写"女郎诗"。我以为铁凝小说有时亦有男子气，这正是她在走向成熟的路上迈出的坚实的一步。

我很希望能和铁凝相处一段时间，仔仔细细读一遍她的全部作品，好好地写一写她，但是恐怕没有这样的机遇。而且一个人感觉到有人对她跟踪观察，便会不自然起来。那么到哪儿算哪儿吧。

一九九七年五月八日凌晨

贾平凹其人

　　贾平凹是当代中国作家里的奇才。他今年三十七岁，写了三十八本书。短篇、中篇、长篇都写。散文自成一格。间或也写诗。他的书摆在地下，可以超过他的膝盖。写得多的作家也有。有人长篇不过月，中篇不过周，短篇不过夜。写得多，而不滥，少。

　　平凹是商州人，对于中国古代文物古迹，尤其是秦汉时期的，有相当广博的知识，极高的鉴赏力，和少见的热情。平凹的书斋静虚村里就有好些坛坛罐罐，他朝夕和这些东西相对，摩挲拂拭，乐在其中。平凹是农家子，后来读了西北大学中文系，比较系统地泛览过中国古典文学。这样，他就不是一般意义上的"农民作家"。他读老子，读庄子，也读禅宗语录。他对三教九流、医卜星象都有兴趣，都懂一点。这些，他都是视为一种文化现象来理解，来探究的。他的《浮躁》写的是一条并不存在的州河两岸土著居民在开放改革的激变中的形形色色的文化心理的嬗递，没有停留在河上的乡镇企业、商业的隆替上。他把这种心理状态概括为"浮躁"，是具有时代特点的。这样，这本小说就和同类的写改革的小说取了不同的角度，也更为深刻了。

平凹的小说取名《浮躁》，他的书斋却叫做"静虚村"，这很有意思。"静虚"是老子思想。唯静与虚，冷冷淡淡，作者才能看清世态，洞悉人心。平凹确实是一个很平易淡泊的人。从我和他的接触中，他全无"作家气"。在稠人广众之中，他总是把自己缩小到最小限度。他很寡言，但在闲谈中极富机智，极富幽默感。作为"飞马奖"的评委，我觉得我们选了一本好书，也选了一个好人，我很高兴。

平凹的爱人小韩问平凹：你在创作上还有多少潜力？平凹说：我还刚刚才开始呢！他这样年轻，又有写不尽的，源源不竭的商州生活，这真是值得羡慕。但是我希望平凹重新开始时，写得轻松一点，缓慢一点，不要这样着急。从另一方面说，《浮躁》确实又写得还有些躁，尤其是后半部。人物心理，景物，都没有从容展开，忙于交待事件，有点草草收兵。作为象征的州河没有自始至终在小说里流动。

平凹将要改变"似乎严格的写实方法"，"去干一种自感受活的事"。我也觉得这种严格的写实方法对平凹是一种限制。我希望他以后的写作更为"受活"。首先，从容一点。

一九八八年十一月四日

潘天寿的倔脾气

潘天寿曾到北京开画展，《光明日报》出了一版特刊，刊头由康生题了两行字：

　　画师魁首

　　艺苑班头

这使得很多画家不服。

过了几年，"文革"开始，"金棍子"姚文元对潘天寿进行了大批判，称之为"反革命画家"。

康生和姚文元都是"无产阶级司令部"管意识形态的，一前一后，对潘天寿的评价竟然如此悬殊，实在令人难解。康生后来有没有改口，没听说，不过此人善于翻云覆雨，对他说过的话常会赖帐，姑且不去管他。姚文元只凭一个画家的画就定为"反革命"，下手实在太狠了。姚文元的批判文章很长，不能悉记，只约略记得说从潘天寿的画来看，他对现实不满，对新社会有刻骨的仇恨等等。

姚文元的话不是一点"道理"没有，潘天寿很少画过歌功颂德的画（偶尔也有，如《运粮图》）。他的画有些是"有情绪"的，他用笔很硬，构图也常反常规，他的名作《雁荡山花》用平行构图，各种山花，排队似的站着，不欹侧取势；用墨也一律是浓墨勾勒，不以浓淡分远近，这些都是画家之大忌。山花茎叶瘦硬，真是"山花"，是在少雨露、多沙砾的恶劣环境的石缝中挣扎出来的。然而这些花还是火一样、靛一样使劲地开着，显出顽强坚挺的生命力，这样的山花使一些人得到鼓舞，也使一些人觉得不舒服，——如姚文元。

潘天寿画鸟有个特点。一般画鸟，鸟的头大都是朝着画里，对娇艳的花叶流露出欣喜的感激；潘天寿的鸟都是眼朝画外，似乎愤愤不平，对画里的花花世界不屑一顾。

在展览会上见过他的一幅雏鸡图，题曰："××农场所见"。这是一只半大雏公鸡，背身，羽毛未丰，肌肉鼓突，一只腿上拖了一只烂草鞋。看了，使人感到这只小公鸡非常别扭。说潘天寿此画是有感而发，感同身受，我想这不为过分。

姚文元对这样的画恨之入骨，必欲置潘天寿于死地，说明这个既残忍又懦弱的阴谋家还是敏感的。

问题是在画里略抒愤懑，稍发不平之气，可以不可以？

不要使画家都变成如意馆的待诏①。

_____

① 清代御用画家的一种名称。

诗人韩复榘

山东关于韩复榘的故事甚多。最有名的是：

"蒋委员长提倡新生活，俺都赞成。就是'行人靠左走'，那右边谁走呢？"

他游泰山，诗兴大发，口占一首，叫人笔录下来。诗曰：

远看泰山黑糊糊，

上边细来下边粗。

有朝一日倒过来，

下边细来上边粗。

这比"把汝裁为三截"气魄还大！

游趵突泉，亦得一诗：

趵突泉，

泉趵突，

三个泉眼一般粗，

咕嘟咕嘟又咕嘟。

韩诗当用济南话读，才有味道。但其实韩复榘是河北霸县人，说话口音想也不是山东口音。然而山东人愿意叫他说山东话，怎有啥办法？

韩复榘倒没有把他的诗刻在泰山上。韩在任期间曾经大修过泰山一次，竣工后，电令泰山各处："嗣后除奉令准刊外，无论何人，不准题字、题诗"。他不在泰山刻诗，也许是以身作则。

当然，韩复榘的诗以及许多关于他的故事都是口头文学，不可信以为真。编造、流传有权势者的笑话，是老百姓反抗有权有势者之一法。我希望山东能搜集韩复榘的故事，出一本《韩复榘全集》。

一九九七年三月十三日

裘盛戎二三事

　　裘盛戎把花脸艺术推到了一个新的阶段。以前的花脸大都以气大声宏，粗犷霸悍取胜，盛戎开始演唱得很讲究，很细，很有韵味，很美。盛戎初露头角时，有人对他的演唱看不惯，嘲笑他是"妹妹花脸"。这些人说对了！盛戎即便是演粗豪人物也带有几分妩媚。粗豪和妩媚是辩证的统一。男性美中必须有一点女性美。

　　盛戎非常注意宏细、收放、虚实，不是一味在台上喊叫。这样才有对比，有映照，有起伏。他在《姚期》中打的虎头引子，"终朝边塞"几乎是念出来的，而且是轻轻地念出来的，下边"征胡虏"才用深厚的胸音高唱，这样才有大将风度。如果上来就卯足了劲，就不像个元老重臣，像个山大王了。《雪花飘》开场四句："打罢了新春六十七

（哟），看了五年电话机。传呼一千八百日，舒筋活血强似下棋。"盛戏也是轻唱，在叙述中带点抒情，很潇洒。这四句散板简直有点像马派老生。旧本《杜鹃山》有一场"烤番薯"。毒蛇胆在山下烧杀乡亲，雷刚不能下山搭救。他在篝火中烤一块番薯，番薯的糊香使他想起乡亲们往日待他的恩情，唱道："一块番薯掰两半，曾受深恩三十年……""一块番薯掰两半"是虚着唱的，轻轻地，他在回忆。"深恩"用足胸腔共鸣，深沉浑厚，感情很浓重。

盛戏高音很好，但不滥用，用则如奇峰突起，极其提神。《连环套》"饮罢了杯中酒"一般花脸"杯"字多平唱，盛戏拔了一个高。《群英会》黄盖只有四句散板，盛戏能要下三个"好"。"俺黄盖受东吴三世厚恩"，"三"字拔高，非常突出。我问过盛戏的琴师汪本贞："'三'字高唱是不是盛戏的创造？"汪本贞说："是的。"我说："'三'字高唱，表现出黄盖受东吴之恩不止一世，因此才愿冒极大风险，诈降曹营。"汪本贞说："就是！就是！"盛戏在香港告别演出的剧目是《锁五龙》，那天他不知怎么来了劲，"二十年投胎某再来"，"投胎"使了个嘎调——高八度，台底下炸了窝。连汪本贞都没有想到，说："我给他拉了一辈子胡琴，从来没有听他这么唱过。"

花脸有"炸音"，有"鼻音"。一般花脸演员能"炸"

就"炸"，有 eng 的字很早就归入鼻音，听起来"嗯嗯"作响。这是架子花脸的唱法，不是铜锤的唱法。这是唱"花脸"，不是唱人物。盛戎很少使"炸音"、"鼻音"。他唱《盗御马》"自有那黄三泰与你们抵偿"，"泰"字稍用"炸音"，但不过分。《铡美案》"包龙图打坐在开封府"，"封"字只略带鼻音，盛戎的鼻腔共鸣极好，可以说是举世无双。一个耳鼻喉科的苏联专家对盛戎的鼻腔构造发生很大兴趣。但是盛戎字字有鼻腔共鸣，而无字着意用鼻音，只是自自然然地唱。盛戎演的是人物，不是行当。此盛戎超出于侪辈，以至造成"无净不裘"的秘密所在。

盛戎善于用气，晚年在研究气口上下了很大功夫。他跟我说："老汪嗷，花脸唱一场戏，得用多少气呀！我现在岁数大了，不研究气口怎么行？"他在气口运用上有很多独到之处。《智取威虎山》李勇奇的独唱有一句大腔，一般花脸都只是唱半句，后面就交给了胡琴，盛戎说："要叫我唱，我就唱全了，用程派，声音控制得很'小'。"盛戎的唱法有许多地方确实从程派受到启发。李勇奇唱腔的最后一句："扫平那威虎山我一马当先"按花脸惯例，都是在"一马"后面换气，"当先"一口气唱出，盛戎不这样，他在"当"字后换气，唱成"一马当——先……"。他说"当"字唱在后面，"先"字就没有多少气了，不足。

盛戏的表演能够扬长避短，不拘成法。他的腿不太好，踢得不高，他就把《盗御马》的踢腿改成了大跨步，很美，台下一片掌声。他"四记头"亮相，髯口甩在哪边，没准谱。到他快亮相的时候，后台的青年演员就在边幕后等着："瞧着瞧着！看他今天甩在左边，还是右边！"——"怪！甭管甩在哪边，都挺好看！"《除三害》的周处，把开氅一甩，往肩上一搭，迤里歪斜的就下场了，完全是一个天桥杂巴地！这个身段的设计是从生活来的，周处本来是个痞子。

盛戏许多表演都是从生活中来，借鉴了话剧、借鉴了周信芳。姚刚杀死国丈，家院一报，姚期一惊，差一点落马，是有名的例子。见到姚刚，问了一句："儿是姚刚？"随即一串冷笑。我问过盛戏，这时候为什么冷笑，盛戏说："你真是好样儿的，你给我闯了这么大的祸！"戏曲演员运用潜台词的不多，盛戏的戏常有丰富的潜台词。《万花亭》郭妃给姚期敬酒，盛戏接杯，口中连说："不敢！不敢！"声音很小，又是背着身，台下是根本听不见的，但是盛戏每次演到这里，从来都是一丝不苟。

盛戏文化不高，但是理解能力很强，而且表现突出。《杜鹃山·打长工》有两句唱："他遍体伤痕都是豪绅罪证，我怎能在他的旧伤痕上再加新伤痕？"是流水板，原来设计的唱腔是"数"过关的。我跟盛戎说："老兄，这可不成！你得真看到伤痕，而且要想一想。"盛戎立刻理解："我再来来，您看成不成？"他把"旧伤痕上"唱"散"了，放慢了速度，加一个弹拨乐的单音小执头"登登登登……"然后回到原节奏，"再加新伤痕"一泻无余。设计唱腔的唐在炘、熊承旭齐声叫"好！"《烤番薯》里的一句唱词"一块番薯掰两半"，设计唱腔的同志不明白这是什么意思，盛戎说："这有什么不明白的！一块番薯掰两半，有他吃的就有我吃的。"基于这种理解，盛戎才能把这一句唱词唱得有那样感情深厚。

盛戎一直想重演《杜鹃山》，愿意和我、唐在炘、熊承旭再合作一次。为此曾特意请我和老唐、老熊上家里吃过一次饭。

这时盛戎身体已经不行了，可是不死心。他一个人睡在小屋里，夜里看剧本，两次把床头灯的灯罩烤着了。

盛戎大概已经知道自己得的是癌症，肺癌，他跟我说："甭管它是什么，有病咱们治病！"他并未丧失信心。

盛戎住进了肿瘤医院，癌细胞已经扩散到脑子，不治了，但还想着演《杜鹃山》，枕边放着剧本。有一次剧本被人挪开，他在枕边乱摸。他的夫人用报纸卷了个纸筒放在他手里，他才算安心。他临终前两三天，我和在炘、承旭到医院去看他。他的学生方荣翔领我们到盛戎的病房。盛戎的半拉脸烤电都烤糊了，正在昏睡。荣翔叫他："先生先生，有人来看您。"盛戎微微睁眼。荣翔指指我，问盛戎："您还认识吗？"盛戎在枕上点点头，说了一个字："汪"。随即流下一大滴眼泪。

千古文章未尽才，悲夫！

一九九三年七月二十八日

难得最是得从容

——《裘盛戎影集》前言

千秋一净裘盛戎，

遗像宛然沐清风。

虎啸龙吟余事耳，

难能最是得从容。

裘盛戎幼年失学，文化不高，但是对艺术有特殊的秉赋。他的艺术感极好，对剧情、人物理解极深，反应极快，而且表现得非常准确。导演有什么要求，一点就破，和编剧、导演很默契。导过他的戏的导演都说：给盛戎导戏，很省事，不用"阐述"、"启发"这一套，几句话就行了。

《杜鹃山》（老本）有一场"打长工"，雷刚认为长工和地主是一回事，把长工打了，事后看到长工身上的伤痕，非常后悔。有这样两句唱：

他遍体伤痕都是豪绅罪证，

我怎能在他的旧伤痕上再加新伤痕！

唱腔是流水。练唱的时候我在旁边，说："老兄，你不能就这样'数'过去，得有个过程，得真看到伤痕，心里悔恨。"盛戎想了想说："我再来来。"其实也很简单，他把"旧伤痕上"唱"散"了，加了一个单音的弹拨乐小垫头，然后再回到原尺寸。这样，眼里、心里就都充满仇恨。在场听唱的，齐声说："好！就是这样！"《杜鹃山》有一稿有一场"烤番薯"。毒蛇胆在山下杀人放火，残害乡亲，雷刚受军纪约束，一时不能下山拯救百姓，心如火焚，按捺不住。山上断粮，只能每人发一个番薯当饭。番薯在火里烤出了香味，勾起雷刚想起乡亲们多年对他的好处：

一块番薯掰两半，

曾受深恩三十年……

盛戎把两句压低了音量，唱得很"虚"，表现出雷刚对乡亲们的思念，既深且远。

盛戎善于运用音色、体形的变化塑造不同的人物。他演的姚期端肃威重，俨然是一位坐镇一方的开国老臣，一位王爷。他演的周处（《除三害》），把开氅往肩上一搭，迤里歪斜地就下了场了，完全是一个痞子，一个天桥耍胳臂的"杂不地"。——这种不从程式而从生活出发塑造人物的方

86

法在花脸里很少见。

盛戏的身体条件不太好，不像"十全大面"金少山那样的魁梧。他比较瘦，但是也有他的优越条件：肩宽，腰细，扮戏很"受装"。他扮出来的《盗御马》的窦尔墩，箭衣板平。这样的箭衣装当得起北京人爱说的一个字：帅。裘派装是很讲究的。盛戏有一件平金白蟒，全用金线，绣的是一条整龙。这件一条龙的平金绣蟒真是美极了，——当然也得看是什么人穿。

盛戏的脸比较瘦削，勾出脸来不易好看，但是他能弥补自己的缺陷。他一般不演曹操，因为曹操的盔头压得低，更显得演员脸小。盛戏勾脸的特点是干净，细致，每一笔都有起落，有交待。姚期的眉子是略有深浅的，不是简单两个圆形的黑点子。包拯两颊揉红，恰到好处，不像有些唱花脸的演员把脸画成了两个大海茄子。即便是窦尔墩的花三块瓦，也是清清楚楚，一笔是一笔，不让人有"乱七八糟"之感。他弥补脸形的诀窍是以神带形，首先要表现出人物的品格气质，这样本来是一般化的脸谱就有了不一般的表情。他演的姚期，透过眼窝还能充分表现出眼神，并且眼神的内涵很丰富。

盛戏的戏也有节奏较快的，如《盗御马》，但是快而不乱。一般人物都演得很从容，不火暴，不论是什么性格，都有一种发自于中的儒雅，即一般常说的"书卷气"。这就提高了人物品格，增加了人物的深度。花脸而有书卷气，此裘派之所以为裘派，这是寻常花脸所达不到的。

盛戎不大爱活动。他常出来遛个小弯，从西河沿到虎坊桥，脚步较慢，不慌不忙，潇潇洒洒，比许多知识分子更像知识分子，——盛戎曾自嘲，说他是个没有文化的文化人，一个没有知识的高级知识分子。到虎坊桥练功厅略坐一坐，找人聊聊天，功夫不大，就遛达回去了。他的家居生活也比较清简，他不喜欢高朋满座，吵嚷喧哗。偶尔在家请几个熟朋友，菜不过数道，但做得很讲究。有一次请唐在炘、熊承旭和我吃饭，有一盘香菜炒鸡丝。香菜是特供的，香菜肥而极嫩。有一次在鸿宾楼请我吃涮肉，涮的不是羊肉，而是鸿宾楼特为给留下的一块极嫩的牛肉。不要乱七八糟的佐料，只是一碟酱油，切几个蒜片。盛戎这种饮食口味，淡而能浓，存本味，得清香，和他对艺术的赏鉴是相关的。

除了看看报，给儿子拉胡琴吊嗓子，教徒弟，作身段示范，大部分时间盘膝坐在床上一个人捉摸戏。晚年特别重视气口。他说：花脸一句唱得用多少气？年轻时全凭火力壮，现在上了岁数，得在气口上下功夫。他精研气口，深有心得。比如《智取威虎山》李勇奇唱的"扫平那威虎山我一马当先"，一般花脸都唱成"一马——当先"，盛戎说，叫我，我唱成这样："我一马当——先"，"当"字唱在上面，和"一马当"一口气，然后换气，再单独唱"先"，这样"先"字气才显足。他很欣赏《智取威虎山》"同志们语重心长"的"长"字唱断，不拖泥带水。他是唱花脸的，但对程派兴趣很大，认为花脸运腔，可以参考。

盛戎在台上，在平常生活里，都从容不迫，他走得可是过于匆匆了。他去世时才五十六岁，活到今天，也只是八十岁，本来可以留下更多的东西，现在只搜集到不多的图片，可供后人凝眸怀想，是可悲也。

一九九五年九月二日

名优之死

——纪念裘盛戎

裘盛戎真是京剧界的一代才人!

再有些天就是盛戎的十周年忌辰了。他要是活着,今年也才六十六岁。

我是很少去看演员的病的。盛戎病笃的时候,我和唐在炘、熊承旭到肿瘤医院去看他。他的学生方荣翔引我们到他的床前。盛戎因为烤电,一边的脸已经焦糊了,正在昏睡。荣翔轻轻地叫醒了他,他睁开了眼。荣翔指指我,问他"您还认识吗?"盛戎在枕上微点了点头,说了一个字:"汪。"随即从眼角流出了一大滴眼泪。

盛戎的病原来以为是肺气肿,后来诊断为肺癌,最后转到了脑子里,终于不治了。当中一度好转,曾经出院回家,且能走动。他的病他是有些知道的,但不相信就治不好，曾对我说："有病咱们治病，甭管它是什么！"他是很乐观的。他还想演戏，想重排《杜鹃山》，曾为此请和他合作的在炘、承旭和我到他家吃了一次饭。那天他精神还好，也有说话的兴致，只是看起来很疲倦。他是能喝一点酒的，那天倒了半杯啤酒，喝了两口就放下了。菜也吃得很少，只挑了几根掐菜，放在嘴里慢慢地咀嚼。

然而他念念不忘《杜鹃山》。请我们吃饭的前一阵，他搬到东屋一个人住，床头随时放着一个《杜鹃山》剧本。

这次一见到我们，他想到和我们合作的计划实现不了了。那一大滴眼泪里有着多大的悲痛啊！

盛戏的身体一直不大好。他是喜欢体育运动的，年轻时也唱过武戏。他有时不免技痒，跃跃欲试。年轻的演员练功，他也随着翻了两个"虎跳"。到他们练"窜扑虎"时，他也走了一个"趋步"，但是最后只走了一个"空范儿"，自己摇摇头，笑了。我跟他说："你的身体还不错"，他说："外表还好，这里面——都娄了！"然而他到了台上，还是生龙活虎。我和他曾合作搞过一个小戏《雪花飘》（据浩然同志小说改编），他还是兴致勃勃地和我们一同去挤公共汽车，去走路，去电话局搞调查，去访问了一个七十岁的送公用电话的老人。他年纪不大，正是"好岁数"，他没有想到过什么时候会死。然而，这回他知道没有

名优之死

91

希望了。

听盛戎的亲属说，盛戎在有一点精力时，不停地捉摸《杜鹃山》，看剧本，有时看到深夜。他的床头灯的灯罩曾经烤着过两次。他病得已经昏迷了，还用手在枕边乱摸。他的夫人知道他在找剧本，剧本一时不在手边，就只好用报纸卷了一个筒子放在他手里。他攥着这一筒报纸，以为是剧本，脸上平静下来了。他一直惦着《杜鹃山》的第三场。能说话的时候，剧团有人去看他，他总是问第三场改得怎么样了。后来不能说话了，见人伸出三个指头，还是问第三场。直到最后，他还是伸着三个指头死的。

盛戎死于癌症，但致癌的原因是因为心情不舒畅，因为不让他演戏。他自己说："我是憋死的。"这个人，有戏演的时候，能捉摸戏里的事，表演，唱腔……就高高兴兴；没戏演的时候，就整天一句话不说，老是一个人闷着。一个艺术家离开了艺术，是会死的。十年动乱，折损了多少人才！有的是身体上受了摧残，更多的是死于精神上的压抑。

《裘盛戎》剧本的最后有一场《告别》。盛戎自己病将不起，录了一段音，向观众告别。他唱道：

　　唱戏四十年，

　　知音满天下。

梦里高歌气犹酣，

醒来僵卧在床榻。

树已老，春又寒，

枯枝难再发。

不恨树老难再发，

但愿新树长新芽。

挥手告别情何限，

漫山开遍杜鹃花。

但愿盛戎的艺术和他的对于艺术的忠贞、执着和挚爱能够传下去。

谭富英轶事

谭富英有时很"逗"，有意见不说，却用行动表示。他嫌谭小培给他的零花钱太少了，走到父亲跟前，摔了个硬抢背。谭小培明白，富英的意思是说：你给我的钱太少，我就摔你的儿子！五爷（谭小培行五，梨园行都称之为五爷）连忙说："哎呀儿子！有话你说！有话，说！别这样！"梨园行都说谭小培是个"有福之人"。谭鑫培活着时，他花老爷子的钱；老爷子死了，儿子富英唱红了，他把富英挣的钱全管起来，每月只给富英有数的零花。富英这一抢背，使他觉得对儿子克扣得太紧，是得给长长份儿。

有一年，在哈尔滨唱。第二天谭富英要唱的是重头戏，心理有负担，早早就上了床，可老睡不着。同去的有裘盛戎。他第二天的戏是一出"歇工戏"。盛戎晚上弄了好些人在屋里吃涮羊肉，猜拳对酒，喊叫喧哗，闹到半夜。谭富英这个烦呀！他站到当院唱了一句倒板："听谯楼打九更……""打九更"？大伙一愣，盛戒明白，意思是都这会儿了，你们还这么吵嚷！忙说："谭团长有意见了，咱们小点声，小点声！"

有一个演员，练功不使劲，谭富英看了摇头。这个演员说："我老了，翻不动了！"谭富英说："对！人生三十古来稀，你是老了！"

谭富英一辈子没少挣钱，但是生活清简。一天就是蜷在沙发里看书，看历史（据说他能把二十四史看下来，恐不可靠），看困了就打个盹，醒来接茬再看，一天不离开他那张沙发。他爱吃油炸的东西，炸油条、炸油饼、炸卷果，都欢喜（谭富英不说"喜欢"，而说"欢喜"）。爱吃鸡蛋，炒鸡蛋，煎荷包蛋，煮鸡蛋，都行。抗美援朝时，他到过朝鲜，部队首长问他们生活上有什么要求，他说想吃一碗蛋炒饭。那时朝鲜没有鸡蛋，部队派吉普车冒着炮火开车到丹东，才弄到几个鸡蛋。为此，裘盛戒在"文革"中给他贴了大字报。谭富英跟我小声说："我哪知道几个鸡蛋要冒这样的危险呀！知道，我就不吃了！"谭富英有个"三不主义"：不娶小、不收徒、不做官。他的为人，梨园行都知道。连江青也说："谭富英正正派派，规规矩矩，唱戏这样，做人也是这样。"

看来江青对谭富英是了解的，但是不知道为什么，她想起劝谭富英退党（谭富英是老党员了）。江青劝退，能够不退吗？谭富英把退党是很当回事的。他生性平和恬淡，宠辱不惊，那一阵可变得少言寡语，闷闷不乐，很久很久，都没有缓过来。

谭富英病重住院。他原有心脏病，这回大概还有其他病并发，已经报了"病危"。服药注射，都不见效。谭富英知道给他开的都是进口药，很贵，就对医生说："这药留给别人用吧！我用不着了！"终于与世长辞，死得很安静。

赞曰：

生老病死，全无所谓。

抱恨终生，无端"劝退"。

名优逸事

萧长华

萧先生八十多岁时身体还很好，腿脚利落，腰板不塌。他的长寿之道有三：饮食清淡，经常步行，问心无愧。

萧先生从不坐车。上哪儿去，都是地下走。早年在宫里"当差"，上颐和园去唱戏，也都是走着去，走着回来。从城里到颐和园，少说也有三十里。北京人说：走为百练之祖，是一点不错的。

萧老自奉甚薄。他到天津去演戏，自备伙食。一棵白菜，两刀切四爿，一顿吃四分之一。餐餐如此：窝头，熬白菜。他上女婿家去看女儿，问："今儿吃什么呀？"——"芝麻酱拌面，炸点花椒油。""芝麻酱拌面，还浇花椒油呀？！"

萧先生偶尔吃一顿好的：包饺子。他吃饺子还不蘸醋。四十个饺子，装在一个盘子里，浇一点醋，特喽特喽，就给"开"了。

萧先生不是不懂得吃。有人看见，在酒席上，清汤鱼翅上来了，他照样扁着筷子挟了一大块往嘴里送。

懂得吃而不吃，这是真的节俭。

萧先生一辈子挣的钱不少，都为别人花了。他买了几处"义地"，是专为死后没有葬身之所的穷苦的同行预备的。有唱戏的"苦哈哈"，死了老人，办不了事，到萧先生那儿，磕一个头报丧，萧先生问，"你估摸着，大概其得多少钱，才能把事办了哇？"一面就开箱子取钱。

三、五反的时候，一个演员被打成了"老虎"，在台上挨斗，斗到热火燎辣的时候，萧先生在台下喊："××，你承认得了，这钱，我给你拿！"

赞曰：

　　窝头白菜，寡欲步行。

　　问心无愧，人间寿星。

姜妙香

姜先生真是温柔敦厚到了家了。

他的学生上他家去，他总是站起来，双手当胸捏着扇子，微微躬着身子："您来啦！"临走时，一定送出大门。

他从不生气。有一回陪梅兰芳唱《奇双会》，他的赵宠。穿好了靴子，总觉得不大得劲。"唔，今儿是怎样搞的，怎么总觉得一脚高一脚低的？我的腿有毛病啦？"伸出脚来看看，两只靴子的厚底一只厚二寸，一只二寸二。他的跟包叫申四。他把申四叫过来："老四哎，咱们今儿的靴子拿错了吧？"你猜申四说什么？——"你凑合着穿吧！"

姜先生从不争戏。向来梅先生演《奇双会》，都是他的赵宠。偶尔俞振飞也陪梅先生唱，赵宠就是俞的。管事的说："姜先生，您来个保童。"——"哎好好好。"有时叶盛兰也陪梅先生唱。"姜先生，您来个保童。"——"哎好好好。"

姜先生有一次遇见了劫道的，就是琉璃厂西边北柳巷那儿。那是敌伪的时候。姜先生拿了"戏份儿"回家。那会唱戏都是当天开份儿，戏打住了，管事的就把份儿分好了。姜先生这天赶了两"包"，华乐和长安。冬天，他坐在洋车里，前面挂着棉车帘。"站住！把身上的钱都拿出来！"——他也不知道里面是谁。姜先生不慌不忙地下了车，从左边口袋里掏出一沓（钞票），从右边又掏出了一沓。"这是我今儿的戏份儿。这是华乐的，这是长安的。都在这儿，一个不少。您点点。"

那位不知点了没有。想来大概是没有。

在上海也遇见过那么一回。"站住，把身浪厢值钿（钱）格物事（东西）才（都）拿出来！"此公把姜先生身上搜刮一空，扬长而去。姜先生在后面喊：

"回来，回来！我这还有一块表哪，您要不要？"

事后，熟人问姜先生："您真是！他走都走了，您干嘛还叫他回来？他把您什么都抄走了，您还问'我这还有一块表哪，您要不要'？"

姜妙香答道："他也不容易。"

姜先生有一次似乎是生气了。"文化大革命"，红卫兵上姜先生家去抄家，抄出一双尖头皮鞋，当场把鞋尖给他剁了。姜先生把这双剁了尖、张着大嘴的鞋放在一个显眼的地方。有人来的时候，就指指，摇头。

赞曰：

温柔敦厚，有何不好？

100

"文革"英雄，愧对此老。

贯盛吉

在京剧丑角里，贯盛吉的格调是比较高的。他的表演，自成一格，人称"贯派"。他的念白很特别，每一句话都是高起低收，好像一个孩子在被逼着去做他不情愿做的事情时的嘟囔。他是个"冷面小丑"，北京人所谓"绷着脸逗"。他并不存心逗人乐。他的"哏"是淡淡的，不是北京人所谓"胳肢人"，上海人所谓"硬滑稽"。他的笑料，在使人哄然一笑之后，还能想想，还能回味。有人问他："你怎么这么逗呀？"他说："我没有逗呀，我说的都是实话。""说实话"是丑角艺术的不二法门。说实话而使人笑，才是一个真正的丑角。喜剧的灵魂，是生活，是真实。

不但在台上，在生活里，贯盛吉也是那么逗。临死了，还逗。

他死的时候，才四十岁，太可惜了。

他死于心脏病，病了很长时间。

家里人知道他的病不治了，已经为他准备了后事，买了"装裹"——即寿衣。他有一天叫家里人给他穿戴起来，都穿齐全了，说："给我拿个镜子来。"

他照照镜子："唔，就这德行呀！"

有一天，他让家里给他请一台和尚，在他的面前给他放一台焰口。

他跟朋友说："活着，听焰口，有谁这么干过没有？——没有。"

有一天，他很不好了，家里忙着，怕他今天过不去。他瓮声瓮气地说："你们别忙。今儿我不走。今儿外面下雨，我没有伞。"

一个人能够病危的时候还能保持生气盎然的幽默感，能够拿死来"开逗"，真是不容易。这是一个真正的丑角，一生一世都是丑角。

赞曰：

拿死开逗，滑稽之雄。

虽东方朔，无此优容。

郝寿臣

郝老受聘为北京市戏校校长。就职的那天，对学生讲话。他拿着秘书替他写好的稿子，讲了一气。讲到要知道旧社会的苦，才知道新社会的甜。旧社会的梨园行，不养小，不养老。多少艺人，唱了一辈子戏，临了是倒卧街头，冻饿而死。说到这里，郝校长非常激动，一手高举讲稿，一手指着讲稿，说：

"同学们！他说得真对呀！"

这件事，大家都当笑话传。细想一下，这有什么可笑呢？本来嘛，讲稿是秘书捉刀，这是明摆着的事。自己戳穿，有什么丢人？倒是"他说得真对呀"，才真是本人说出的一句实话。这没有什么可笑。这正是前辈的不可及处：老老实实，不装门面。

许多大干部作大报告，在台上手舞足蹈，口若悬河，其实都应该学学郝老，在适当的时候，用手指指秘书所拟讲稿，说：

"同志们！他说得真对呀！"

赞曰：

> 人为立言，己不居功。
>
> 老老实实，古道可风。

马·谭·张·裘·赵
—— 漫谈他们的演唱艺术

马（连良）、谭（富英）、张（君秋）、裘（盛戎）、赵（燕侠），是北京京剧团的"五大头牌"。我从一九六一年底参加北京京剧团工作，和他们有一些接触，但都没有很深的交往。我对京剧始终是个"外行"（京剧界把不是唱戏的都叫做"外行"）。看过他们一些戏，但是看看而已，没有做过任何研究。现在所写的，只能是一些片片段段的印象。有些是我所目击的，有些则得之于别人的闲谈，未经核实，未必可靠。好在这不入档案，姑妄言之耳。

描述一个演员的表演是几乎不可能的事。马连良是个雅俗共赏的表演艺术家，很多人都爱看马连良的戏。但是马连良好在哪里，谁也说不清楚。一般都说马连良"潇洒"。马连良曾想写一篇文章:《谈潇洒》,不知写成了没有。我觉得这篇文章是很难写的。"潇洒"是什么?很难捉摸。《辞海》"潇洒"条,注云:"洒脱,不拘束",庶几近之。马连良的"潇洒",和他在台上极端的松弛是有关系的。马连良天赋条件很好:面形端正,眉目清朗,——眼睛不大,而善于表情,身材好,——高矮胖瘦合适,体格匀称。他的一双脚,照京剧演员的说法,"长得很顺溜"。京剧演员很注意脚。过去唱老生大都包脚,为的是穿上靴子好看。一双脚腨里咕叽,浑身都不会有精神。他腰腿幼功很好,年轻时唱过《连环套》,唱过《广泰庄》这类的武戏。脚底下干净,清楚。一出台,就给观众一个清爽漂亮的印象,照戏班里的说法:"有人缘儿。"

马连良在作角色准备时是很认真的。一招一式,反复捉摸。他的夫人常说他:"又附了体。"他曾排过一出小型现代戏《年年有余》(与张君秋合演),剧中的老汉是抽旱烟的。他弄了一根旱烟袋,整天在家里摆弄,"找感觉"。到了排练场,把在家里捉摸好的身段步位走出来就是,导演不去再提意见,也提不出意见,因为他的设计都挑不出毛病。所以导演排他的戏很省劲。到了演出时,他更是一点负担都没有。《秦香莲》里秦香莲唱了一大段"琵琶词",他扮的王延龄坐在上面听,没有什么"事",本来是很难受的，然而马连良不"空"得慌，他一会捋捋髯口（马连良捋髯口很好看，捋"白满"时用食指和中指轻夹住一绺，缓缓捋到底），一会用眼瞟瞟陈世美，似乎他随时都在戏里，其实他在轻轻给张君秋拍着板！他还有个"毛病"，爱在台上跟同台演员小声地聊天。有一次和李多奎聊起来："二哥，今儿中午吃了什么？包饺子？什么馅儿的？"害得李多奎到该张嘴时忘了词。马连良演戏，可以说是既在戏里，又在戏外。

既在戏里，又在戏外，这是中国戏曲，尤其是京剧表演的一个特点。京剧演员随时要意识到自己的唱念做打，手眼身法步，没法长时间地"进入角色"。《空城计》表现诸葛亮履险退敌，但是只有在司马懿退兵之后，诸葛亮下了城楼，抹了一把汗，说道："好险呐！"观众才回想起诸葛亮刚才表面上很镇定，但是内心很紧张，如果要演员一直"进入角色"，又表演出镇定，又表演出紧张，那"我本是卧龙岗散淡的人"的"慢板"和"我正在城楼观山景"的"二六"怎么唱？

有人说中国戏曲注重形式美。有人说只注重形式美，意思是不重视内容。有人说某些演员的表演是"形式主义"，这就不大好听了。马连良就曾被某些戏曲评论家说成是"形式主义"。"形式美"也罢，"形式主义"也罢，然而马连良自是马连良，观众爱看，爱其"潇洒"。

马连良不是不演人物。他很注意人物的性格基调。我曾听他说过："先得弄准了他的'人性'：是绵软随和，还是干梗倔脏。"

马连良很注意表演的预示，在用一种手段（唱、念、做）想对观众传达一个重点内容时，先得使观众有预感，有准备，照他的说法是："先打闪，后打雷。"

马连良的台步很讲究，几乎一个人物一个步法。我看过他的《一捧雪》，"搜杯"一场，莫成三次企图藏杯外逃，都为严府家丁校尉所阻，没有一句词，只是三次上场、退下，三次都是"水底鱼"，三个"水底鱼"能走下三个满堂好。不但干净利索，自然应节（不为锣鼓点捆住），而且一次比一次遑急，脚底下表现出不同情绪。王延龄和老薛保走的都是"老步"，但是王延龄位高望重，生活优裕，老而不衰；老薛保则是穷忙一生，双腿僵硬了。马连良演《三娘教子》，双膝微弯，横跨着走。这样弯腿弯了一整出戏，是要功夫的！

马连良很知道扬长避短。他年轻时调门很高，能唱《龙虎斗》这样的乙字调唢呐二黄，中年后调门降了下来。他高音不好，多在中音区使腔。《赵氏孤儿》鞭打公孙杵白一场，他不能像余叔岩一样"白虎大堂奉了命"，"白虎"直拔而上，就垫了一个字："在白虎"，也能"讨俏"。

对编剧艺术，他主张不要多唱。他的一些戏，唱都不多。《甘露寺》只一段"劝千岁"，《群英会》主要只是"借风"一段二黄。《审头刺汤》除了两句散板，只有向戚继光唱的一段四平调；《胭脂宝褶》只有一段流水。在讨论新编剧本时他总是说："这里不用唱，有几句白就行了。"他说："不该唱而唱，比该唱而不唱，还要叫人难受。"我以为这是至理名言。现在新编的京剧大都唱得太多，而且每唱必长，作者笔下痛快，演员实在吃不消。

马连良在出台以前从来不在后台"吊"一段，他要喊两嗓子。他喊嗓子不像别人都是"啊——咿"，而是："走咪！"我头一次听到直纳闷：走？走到哪儿去？

马连良知道观众来看戏，不只看他一个人，他要求全团演员都很讲究。他不惜高价，聘请最好的配角。对演员服装要求做到"三白"——白护领、白水袖、白靴底，连龙套都如此（在"私营班社"时，马剧团都发理发费，所有演员上场前必须理发）。他自己的服装都是按身材量制的，面料、绣活都得经他审定，有些盔头是他看了古画，自己捉摸出来的，如《赵氏孤儿》程婴的镂金的透空的员外巾。他很会配颜色。有一回赵燕侠要做服装，特地拉了他去选料子。现在有些剧装厂专给演员定制马派服装。马派服装的确比官中行头穿上要好看得多。

听谭富英听一个"痛快"。谭富英年轻时嗓音"没挡"，当时戏曲报刊都说他是"天赋佳喉"。而且，底气充足。一出《定军山》，"敌营打罢得胜的鼓哇呃"，一口气，高亮脆爽，游刃有余，不但剧场里"炸了窝"，连剧场外拉洋车的也一齐叫好，——他的声音一直传到场外。"三次开弓新月样"、"来来来带过爷的马能行"，也同样是满堂的彩，从来没有"漂"过。——说京剧唱词不通，都得举出"马能行"，然而《定军山》的"马能行"没法改，因为这里有一个很漂亮的花腔，"行"字是"脑后摘音"，改了即无此效果。

谭富英什么都快。他走路快。晚年了，我和他一起走，还是赶不上他。台上动作快（动作较小）。《定军山》出场简直是握着刀横窜出来的。开打也快。"鼻子"、"削头"，都快。"四记头"亮相，末锣刚落，他已经抬脚下场了。他的唱，"尺寸"也比别人快。他特别长于唱快板。《战太平》"长街"一场的快板，《斩马谡》"见王平"的快板都似脱线珍珠一样溅跳而出。快，而字字清晰劲健，没有一个字是"嚼"了的。五十年代，"挖掘传统"那阵，我听过一次他久已不演的《朱砂痣》，赞银子一段，"好宝贝！"一句短白，碰板起唱，张嘴就来，真"脆"。

我曾问过一个经验丰富、给很多名角挎过刀，艺术上很有见解的唱二旦的任志秋："谭富英有什么好？"志秋说："他像个老生。"我只能承认这是一句很妙的回答，很有道理。唱老生的的确有很多人不像老生。

谭富英为人恬淡豁达。他出科就红，可以说是一帆风顺，但他不和别人争名位高低，不"吃戏醋"。他和裘盛戎合组太平京剧团时就常让盛戎唱大轴，他知道盛戎正是"好时候"，很多观众是来听裘盛戎的。盛戎大轴《姚期》，他就在前面来一出《桑园会》（与梁小鸾合演）。这是一出"歇工戏"，他也乐得省劲。马连良曾约他合演《战长沙》，他的黄忠，马的关羽。重点当然是关羽，黄忠是个配角，他同意了。（这出戏筹备很久，我曾在后台见过制作得极精美的青龙偃月刀，不知因为什么未能排出，如果演出，那是会很好看的。）他曾在《秦香莲》里演过陈世美，在《赵氏孤儿》里演过赵盾。这本来都是"二路"演员的活。

富英有心脏病，到我参加北京京剧团后，就没怎么见他演出。但不时还到剧团来。和大家见见，聊聊。他没有架子，极可亲近。

他重病住院，用的药很贵重。到他病危时，拒绝再用，他说："这种药留给别人用吧！"重人之生，轻己之死。如此高格，能有几人？

张君秋得天独厚，他的这条嗓子，一时无俩：甜，圆，宽，润。他的发声极其科学，主要靠腹呼吸，所谓"丹田之气"。他不使劲地磨擦声带，因此声带不易磨损，耐久，"顶活"，长唱不哑。中国音乐学院有一位教师曾经专门研究张君秋的发声方法。——这恐怕是很难的，因为发声是身体全方位的运动。他的气很足。我曾在广和剧场后台就近看他吊嗓子，他唱的时候，颈部两边的肌肉都震得颤动，可见其共鸣量有多大。这样的发声真如浓茶釅酒，味道醇厚。一般旦角发声多薄，近听很亮，但是不能"打远"，"灌不满堂"。有别的旦角和他同台，一张嘴，就比下去了。

君秋在武汉收徒时曾说："唱我这派，得能吃。"这不是开玩笑的话。君秋食量甚佳，胃口极好。唱戏的都是"饱吹饿唱"，君秋是吃饱了唱。演《玉堂春》，已经化好了妆，还来四十个饺子。前面崇公道高叫一声："苏三走动啊！"他一抹嘴："苦哇！"就上去了，"忽听得唤苏三……"。在武汉，住璇宫饭店，每天晚上鳜鱼氽汤，二斤来重一条，一个人吃得干干净净。他和程砚秋一样，都爱吃炖肘子。

（唱旦角的比君秋还能吃的，大概只有一个程砚秋。他在上海，到南市的老上海饭馆吃饭，"青鱼托肺"——青鱼的内脏，这道菜非常油腻，他一次要两只。在老正兴吃大闸蟹，八只！搞声乐的要能吃，这大概有点道理。）

君秋没有坐过科，是小时在家里请教师学的戏，从小就有一条好嗓子，搭班就红（他是马连良发现的），因此不大注意"身上"。他对学生说："你学我，学我的唱，别学我的'老斗身子'。"他也不大注意表演。但也不尽然。他的台步不考究，简直无所谓台步，在台上走而已，"大步量"。但是著旗装，穿花盆底，那几步走，真是雍容华贵，仪态万方。我还没有见过一个旦角穿花盆底有他走得那样好看的。我曾仔细看过他的《玉堂春》，发现他还是很会"做戏"的。慢板、二六、流水，每一句的表情都非常细腻，眼神、手势，很有分寸，很美，又很含蓄（一般旦角演《玉堂春》都嫌轻浮，有的简直把一个沦落风尘但不失天真的少女演成一个荡妇）。跪稟既久，站起来，腿脚麻木了，微蹲着，轻揉两膝，实在是楚楚动人。花盆底脚步，是经过苦练练出来的；《玉堂春》我想一定经过名师指点，一点一点"抠"出来的。功夫不负苦心人。君秋是有表演才能的，只是没有发挥出来。

君秋最初宗梅，又受过程砚秋亲传（程很喜欢他，曾主

112

动给他说过戏，好像是《六月雪》，确否，待查）。后来形成了张派。张派是从梅派发展出来的，这大家都知道。张派腔里有程的东西，也许不大为人注意。

君秋的嗓子有一个很大的特点，非常富于弹性，高低收放，运用自如，特别善于运用"撤"。《秦香莲》的二六，低起，到"我叫叫一声杀了人的天"拔到旦角能唱的最高音，那样高，还能用"撤"，宛转回环，美听之至。他又极会换气，常在"眼"上偷换，不露痕迹，因此张派腔听起来缠绵不断，不见棱角。中国画讲究"真气内行"，君秋得之。

我和裘盛戎只合作过两个戏，一个《杜鹃山》，一个小戏《雪花飘》，都是现代戏。

我和盛戎最初认识是和他（还有几个别的人）到天津去看戏，——好像就是《杜鹃山》。演员知道裘盛戎来看戏，都"卯上"了。散了戏，我们到后台给演员道辛苦，盛戎拙于言词，但是他的态度是诚恳的、朴素的，他的谦虚是由衷的谦虚。他是真心实意地来向人家学习来了。回到旅馆的路上，他买了几套煎饼馃子摊鸡蛋，有滋有味地吃起来。他咬着煎饼馃子的样子，表现了很喜悦的怀旧之情和一种天真的童心。盛戎睡得很晚，晚上他一个人盘腿坐在床上抽烟，一边好像想着什么事，有点出神，有点迷迷糊糊的。不知是为什么，我以后总觉得盛戎的许多唱腔、唱法、身段，就是在这么盘腿坐着的时候想出来的。

盛戎的身体早就不大好。他曾经跟我说过："老汪喂，你别看我外面还好，这里面，——都娄①啦！"搞《雪花飘》的时候，他那几天不舒服，但还是跟着我们一同去体验生活。《雪花飘》是根据浩然同志的小说改编的，写的是一个看公用电话的老人的事。我们去访问了政协礼堂附近的一位看电话的老人。这家只有老两口。老头子六十大几了，一脸的白胡茬，还骑着自行车到处送电话。他的老伴很得意地说："头两个月他还骑着二八的车哪，这最近才弄了一辆二六的！"盛戎在这间屋里坐了好大一会，还随着老头子送了一个电话。

《雪花飘》排得很快，一个星期左右，戏就出来了。幕一打开，盛戎唱了四句带点马派味儿的〔散板〕：

> 打罢了新春六十七哟，
>
> 看了五年电话机。
>
> 传呼一千八百日，
>
> 舒筋活血，强似下棋！

---

① 西瓜过熟，瓜瓤败烂，北京话叫做"娄了"。

我和导演刘雪涛一听，都觉得"真是这里的事儿！"

《杜鹃山》搞过两次。一次是一九六四年，一次是一九六九年，一九六九年那次我们到湘鄂赣体验了较长期的生活。我和盛戎那时都是"控制使用"，他的心情自然不大好。那时强调军事化，大家穿了"价拨"的旧军大衣，背着行李，排着队。盛戎也一样，没有一点特殊。他总是默默地跟着队伍走，不大说话，但倒也不是整天愁眉苦脸的。我很能理解他的心情。虽然是"控制使用"，但还能"戴罪立功"，可以工作，可以演戏。我觉得从那时起，盛戎发生了一点变化，他变得深沉起来，盛戎平常也是个有说有笑的人，有时也爱逗个乐，但从那以后，我就很少见他有笑影了。他好像总是在想什么心事。用一句老戏词说："满怀心腹事，尽在不言中。"他的这种神气，一直到他死，还深深地留在我的印象里。

那趟体验生活，是够苦的。南方的冬天比北方更难受。不生火，墙壁屋瓦都很单薄。那年的天气也特别，我们在安源过的春节，旧历大年三十，下大雪，同时却又打雷，下雹子，下大雨，一块儿来！盛戎晚上不再穷聊了，他早早就进了被窝。这老兄！他连毛窝都不脱，就这样连着毛窝睡了。但他还是坚持下来了，没有叫一句苦。

和盛戎合作，是非常愉快的。他很少对剧本提意见。

他不是不当一回事，没有考虑过，或者提不出意见。盛戏文化不高，他读剧本是有点吃力的。但是他反复地读，盘着腿读。他读着，微微地摇着脑袋。他的目光有时从老花镜上面射出框外。他摇晃着脑袋，有时轻轻地发出一声："唔。"有时甚至拍着大腿，大声喊叫："唔！"

盛戏的领悟、理解能力非常之高。他从来不挑"辙口"，你写什么他唱什么。写《雪花飘》时，我跟他商量，这个戏准备让他唱"一七"，他沉吟着说："哎呀，花脸唱闭口字……"我知道他这是"放傻"，就说："你那《秦香莲》是什么辙？"他笑了："'一七'，好，唱，'一七'！"盛戏十三道辙都响。有一出戏里有一个"灭"字，这是"乜斜"，"乜斜"是很不好唱的，他照样唱得很响，而且很好听。一个演员十三道辙都响，是很难得的。《杜鹃山》有一场"打长工"，他看到被他当作地主奴才的长工身上的累累伤痕，唱道："他遍体伤痕都是豪绅罪证，我怎能在他的旧伤痕上再加新伤痕？"这是一段〔二六〕转〔流水〕，创腔的时候，我在旁边，说："老兄，这两句你不能就这样'数'了过去！唱到'旧伤痕上'，得有个'过程'，就像你当真看到，而且想到一样！"盛戏一听，说："对！您听听，我再给您来来！"他唱到"旧伤痕上"时唱"散"了，下面加了一个弹拨乐器的单音重复的小"垫头"，"登、

116

登、登……", 到"再加新伤痕"再归到原来的"尺寸", 而且唱得很强烈。当时参加创腔的唐在炘、熊承旭同志都说："好极了！"一九六九年本的《杜鹃山》原来有一大段《烤番薯》, 写雷刚被困在山上断了粮, 杜小山给他送来两个番薯。他把番薯放在篝火堆里烤着, 番薯糊了, 烤出了香气, 他拾起番薯, 唱道："手握番薯全身暖, 勾起我多少往事在心间……", 他想起"我从小父母双亡讨米要饭, 多亏了街坊邻舍问暖嘘寒", 他想起"大革命, 造了反, 几次探险在深山, 每到有急和有难, 都是乡亲接济咱。一块番薯掰两半, 曾受深恩三十年！……到如今, 山下来了毒蛇胆, 杀人放火把父老摧残, 我稳坐高山不去管, 隔岸观火心怎安！……"(这剧本已经写了很多年, 我手头无打印的剧本, 词句全凭记忆追写, 可能不尽准确。) 创腔的同志对"一块番薯掰两半"不大理解, 怕观众听不懂, 盛戎说："这有什么不好理解的？！'一块番薯掰两半', 有他吃的就有我吃的！"他把这两句唱得非常感人, 头一句他"虚"着一点唱, 在想象, "曾受深恩", "深恩"用极其深沉浑厚的胸音唱出, "三十年"一泻无余, 跌宕不已。盛戎的这两句唱到现在还是绕梁三日, 使我一想起就激动。这一段在后台被称为"烤白薯", 板式用的是〔反二黄〕。花脸唱〔反二黄〕虽非创举, 当时还是很少见。盛戎后来得了病, 他并不怎么悲观。他大概已经怀疑或者已经知道是癌症了，跟我说："甭管它是什么，有病咱们瞧病！"他还想唱戏。有一度他的病好了一些。他还是想和我们把《杜鹃山》再搞出来（《杜鹃山》后来又写了一稿）。他为了清静，一个人搬到厢房里住，好看剧本。他死后，我才听他家里人说，他夜里躺在床上看剧本，曾经两次把床头灯的罩子烤着了。他病得很沉重了，有一次还用手在床头到处摸，他的夫人知道他要剧本。剧本不在手边，他的夫人就用报纸卷了一个筒子放在他手里，他这才平静下来。

他病危时，我到医院去看他。他的学生方荣翔引我到他的病床前，轻轻地叫醒他："先生，有人来看你。"盛戎半睁开眼，荣翔问他："您还认得吗？"盛戎在枕上微微点了点头，说了一个字："汪"，随即流下了一大滴眼泪。

赵燕侠的发声部位靠前，有点近于评剧的发声。她的嗓音的特点是：清，干净，明亮，脆生。这样的嗓子可以久唱不败。她演的全本《玉堂春》、《白蛇传》都是一人顶到底。唱多少句都不在乎。田汉同志为她的《白蛇传·合钵》一场加写了一大段和孩子哭别的唱词，李慕良设计的汉调二黄，她从从容容就唱完了。《沙家浜》"人一走，茶就凉"的拖腔，十四板，毫不吃力。

赵燕侠的吐字是一绝。她唱戏，可以不打字幕，每个字都很清楚，观众听得明明白白。她的观众多，和这点很有关系。田汉同志曾说：赵燕侠字是字，腔是腔，先把字报出来，再使腔，这有一定道理。都说京剧是"按字行腔"，实际情况并非如此。一句大腔，只有头几个音和字的调值是相合或接近的，后面的就不再有什么关系。如果后面的腔还是字音的延长，就会不成腔调。先报字，后行腔，自易清楚。当然"报"字还是唱出来的，不是念出来的。完全念出来的也有。我听谭富英说过，孙菊仙唱《奇冤报》"务农为本颇有家财"，"务农为本"就完全是用北京话念出来的。这毕竟很少。赵燕侠是先把字唱正了，再运腔，不使腔把字盖了。京剧的吐字还有件很麻烦的事，就是同时存在两个音系：湖广音和北京音。两个音系随时打架。除了言菊朋纯用湖广音，其余演员都是湖广音、北京音并用。余叔岩钻研了一辈子京剧音韵，他的字音其实是乱的。马连良说他的字音是"怎么好听怎么来"，我看只能如此。赵燕侠的字音基本上是北京音，所以易为观众接受（也有一些字是湖广音，如《白蛇传》的那段汉调。这段唱腔的设计者李慕良是湖南人，难免把他的乡音带进唱腔）。赵燕侠年轻时爱听曲艺，她大概从曲艺里吸收了不少东西，咬字是其一。——北方的曲艺咬字是最清楚的。赵燕侠的吐字清楚，是大家都知道的，但是其中奥秘，还有待研究。

赵燕侠的戏是她的父亲"打"出来的，功底很扎实，腿功尤其好。《大英杰烈》扳起朝天蹬，三起三落。"文化大革命"期间，我和她关在一个牛棚内。我们的"棚"在一座小楼上，只能放下一张长桌，几把凳子，我们只能紧挨着围桌而坐。坐在里面的人要出去，外面的就得站起让路。我坐在赵燕侠里面，要出去，说了声"劳驾"，请她让一让，这位赵老板没有站起来，腾地一下把一条腿抬过了头顶："请！"前几年我遇到她，谈起这回事，问她："您现在还能把腿抬得那样高么？"她笑笑说："不行了！"我想再练练功，她许还行。

赵燕侠快六十了，还能唱，嗓子还那么好。

一九九〇年一月九日

一辈古人

靳德斋

天王寺是高邮八大寺之一。这寺里曾藏过一幅吴道子画的观音。这是可信的。清李必恒还曾赋长诗题咏，看诗意，此人是见过这幅画的。天王寺始建于宋淳熙年，明代为倭寇焚毁（我的家乡还闹过倭寇，以前我不知道），清初重建。这幅画想是宋代传下来的。据说有一个当地方官的要去看看，从此即不知下落，这不知是什么年间的事（一说是"文化大革命"中被毁于扬州）。反正，这幅画后来没有了。

天王寺在臭河边。"臭河边"是地名，自北市口至越塘一带属于"后街"的地方都叫臭河边。有一条河，却不叫"臭河"，我到现在还没有考查出来应该叫什么河，这一带的居民则简单地称之曰"河"。天王寺濒河，山门（寺庙的山门都是朝南的）外即是河水。寺的殿宇高大，佛像也高大，但是多年没有修饰，显得暗旧。寺里僧众颇多，我们家凡做佛事，都是到天王寺去请和尚。但是寺里香火不盛，很幽静。我父亲曾于月夜到天王寺找和尚闲谈，在大殿前石坪上看到一条鸡冠蛇，他三步窜上台阶，才没被咬着。鸡冠蛇即眼镜蛇，有剧毒，蛇不能上台阶，父亲才能逃脱，未被追上。寺庙中有蛇，本是常事，但也说明人迹稀少矣。

天王寺常常驻兵。我的小说《陈小手》里写的"天王庙"，即天王寺。驻在寺里的兵一般都很守规矩，并不骚扰百姓。我曾见一个兵半躺在探到水面上的歪脖柳树上吹箫，这是一个很独特的画境。

我是三天两头要到天王寺的，从我读的小学放学回家，倘不走正街（东大街），走后街，天王寺是必经的。我去看"烧房子"。我们那里有这样的风俗，给死去亲人烧房子。房子是到纸扎店订制的，当然要比真房子小，但人可以走进去。有厅，有室，有花园，花园里有花，厅堂里有桌有椅，有自鸣钟，有水烟袋！烧房子在天王寺的旁门（天王寺有个旁门，朝西）边的空地上。和尚敲动法器，念一通经，然后由亲属举火烧掉（房子下面都铺了稻草，一点就着）。或者什么也没得看，就从旁门进去，"随喜"一番，看看佛像，在大的青石上躺一躺。大殿里凉飕飕的，夏天，躺在青石上，窨人。

天王寺附近住过一个传奇性的人物，叫靳德斋。这人是个练武的。江湖上流传两句话："打遍天下无敌手，谨防高邮靳德斋。"说是，有一个外地练武的，不服，远道来找靳德斋较量。靳德斋不在家，邻居说他打酱油醋去了。这人就在竺家巷（出竺家巷不远即是天王寺，我的继母和异母弟妹现在还住在竺家巷）一家茶馆里等他。有人指给他：这就是靳德斋。这人一看，靳德斋一手端着满满一碗酱油、一手端着满满一碗醋，快走如飞，但是碗里的酱油、醋却纹丝不动。这人当时就离开高邮，搭船走了。

靳德斋练的这叫什么功？两手各持酱油醋碗，行走如飞，酱油醋不动，这可能么？不过用这种办法来表现一个武师的功夫，却是很别致的，这比挥刀舞剑，口中"嗨嗨"地乱喊，更富于想象。

我小时走过天王寺，看看那一带的民居，总想：哪一处是靳德斋曾经住过的呢？

后于靳德斋，也在天王寺附近住过的，有韩小辫。这人是教过我祖父的拳术的。清代的读书人，除了读圣贤书之外，大都还要学两样东西，一是学佛，一是学武，这是一时风气。据我父亲说，祖父年轻时腿脚是很有功夫的。他有一次下乡"看青"（看青即看作物的长势），夜间遇到一个粪坑。我们那里乡下的粪坑，多在路侧，坑满，与地平，上结薄壳，夜间不辨其为坑为地。他左脚踏上，知是粪坑，右脚使劲一跃，即越过粪坑。想一想，于瞬息之间，转换身体的重心，尽力一跃，倘无功夫，是不行的。祖父是得到韩小辫的一点传授的。韩小辫的一家都是练功的。他的夫人能把一张板凳放倒，板凳的两条腿着地，两条腿翘着，她站在翘起的板凳脚上，作骑马蹲裆势，以一块方石置于膝上，用毛笔大书"天下太平"四字，然后推石一跃而下。这是很不容易的，何况她是小脚。夫人如此，韩小辫功夫可知。这是我父亲告诉我的，不知是他亲见，还是得诸传闻。我父亲年轻时学过武艺，想不妄语。

张仲陶

《故乡的食物》有一段：

我父亲有一个很怪的朋友，叫张仲陶。他很有学问，曾教我读过《项羽本纪》。他薄有田产，不治生业，整天在家研究易经，算卦。他算卦用蓍草。全城只有他一个人用蓍草算卦。据说他有几卦算得极灵。有一家，丢了一只金戒指，怀疑是女佣人偷了。这女佣人蒙了冤枉，来求张先生算一卦。张先生算了，说戒指没有丢，在你们家炒米坛盖子上。一找，果然。我小时就不大相信，算卦怎么能算得这样准，怎么能算得出在炒米坛盖子上呢？不过他的这一卦说明了一件事，即我们那里炒米坛子是几乎家家都有的。

《故乡的食物》这几段主要是记炒米的，只是连带涉及张先生。我对张先生所知道也大概只是这一些。但可补充一点材料。

我从张先生读《项羽本纪》，似在我小学毕业那年的暑假，算起来大概是虚岁十二岁即实足年龄十岁半的时候。我是怎么从张先生读这篇文章的呢？大概是我父亲在和朋友"吃早茶"（在茶馆里喝茶，吃干丝、点心）的时候，听见张先生谈到《史记》如何如何好，《项羽本纪》写得怎样怎样生动，忽然灵机一动，就把我领到张先生家去了。我们县里那时睥睨一世的名士，除经书外，读集部书的较多，读子史者少。张先生耽于读史，是少有的。他教我的时候，我的面前放一本《史记》，他面前也有一本，但他并不怎么看，只是微闭着眼睛，朗朗地背诵一段，给我讲一段。很奇怪，除了一篇《项羽本纪》，我以后再也没有跟张先生学过什么。他大概早就不记得曾经有过一个叫汪曾祺的学生了。张先生如果活着，大概有一百岁了，我都七十一了嘛！他不会活到这时候的。

张先生原来身体就不好，很瘦，黑黑的，背微驼，除了朗读《史记》时外，他的语声是低哑的。

他的夫人是一个微胖的强壮的妇人，看起来很能干，张家的那点薄薄的田产，都是由她经管的。张仲陶诸事不问，而且还抽一点鸦片烟，其受夫人辖制，是很自然的。一个十多岁的孩子也感觉得出来，张先生有些惧内。

张先生请我父亲刻过一块图章。这块图章很好，鱼脑冻，只是很小，高约四分，长方形。我父亲给他刻了两个字，阳文：中陶。刻得很好。这两个字很好安排。他后来还请我父亲刻了两方寿山石的图章，一刻阳文，一刻阴文，文曰："珠湖野人"、"天涯浪迹"。原来有人撺掇他出去闯闯，以卜卦为生，图章是准备印在卦象释解上的。事情未果，他并未出门浪迹，还是在家里糗着。

最近几年，《易经》忽然在全世界走俏，研究的人日多，角度多不相同，有从哲学角度的，有从史学角度的，有从社会学角度的，有从数学角度的。我于《易经》一无所知，但我觉得这主要还是一部占卜之书。我对张仲陶算的戒指在炒米坛盖子上那一卦表示怀疑，是觉得这是迷信。现在想想，也许他是有道理的。如果他把一生精研易学的心得写出来，包括他的那些卦例，会是一本很有意思的书。但是，写书，张仲陶大概想也没有想过。小说《岁寒三友》中季匐民在看了靳彝甫的祖父、父亲的画稿后，拍着画案说："吾乡固多才俊之士，而皆困居于蓬牖之中，声名不出于里巷，悲哉！悲哉！"张仲陶不也是这样的人么？

薛大娘

薛大娘家在臭河边的北岸，也就是臭河边的尽头，过此即为螺蛳坝，不属臭河边了。她家很好认，四边不挨人家，远远地就能看见。东边是一家米厂，整天听见碾米机烟筒朋朋的声音。西边是她们家的菜园。菜园西边是一条路，由东街抄近到北门进城的人多走这条路。路以西，也是一大片菜园，是别人家的。房是草顶碎砖的房，但是很宽敞，有堂屋，有卧室，有厢房。

薛大娘的丈夫是个裁缝，是个极其老实的人，整天不说一句话，只是在东厢房里带着两个徒弟低着头不停地缝。

儿子种菜。所种似只青菜一种。我们每天上学、放学，都可以看见薛大娘的儿子用一个长柄的水舀子浇水，浇粪，水、粪扇面似的洒开，因为用水方便，下河即可担来，人也勤快，菜长得很好。相比之下，路西的菜园就显得有点荒秽不治。薛大娘卖菜。每天早起，儿子砍得满满两筐菜，在河里浸一会，薛大娘就挑起来上街，"鲜鱼水菜"，浸水，不止是为了上份量，也是为了鲜灵好看。我们那里的菜筐是扁圆的浅筐，但两筐菜也百十斤，薛大娘挑起来若无其事。

她把菜歇在保安堂药店的廊檐下，不到一个时辰，就卖完了。

薛大娘靠五十了。——她的儿子都那样大了嘛，但不显老。她身高腰直，处处显得很健康。她穿的虽然是粗蓝布衣裤，但总是十分干净利索。她上市卖菜，赤脚穿草鞋，鞋、脚，都很干净。她当然是不打扮的，但是头梳得很光，脸洗得清清爽爽，双眼有光，扶着扁担一站，有一股英气，"英气"这个词用之于一个卖菜妇女身上，似乎不怎么合适，但是除此之外，你再也找不出一个合适的字眼。

薛大娘除了卖菜，偶尔还干另外一种营生，拉皮条，就是《水浒传》所说的"马泊六"。东大街有一些年轻女佣人，和薛大妈很熟，有的叫她干妈。这些女佣人都是发育到了最好的时候，一个一个亚赛鲜桃。街前街后，有一些后生家，有的还没成亲，有的娶了老婆但老婆不在身边，油头粉面，在街上一走，看到这些女佣人，馋猫似的，有时一个后生看中了一个女佣人求到薛大娘，薛大娘说："等我问问。"因为彼此都见过，眉语目成，大都是答应的。薛大娘先把男的弄到西厢房里，然后悄悄把女的引来，关了房门，让他们成其好事。

我们家一个女佣人，就是由于薛大娘的撮合，和一个叫龚长霞的管田禾的——管田禾是为地主料理田亩收租事务的，欢会了几次，怀上了孩子。后来是由薛大娘弄了药来，才把私孩子打掉。

薛大娘没想到别人对她有什么议论。她认为：一个有心，一个有意，我在当中搭一把手，这有什么不好？

保安堂药店的管事姓蒲，行三，店里学徒的叫他蒲三爷，外人叫他蒲先生。这药店有一个规矩：每年给店中的"同事"（店员）轮流放一个月假，回去与老婆团圆（店中"同事"都是外地人），其余十一个月都住在店里，每年打十一个月的光棍，蒲三爷自然不能例外。他才四十岁出头，人很精明，也很清秀，很潇洒（潇洒用于一个管事的身上似乎也不大合适），薛大娘给他拉拢了一个女的，这个女的不是别人，是薛大娘自己。薛大娘很喜欢蒲三，看见他就眉开眼笑，谁都看得出来，她一点也不掩饰。薛大娘趴在蒲三耳朵上，直截了当地说："下半天到我家来。我让你……"

薛大娘不怕人知道了，她觉得他干熬了十一个月，我让他快活快活，这有什么不对？

薛大娘的道德观念和大户人家的太太小姐完全不同。

吴大和尚和七拳半

　　我的家乡有"吃晚茶"的习惯。下午四五点钟，要吃一点点心，一碗面，或两个烧饼或"油端子"。一九八一年，我回到阔别四十余年的家乡，家乡人还保持着这个习惯。一天下午，"晚茶"是烧饼。我问："这烧饼就是巷口那家的？"我的外甥女说："是七拳半做的。""七拳半"当然是个外号，形容这人很矮，只有七拳半那样高，这个外号很形象，不知道是哪个尖嘴薄舌而极其聪明的人给他起的。

　　我吃着烧饼，烧饼很香，味道跟四十多年前的一样，就像吴大和尚做的一样。于是我想起吴大和尚。

　　我家除了大门、旁门，还有一个后门。这后门即开在吴大和尚住家的后墙上。打开后门，要穿过吴家，才能到巷子里。我们有时抄近，从后门出入，吴大和尚家的情况看得很清楚。

吴大和尚（这是小名，我们那里很多人有大名，但一辈子只以小名"行"）开烧饼饺面店。

我们那里的烧饼分两种。一种叫作"草炉烧饼"，是在砌得高高的炉里用稻草烘熟的。面粗，层少，价廉，是乡下人进城时买了充饥当饭的。一种叫作"桶炉烧饼"。用一只大木桶，里面糊了一层泥，炉底燃煤炭，烧饼贴在炉壁上烤熟。"桶炉烧饼"有碗口大，较薄而多层，饼面芝麻多，带椒盐味。如加钱，还可"插酥"，即在擀烧饼时加较多的"油面"，烤出，极酥软。如果自己家里拿了猪油渣和霉干菜去，做成霉干菜油渣烧饼，风味独绝。吴大和尚家做的是"桶炉"。

原来，我们那里饺面店卖的面是"跳面"。在墙上挖一个洞，将木杠插在洞内，下置面案，木杠压在和得极硬的一大块面上，人坐在木杠上，反复压这一块面。因为压面时要一步一跳，所以叫作"跳面"。"跳面"可以切得极细极薄，下锅不浑汤，吃起来有韧劲而又甚柔软。汤料只有虾子、熟猪油、酱油、葱花，但是很鲜。如不加汤，只将面下在作料里，谓之"干拌"，尤美。我们把馄饨叫作饺子。吴家也卖饺子。但更多的人去，都是吃"饺面"，即一半馄饨，一半面。我记得四十年前吴大和尚家的饺面是一百二十文一碗，即十二个当十铜元。

吴家的格局有点特别。住家在巷东，即我家后门之外，店堂却在对面。店堂里除了烤烧饼的桶炉，有锅台，安了大锅，煮面及饺子用；另有一张（只一张）供顾客吃面的方桌。都收拾得很干净。

吴家人口简单。吴大和尚有一个年轻的老婆，管包饺子、下面。他这个年轻的老婆个子不高，但是身材很苗条。肤色微黑。眼睛狭长，睫毛很重，是所谓"桃花眼"。左眼上眼皮有一小疤，想是小时生疮落下来。这块小疤使她显得很俏。但她从不和顾客眉来眼去，卖弄风骚，只是低头做事，不声不响。穿着也很朴素，只是青布的衣裤。她和吴大和尚生了一个孩子，还在喂奶。吴大和尚有一个妈，整天也不闲着，翻一家的棉袄棉裤，纳鞋底，摇晃睡在摇篮里的孙子。另外，还有个小伙计，"跳"面、烧火。

表面上看起来，这家过得很平静，不争不吵。其实不然。吴大和尚经常在夜里打他的老婆，因为老婆"偷人"。我们那里把和人发生私情叫作"偷人"。打得很重，用劈柴打，我们隔着墙都能听见。这个小个子女人很倔强，不哭，不喊，一声不出。

第二天早起，一切如常，该干什么还干什么。吴大和尚擀烧饼，烙烧饼；他老婆包饺子，下面。

终于有一天吴大和尚的年轻的老婆不见了，跑了，丢下她的奶头上的孩子，不知去向。我们始终不知道她的"孤佬"（我们那里把不正当的情人，野汉子，叫作"孤佬"）是谁。

我从小就对这个女人充满了尊敬，并且一直记得她的模样，记得她的桃花眼，记得她左眼上眼皮上的那一小块疤。

吴大和尚和这个桃花眼、小身材的小媳妇大概都已经死了。现在，这条巷口出现了七拳半的烧饼店。我总觉得七拳半和吴大和尚之间有某种关联，引起我一些说不清楚的感慨。

七拳半并不真是矮得出奇，我估量他大概有一米五六。是一个很有精神的小伙子。他是一个名副其实的"个体户"，全店只有他一个人。他不难成为万元户，说不定已经是万元户，他的烧饼做得那样好吃，生意那样好。我无端地觉得，他会把本街的一个最漂亮的姑娘娶到手，并且这位姑娘会真心爱他，对他很体贴。我看看七拳半把烧饼贴在炉膛里的样子，觉得他对这点充满信心。

两个做烧饼的人所处的时代不同。我相信七拳半的生活将比吴大和尚的生活更合理一些，更好一些。

也许这只是我的希望。

一九八八年十二月七日

和尚

铁桥

我父亲续娶，新房里挂了一幅画，——一个条山，泥金地，画的是桃花双燕，题字是："淡如仁兄新婚志喜弟铁桥遥贺"；两边挂了一副虎皮宣的对联，写的是：

蝶欲试花犹护粉

莺初学啭尚羞簧

落款是杨遵义。我每天看这幅画和对子，看得很熟了。稍稍长大，便觉出这副对子其实是很"黄"的。杨遵义是我们县的书家，是我的生母的远房兄弟。一个舅爷为姐夫（或妹夫）续弦写了这样一副对子，实在不成体统。铁桥是一个和尚。我父亲在新房里挂了一幅和尚的画，全无忌讳；这位铁桥和尚为朋友结婚画了这样华丽的画，且和俗家人称兄道弟，也着实有乖出家人的礼数。我父亲年轻时的朋友大都有些放诞不羁。

我写过一篇小说《受戒》，里面提到一个和尚石桥，原型就是铁桥。他是我父亲年轻时的画友。他在本县最大的寺庙善因寺出家，是指南方丈的徒弟。指南戒行严苦，曾在香炉里烧掉两个指头，自称八指头陀。铁桥和师父完全是两路。他一度离开善因寺，到江南云游。曾在苏州一个庙里住过几年。因此他的一些画每署"邓尉山僧"，或题"作于香雪海"。后来又回善因寺。指南退居后，他当了方丈。善因寺是本县第一大寺，殿宇精整，庙产很多。管理这样一个大庙，是要有点才干的，但是他似乎很清闲，每天就是画画画，写写字。他的字写石鼓，学吴昌硕，很有功力。画法任伯年，但比任伯年放得开。本县的风雅子弟都乐与往还。善因寺的素斋极讲究，有外面吃不到的猴头、竹荪。

铁桥有一个情人，年纪很轻，长得清清雅雅，不俗气。

我出外多年，在外面听说铁桥在家乡土改时被枪毙了。善因寺庙产很多，他是大地主。还有没有其他罪恶，就不知道了。听说家乡土改中枪毙了两个地主。一个是我的一个远房舅舅，也姓杨。

一九八二年，我回了家乡一趟，饭后散步，想去看看善因寺的遗址，一点都认不出来了，拆得光光的。

因为要查一点资料，我借来一部民国年间修的县志翻了两天。在"水利"卷中发现：有一条横贯东乡的水渠，是铁桥主持修的。哦？铁桥还做过这样的事？

静融法师

我有一方很好的图章，田黄"都灵坑"，犀牛纽，是一个和尚送给我的。印文也是他自刻的，朱文，温雅似浙派，刻得很不错（田黄的印不宜刻得太"野"，和石质不相称）。这个和尚法名静融，一九五一年和我一同到江西参加土改，回北京后，送了我这块图章。章不大，约半寸见方（田黄大的很少），我每为人作小幅字画，常押用，算来已经三十七八年了。

这次土改是全国性的，也是最后的一次，规模很大。我们那个土改工作团分到江西进贤。这个团的成员什么样的人都有。有大学教授，小学校长，中学教员，商业局的，园林局的，歌剧院的演员，教会医院的医生、护士长，还有这位静融法师。浩浩荡荡，热热闹闹。

我和静融第一次有较深的接触，是说服他改装。他参加工作团时穿的是僧衣——比普通棉袄略长的灰色斜领棉衲。到了进贤，在县委学文件，领导上觉得他穿了这样的服装下去，影响不好，决定让他换装。静融不同意，很固执。找他谈了几次话，都没用。后来大家建议我找他谈谈，说是他跟我似乎很谈得来。我不知道跟他说了一通什么把马列主义和佛教教义混杂起来的歪道理，居然把他说服了。其实不是我的歪道理说服了他，而是我的态度较好，劝他一时从权，不像别的同志，用"组织性"、"纪律性"来压他。静融临时买了一套蓝咔叽布的干部服，换上了。

我们的小组分到王家梁。一进村，就遇到一个难题：一个恶霸富农自杀了。这个地方去年曾经搞过一次自发性的土改，这个恶霸富农被农民打得残废了，躺在床上一年多，听说土改队进了村，他害怕斗争，自杀了。他自杀的办法很特别，用一根扎腿的腿带，拴在竹床的栏干上，勒住脖子，躺着，死了。我还没有听说过人躺着也是可以吊死的。我们对这种事毫无经验，不知应该怎么办。静融走上去，左右开弓打了富农两个大嘴巴，说："埋了！"我问静融："为什么要打他两个嘴巴？"他说："这是法医验尸的规矩。"原来他当过法医。

静融跟我谈起过他的身世。他是胶东人。除了当过法医，他还教过小学，抗日战争时期拉过一支游击队，后来出了家。在北京，他住在动物园后面的一个庙里（是五塔寺么）。北京解放，和尚都要从事生产。他组织了一个棉服厂，主办一切。这人的生活经历是颇为复杂的。可惜土改工作紧张，能够闲谈的时候不多，我所知者，仅仅是这些。

静融搞土改是很积极的。我实在不知道他是怎样把阶级斗争和慈悲为本结合起来的，他的社会经验多，处理许多问题都比我们有办法。比如算剥削帐，就比我们算得快。

我一直以为回北京后能有机会找他谈谈，竟然无此缘分。他刻了一方图章，到我家来，亲自送给我，未接数言，匆匆别去。我后来一直没有再看到过他。

静融瘦瘦小小，但颇精干利索。面黑，微有几颗麻子。

阎和尚

阎长山（北京市民叫"长山"的特多）是剧院舞台工作队的杂工，但是大家都叫他阎和尚。我很纳闷：

"为什么叫他阎和尚？"

"他是当过和尚。"

我刚到北京时，看到北京和尚，以为极奇怪。他们不出家，不住庙，有家，有老婆孩子。他们骑自行车到人家去念佛。他们穿了家常衣服，在自行车后架上夹了一个包袱，里面是一件行头——袈裟，到了约好的人家，把袈裟一披，就和别的和尚一同坐下念经。事毕得钱，骑车回家吃炸酱面。阎和尚就是这样的和尚。

阎和尚后来到剧院当杂工，运运衣箱道具，也烧过水锅，管过"彩匣子"（化装用品），但并不讳言他当过和尚。剧院很多人都干过别的职业。一个唱二路花脸的在搭不上班的年头卖过鸡蛋，后来落下一个外号："大鸡蛋"。一个检场的卖过糊盐。早先北京有人刷牙不用牙膏牙粉，而用炒糊的盐，这一天能卖多少钱？有人蹬过三轮，拉过排子车。剧院这些人干过小买卖、卖过力气，都是为了吃饭。阎和尚当过和尚，也是为了吃饭。

140

老董

　　为了写国子监，我到国子监去逛了一趟，不得要领。从首都图书馆抱了几十本书回来，看了几天，看得眼花气闷，而所得不多。后来，我去找了一个"老"朋友聊了两个晚上，倒像是明白了不少事情。我这朋友世代在国子监当差，"侍候"过翁同龢、陆润庠、王垿等祭酒，给新科状元打过"状元及第"的旗，国子监生人，今年七十三岁，姓董。

　　　　　　　　　　　　——引自《国子监》

　　我写《国子监》大概是一九五四年，老董如果活着，已经一百一十岁了。

　　我认识老董是在午门历史博物馆，时间大概是一九四八年春末夏初。

老历史博物馆人事简单，馆长以下有两位大学毕业生，一位是学考古的，一位是学博物馆专业的；一位马先生管仓库，一位张先生是会计，一个小赵管采购，以上是职员。有八九个工人。工人大部分是陈列室的看守，看着正殿上的宝座、袁世凯祭孔时官员穿的道袍不像道袍的古怪服装、没有多大价值的文物。有一个工人是个聋子，专管扫地，扫五凤楼前的大石坪、甬道。聋子爱说话，但是他的话我听不懂，只知道他原先是银行职员，不知道怎样沦为工人了。再有就是老董和他的儿子德启。老董只管掸掸办公室的尘土，拔拔广坪石缝中的草。德启管送信。他每天把一堆信排好次序，"绺一绺道"，跨上自行车出天安门。

老董曾经"阔"过。

据朋友老董说，纳监的监生除了要向吏部交一笔钱，领取一张"护照"外，还需向国子监交钱领"监照"——就是大学毕业证书。照例一张监照，交银一两七钱。国子监旧例，积银二百八十两，算一个"字"，按"千字文"数，有一个字算一个字，平均每年约收入五百字上下。我算了算，每年国子监收入的监照银约有十四万两。……这十四万两银子照国家规定是不上缴的，由国子监官吏皂役按份摊分，……据老董说，连他一个"字"也分五钱八分，一年也从这一项上收入二百八九十两银子!

老董说,国子监还有许多定例。比如,像他,是典籍厅的刷印匠,管给学生"做卷"——印制作文用的红格本子,这事包给了他,每月例领十三两银子。他父亲在时还会这宗手艺,到他时则根本没有学过,只是到大栅栏口买一刀毛边纸,拿到琉璃厂找铺子去印,成本共花三两,剩下十两,是他的。所以,老董说,那年头,手里的钱花不清——烩鸭条才一吊四百钱一卖!

——引自《国子监》

据老董说,他儿子德启娶亲,搭棚办事,摆了三十桌,——当然这样的酒席只是"肉上找",没有海参鱼翅,而且是要收份子的,但总也得花不少钱。

他什么时候到历史博物馆来,怎么来的,我没有问过他。到我认识他时,他已经不是"手里的钱花不清"了,吃穿都很紧了。

历史博物馆的职工中午大都是回家吃。有的带一顿饭来。带来的大都是棒子面窝头、贴饼子。只有小赵每天都带白面烙饼,用一块屉布包着,显得很"特殊化"。小赵原来打小鼓的出身,家里有点积蓄。

老董在馆里住,饭都是自己做。他的饭很简单,凑凑合合，小米饭。上顿没吃完，放一点水再煮煮，拨一点面疙瘩，他说这叫"鱼儿钻沙"。有时也煮一点大米饭。剩饭和面和在一起，擀一擀，烙成饼。这种米饭面饼，我还没见过别人做过。菜，一块熟疙瘩，或是一团干虾酱，咬一口熟疙瘩、干虾酱，吃几口饭。有时也做点熟菜，熬白菜。他说北京好，北京的熬白菜也比别处好吃，——五味神在北京。"五味神"是什么神？我至今没有考查出来。

他对这样凑凑合合的一日三餐似乎很"安然"，有时还颇能自我调侃，但是内心深处是个愤世者。生活的下降，他是不会满意的。他的不满，常常会发泄在儿子身上。有时为了一两句话，他会忽然暴怒起来，跳到廊子上，跪下来对天叩头："老天爷，你看见了？老天爷，你睁睁眼！"

每逢老董发作的时候，德启都是一声不言语，靠在椅子里，脸色铁青。

别的人，也都不言语。因为知道老董的感情很复杂，无从解劝。

老董没有嗜好。年轻时喝黄酒，但自我认识他起，他滴酒不沾。他也不抽烟。我写了《国子监》，得了一点稿费，因为有些材料是他提供的，我买了一个玛瑙鼻烟壶，烟壶的顶盖是珊瑚的，送给他。他很喜爱。我还送了他一小瓶鼻烟，但是没见他闻过。

一九六○年（那正"三年自然灾害"的后期）我到东堂子胡同历史博物馆宿舍去看我的老师沈从文，一进门，听到一个人在传达室里骂大街，一听，是老董：

"我操你们的祖宗！操你八辈的祖奶奶！我八十多岁了，叫我挨饿！操你们的祖宗，操你们的祖奶奶！"

没有人劝。骂让他骂去吧，一个八十多的老人了，谁也不能把他怎么样。

老董经过前清、民国、袁世凯、段祺瑞、北伐、日本、国民党、共产党，他经过的时代太多了。老董如果把他的经历写出来，将是一本非常精彩的回忆录（老董记性极好，哪年哪月，白面多少钱一袋，他都记得一清二楚），这可能是一份珍贵的史料——尽管是野史。可惜他没有写，也没有人让他口述记录下来。

一九九三年三月二十日

人间草木

山丹丹

我在大青山挖到一棵山丹丹。这棵山丹丹的花真多。招待我们的老堡垒户看了看，说："这棵山丹丹有十三年了。"

"十三年了？咋知道？"

"山丹丹长一年，多开一朵花。你看，十三朵。"

山丹丹记得自己的岁数。

我本想把这棵山丹丹带回呼和浩特，想了想，找了把铁锹，在老堡垒户的开满了蓝色党参花的土台上刨了个坑，把这棵山丹丹种上了。问老堡垒户：

"能活？"

"能活。这东西，皮实。"

大青山到处是山丹丹，开七朵花、八朵花的，多的是。

> 山丹丹花开花又落，
>
> 一年又一年……

这支流行歌曲的作者未必知道，山丹丹过一年多开一朵花。唱歌的歌星就更不会知道了。

枸杞

枸杞到处都有。枸杞头是春天的野菜。采摘枸杞的嫩头，略焯过，切碎，与香干丁同拌，浇酱油醋香油；或入油锅爆炒，皆极清香。夏末秋初，开淡紫色小花，谁也不注意。随即结出小小的红色的卵形浆果，即枸杞子。我的家乡叫做狗奶子。

我在玉渊潭散步，在一个山包下的草丛里看见一对老夫妻弯着腰在找什么。他们一边走，一边搜索。走几步，停一停，弯腰。

"您二位找什么？"

"枸杞子。"

"有吗？"

老同志把手里一个罐头玻璃瓶举起来给我看，已经有半瓶了。

"不少！"

"不少！"

他解嘲似的哈哈笑了几声。

"您慢慢捡着！"

"慢慢捡着！"

看样子这对老夫妻是离休干部，穿得很整齐干净，气色很好。

他们捡枸杞子干什么？是配药？泡酒？看来都不完全是。真要是需要，可以托熟人从宁夏捎一点或寄一点来。——听口音，老同志是西北人，那边肯定会有熟人。

他们捡枸杞子其实只是玩！一边走着，一边捡枸杞子，这比单纯的散步要有意思。这是两个童心未泯的老人，两个老孩子！

人老了，是得学会这样的生活。看来，这二位中年时也是很会生活，会从生活中寻找乐趣的。他们为人一定很好，很厚道。他们还一定不贪权势，甘于淡泊。夫妻间一定不会为柴米油盐、儿女婚嫁而吵嘴。

从钓鱼台到甘家口商场的路上，路西，有一家的门头上种了很大的一丛枸杞，秋天结了很多枸杞子，通红通红的，礼花似的，喷泉似的垂挂下来，一个珊瑚珠穿成的华盖，好看极了。这丛枸杞可以拿到花会上去展览。这家怎么会想起在门头上种一丛枸杞？

槐花

玉渊潭洋槐花盛开，像下了一场大雪，白得耀眼。来了放蜂的人。蜂箱都放好了，他的"家"也安顿了。一个刷了涂料的很厚的黑色的帆布篷子。里面打了两道土堰，上面架起几块木板，是床。床上一卷铺盖。地上排着油瓶、酱油瓶、醋瓶。一个白铁桶里已经有多半桶蜜。外面一个蜂窝煤炉子上坐着锅。一个女人在案板上切青蒜。锅开了，她往锅里下了一把干切面。不大会儿，面熟了，她把面捞在碗里，加了作料、撒上青蒜，在一个碗里舀了半勺豆瓣。一人一碗。她吃的是加了豆瓣的。

蜜蜂忙着采蜜，进进出出，飞满一天。

我跟养蜂人买过两次蜜，绕玉渊潭散步回来，经过他的棚子，大都要在他门前的树墩上坐一坐，抽一支烟，看他收蜜，刮蜡，跟他聊两句，彼此都熟了。

这是一个五十岁上下的中年人，高高瘦瘦的，身体像是不太好，他做事总是那么从容不迫，慢条斯理的。样子不像个农民，倒有点像一个农村小学校长。听口音，是石家庄一带的。他到过很多省。哪里有鲜花，就到哪里去。菜花开的地方，玫瑰花开的地方，苹果花开的地方，枣花开的地方。每年都到南方去过冬，广西、贵州。到了春暖，再往北翻。我问他是不是枣花蜜最好，他说是荆条花的蜜最好。这很出乎我的意外。荆条是个不起眼的东西，而且我从来没有见过荆条开花，想不到荆条花蜜却是最好的蜜。我想他每年收入应当不错。他说比一般农民要好一些，但是也落不下多少：蜂具，路费；而且每年要赔几十斤白糖——蜜蜂冬天不采蜜，得喂它糖。

女人显然是他的老婆。不过他们岁数相差太大了。他五十了，女人也就是三十出头。而且，她是四川人，说四川话。我问他：你们是怎么认识的？他说：她是新繁县人。那年他到新繁放蜂，认识了。她说北方的大米好吃，就跟来了。

有那么简单？也许她看中了他的脾气好，喜欢这样安静平和的性格？也许她觉得这种放蜂生活，东南西北到处跑，好耍？这是一种农村式的浪漫主义。四川女孩子做事往往很洒脱，想咋个就咋个，不像北方女孩子有那么多考虑。他们结婚已经几年了。丈夫对她好，她对丈夫也很体贴。她觉得她的选择没有错，很满意，不后悔。我问养蜂人：她回去过没有？他说：回去过一次，一个人。他让她带了两千块钱，她买了好些礼物送人，风风光光地回了一趟新繁。

一天，我没有看见女人，问养蜂人，她到哪里去了。养蜂人说：到我那大儿子家去了，去接我那大儿子的孩子。他有个大儿子，在北京工作，在汽车修配厂当工人。

她抱回来一个四岁多的男孩，带着他在棚子里住了几天。她带他到甘家口商场买衣服，买鞋，买饼干，买冰糖葫芦。男孩子在床上玩鸡啄米，她靠着被窝用勾针给他勾一顶大红的毛线帽子。她很爱这个孩子。这种爱是完全非功利的，既不是讨丈夫的欢心，也不是为了和丈夫的儿子一家搞好关系。这是一颗很善良，很美的心。孩子叫她奶奶，奶奶笑了。

过了几天，她把孩子又送了回去。

过了两天，我去玉渊潭散步，养蜂人的棚子拆了，蜂箱集中在一起。等我散步回来，养蜂人的大儿子开来一辆卡车，把棚柱、木板、煤炉、锅碗和蜂箱装好，养蜂人两口子坐上车，卡车开走了。

玉渊潭的槐花落了。

晚年

　　我们楼下随时有三个人坐着。他们都是住在这座楼里的。每天一早，吃罢早饭，他们各人提了马扎，来了。他们并没有约好，但是时间都差不多，前后差不了几分钟。他们在副食店墙根下坐下，挨得很近。坐到快中午了，回家吃饭。下午两点来钟，又来坐着，一直坐到副食店关门了，回家吃晚饭。只要不是刮大风，下雨，下雪，他们都在这里坐着。

　　一个是老佟。和我住一层楼，是近邻。有时在电梯口见着，也寒暄两句："吃啦？""上街买菜？"解放前他在国民党一个什么机关当过小职员，解放后拉过几年排子车，早退休了。现在过得还可以。一个孙女已经读大学三年级了。他八十三岁了。他的相貌举止没有什么特别的地方。

脑袋很圆，面色微黑，有几块很大的老人斑。眼色总是平静的。他除了坐着，有时也遛个小弯，提着他的马扎，一步一步，走得很慢。

一个是老辛。老辛的样子有点奇特。块头很大，肩背又宽又厚，身体结实如牛。脸色紫红紫红的。他的眉毛很浓，不是两道，而是两丛。他的头发、胡子都长得很快。刚剃了头没几天，就又是一头乌黑的头发，满腮乌黑的短胡子。好像他的眉毛也在不断往外长。他的眼珠子是乌黑的。他的神情很怪。坐得很直，脑袋稍向后仰，蹙着浓眉，双眼直视路上行人，嘴唇嗫着，好像在往里用力地吸气。好像愤愤不平，又像藐视众生，看不惯一切，心里在想：你们是什么东西！我问过同楼住的街坊：他怎么总是这样的神情？街坊说：他就是这个样子！后来我听说他原来是一个机关食堂煮猪头肉、猪蹄、猪下水的。那么他是不会怒视这个世界，蔑视谁的。他就是这个样子。他怎么会是这个样子呢？他脑子里在想什么？还是什么都不想？他岁数不大，六十刚刚出头，退休还不到两年。

一个是老许。他最大，八十七了。他面色苍黑，有几颗麻子，看不出有八十七了——看不出有多大年龄。这老头怪有意思。他有两串数珠，——说"数珠"不大对，因为他并不信佛，也不"掐"它。一串是核桃的，一串是山桃核的。有时他把两串都带下来，绕在腕子上。有时只带一串山桃核的，因为核桃的太大，也沉。山桃核有年头了，已经叫他的腕子磨得很光润。他不时将他的数珠改装一次，拆散了，加几个原来是钉在小孩子帽子上的小银铃铛之类的东西，再穿好。有一次是加了十个算盘珠。过路人有的停下来看看他的数珠，他就把袖子向上提提，叫数珠露出更多。他两手戴了几个戒指，一看就是黄铜的，然而他告诉人是金的。他用一个钥匙链，一头拴在纽扣上，一头拖出来。塞在左边的上衣口袋里，就像早年间戴怀表一样。他自己感觉，这就是怀表。他在上衣口袋里插着两枝塑料圆珠笔的空壳——是他的孙女用剩下的，一枝白色的，一枝粉红的。我问老佟："他怎么爱搞这些？"老佟说："弄好些零碎！"他年轻时"跑"过"腿"，做过买卖。我很想跟他聊聊。问他话，他只是冲我笑笑。老佟说："他是个聋子。"

这三个在一处一坐坐半天，彼此都不说话。既然不说话，为什么坐的挨得这样近呢？大概人总得有个伴，即使一句话也不说。

老辛得过一次小中风，（他这样结实的身体怎么会中风呢？）但是没多少时候就好了。现在走起路来脚步还有一点沉。不过他原来脚步就很重。

老佟摔了一跤，骨折了，在家里躺着，起不来。因此在楼下坐着的，暂时只有两个人，不过老佟的骨折会好的，我想。

老许看样子还能活不少年。

大妈们

　　我们楼里的大妈们都活得有滋有味，使这座楼增加了不少生气。

　　许大妈是许老头的老伴，比许老头小十几岁，身体挺好，没听说她有什么病。生病也只有伤风感冒，躺两天就好了。她有一根花椒木的拐杖，本色，很结实，但是很轻巧，一头有两个杈，像两个小犄角。她并不用它来拄着走路，而是用来扛菜。她每天到铁匠营农贸市场去买菜，装在一个蓝布兜里，把布兜的绊套在拐杖的小犄角上，扛着。她买的菜不多，多半是一把韭菜或一把茴香。走到刘家窑桥下，坐在一块石头上，把菜倒出来，择菜。择韭菜、择茴香。择完了，抖落抖落，把菜装进布兜，又用花椒木拐杖扛起来，往回走。她很和善，见人也打招呼，笑笑，但是不说话。她用拐杖扛菜，不是为了省劲，好像是为了好玩。到了家，过不大会，就听见她乒乒乓乓地剁菜。剁韭菜，剁茴香。她们家爱吃馅儿。

奚大妈是河南人，和传达室小邱是同乡，对小邱很关心，很照顾。她最放不下的一件事，是给小邱张罗个媳妇。小邱已经三十五岁，还没有结婚。她给小邱张罗过三个对象，都是河南人，是通过河南老乡关系间接认识的。第一个是奚大妈一个村的。事情已经谈妥，这女的已经在小邱床上睡了几个晚上。一天，不见了，跟在附近一个小旅馆里住着的几个跑买卖的山西人跑了。第二个在一个饭馆里当服务员。也谈得差不多了，女的说要回家问问哥哥的意见。小邱给她买了很多东西：衣服、料子、鞋、头巾……借了一辆平板三轮，装了半车，蹬车送她上火车站。不料一去再无音信。第三个也是在饭馆里当服务员的，长得很好看，高颧骨，大眼睛，身材也很苗条。就要办事了，才知道这女的是个"石女"。奚大妈叹了一口气："唉！这事儿闹的！"

江大妈人非常好，非常贤慧，非常勤快，非常爱干净。她家里真是一尘不染。她整天不断地擦、洗、掸、扫。她的衣着也非常干净，非常利索。裤线总是笔直的。她爱穿坎肩，铁灰色毛涤纶的，深咖啡色薄呢的，都熨熨帖帖。

她很注意穿鞋，鞋的样子都很好。她的脚很秀气。她已经过六十了，近看脸上也有皱纹了，但远远一看，说是四十来岁也说得过去。她还能骑自行车，出去买东西，买菜，都是骑车去。看她跨上自行车，一踩脚蹬，哪像是已经有了四岁大的孙子的人哪！她平常也不大出门，老是不停地收拾屋子。她不是不爱理人，有时也和人聊聊天，说说这楼里的事，但语气很宽厚，不嚼老婆舌头。

顾大妈是个胖子。她并不胖得腮帮的肉都往下掉，只是腰围很粗。她并不步履蹒跚，只是走得很稳重，因为搬运她的身体并不很轻松。她面白微黄，眉毛很淡。头发稀疏。但是总是梳得很整齐服帖。她原来在一个单位当出纳，是干部。退休了，在本楼当家属委员会委员，也算是干部。家属委员会委员的任务是要换购粮本、副食本了，到各家敛了来，办完了，又给各家送回去。她的干部意识根深蒂固，总觉得自己不是一个家庭妇女。别的大妈也觉得她有架子，很少跟她过话。她爱和本楼的退休了的或尚未退休的女干部说话。说她自己的事。说她的儿女在单位很受器重；说她原来的领导很关心她，逢春节都要来看看她……

在这条街上任何一个店铺里，只要有人一学丁大妈雄赳赳气昂昂走路的神气，大家就知道这学的是谁，于是都哈哈大笑，一笑笑半天。丁大妈的走路，实在是少见。头昂着，胸挺得老高，大踏步前进，两只胳臂前后甩动，走得很快。她头发乌黑，梳得整齐。面色紫褐，发出铜光，脸上的纹路清楚，如同刻出。除了步态，她还有一特别处：她穿的上衣，都是大襟的。料子是讲究的。夏天，派力司；春秋天，平绒；冬天，下雪，穿羽绒服。羽绒服没有大襟的。她为什么爱穿大襟上衣？这是习惯。她原是崇明岛的农民，吃过苦。现在苦尽甘来了。她把儿子拉扯大了。儿子、儿媳妇都在美国，按期给她寄钱。她现在一个人过，吃穿不愁。她很少自己做饭，都是到粮店买馒头，买烙饼，买面条。她有个外甥女，是个时装模特儿，常来看她，很漂亮。这外甥女，楼里很多人都认识。她和外甥女上电梯，有人招呼外甥女："你来了！"——"我每星期都来。"丁大妈说："来看我！"非常得意。丁大妈活得非常得意，因此她雄赳赳气昂昂。

罗大妈是个高个儿，水蛇腰。她走路也很快，但和丁大妈不一样：丁大妈大踏步，罗大妈步子小。丁大妈前后甩胳臂，罗大妈胳臂在小腹前左右摇。她每天"晨练"，走很长一段，扭着腰，摇着胳臂。罗大妈没牙，但是乍看看不出来，她的嘴很小，嘴唇很薄。她这个岁数——她也就是五十出头吧，不应该把牙都掉光了，想是牙有病，拔掉的。没牙，可是话很多，是个连片子嘴。

乔大妈一头银灰色的卷发。天生的卷。气色很好。她活得兴致勃勃。她起得很早，每天到天坛公园"晨练"，打一趟太极拳，练一遍鹤翔功，遛一个大弯。然后顺便到法华寺菜市场买一提兜菜回来。她爱做饭，做北京"吃儿"。蒸素馅包子，炒疙瘩，摇棒子面嘎嘎……她对自己做的饭非常得意。"我蒸的包子，好吃极了"，"我炒的疙瘩，好吃极了"，"我摇的嘎嘎，好吃极了！"她间长不短去给她的孙子做一顿中午饭。他儿子儿媳妇不跟她一起住，单过。儿子儿媳是"双职工"，中午顾不上给孩子做饭。"老让孩子吃方便面，那哪成！"她爱养花，阳台上都是花。她从天坛东门买回来一大把芍药骨朵，深紫色的。"能开一个月！"

大妈们常在传达室外面院子里聚在一起闲聊天。院子里放着七八张小凳子、小椅子，她们就错错落落地分坐着。所聊的无非是一些家长里短。谁家买了一套组合柜，谁家拉回来一堂沙发，哪儿买的、多少钱买的，她们都打听得很清楚。谁家的孩子上"学前班"，老不去，"淘着哪！"谁家两口子吵架，又好啦，挎着胳臂上游乐园啦！乔其纱现在不时兴啦，现在兴"砂洗"……大妈们有一个好处，倒不搬弄是非。楼里有谁家结婚，大妈们早就在院里等着了。她们看扎着红彩绸的小汽车开进来，看放鞭炮，看新娘子从

160

汽车里走出来，看年轻人往新娘子头发上撒金银色纸屑……

一九九二年六月十日

闹市闲民

我每天在西四倒一〇一路公共汽车回甘家口。直对一〇一站牌有一户人家。一间屋，一个老人。天天见面，很熟了。有时车老不来，老人就搬出一个马扎儿来："车还得会子，坐会儿。"

屋里陈设非常简单（除了大冬天，他的门总是开着），一张小方桌，一个方杌凳，三个马扎儿，一张床，一目了然。

老人七十八岁了，看起来不像，顶多七十岁。气色很好。他经常戴一副老式的圆镜片的浅茶晶的养目镜——这副眼镜大概是他身上唯一值钱的东西。眼睛很大，一点没有混浊，眼角有深深的鱼尾纹。跟人说话时总带着一点笑意，眼神如一个天真的孩子。上唇留了一撮疏疏的胡子，花白了。他的人中很长，唇髭不短，但是遮不住他的微厚

162

而柔软的上唇。——相书上说人中长者多长寿，信然。他的头发也花白了，向后梳得很整齐。他长年穿一套很宽大的蓝制服，天凉时套一件黑色粗毛线的很长的背心。圆口布鞋、草绿色线袜。

从攀谈中我大概知道了他的身世。他原来在一个中学当工友，早就退休了。他有家。有老伴。儿子在石景山钢铁厂当车间主任。孙子已经上初中了。老伴跟儿子。他不愿跟他们一起过，说是："乱！"他愿意一个人。他的女儿出嫁了。外孙也大了。儿子有时进城办事，来看看他，给他带两包点心，说会子话。儿媳妇、女儿隔几个月来给他拆洗拆洗被褥。平常，他和亲属很少来往。

他的生活非常简单。早起扫扫地，扫他那间小屋，扫门前的人行道。一天三顿饭。早点是干馒头就咸菜喝白开水。中午晚上吃面。一年三百六十五天，天天如此。他不上粮店买切面，自己做。抻条，或是拨鱼儿。他的拨鱼儿真是一绝。小锅里坐上水，用一根削细了的筷子把稀面顺着碗口"赶"进锅里。他拨的鱼儿不断，一碗拨鱼儿是一根，而且粗细如一。我为看他拨鱼儿，宁可误一趟车。我跟他说："你这拨鱼儿真是个手艺！"他说："没什么，早一点把面和上，多搅搅。"我学着他的法子回家拨鱼儿，结果成了一锅面糊糊疙瘩汤。他吃的面总是一个味儿！浇炸酱。黄酱，很少一点肉末。黄瓜丝、小萝卜，一概不要。白菜下来时，切几丝白菜，这就是"菜码儿"。他饭量不小，一顿半斤面。吃完面，喝一碗面汤（他不大喝水），涮涮碗，坐在门前的马扎儿上，抱着膝盖看街。

我有时带点新鲜菜蔬，青蛤、海蛎子、鳝鱼、冬笋、木耳菜，他总要过来看看："这是什么？"我告诉他是什么，他摇摇头："没吃过。南方人会吃。"他是不会想到吃这样的东西的。

他不种花，不养鸟，也很少遛弯儿。他的活动范围很小，除了上粮店买面，上副食店买酱，很少出门。

他一生经历了很多大事。远的不说。敌伪时期，吃混合面。傅作义。解放军进城，扭秧歌，呛呛七呛七。开国大典，放礼花。没完没了的各种运动。三年自然灾害，大家挨饿。"文化大革命"。"四人帮"。"四人帮"垮台。华国锋。华国锋下台……

然而这些都与他无关，没有在他身上留下多少痕迹。他每天还是吃炸酱面，——只要粮店还有白面卖，而且北京的粮价长期稳定——坐在门口马扎儿上看街。

他平平静静，没有大喜大忧，没有烦恼，无欲望亦无追求，天然恬淡，每天只是吃抻条面、拨鱼儿，抱膝闲看，带着笑意，用孩子一样天真的眼睛。

这是一个活庄子。

一九九〇年五月五日

傻子

这一带有好几个傻子。

一个是我们楼的傻八子。傻八子的妈生过八个孩子，他最小。傻八子两只小圆眼睛，鼻梁很低，几乎没有。他一天在人行道上走来走去，走得很慢，一步，一步，因为他很胖，肚子很大，走不快。他不停地自言自语。他妈说他爱"得不"。我问他妈："得不什么？"——"电视，电视上听来的！"我注意听过，不知道说些什么，经常说的是："你给我站住！……"似乎他的"得不"是有个对象的。"得不"几句，又喝喝地笑一阵。他还爱唱，没腔没调，没有字眼，声音像一张留声机的坏唱盘："咦……啊……嘞……"他有时倒吸气发出母猪一样的声音，这一带的孩子把这种声音叫做"打猪吭"。他不是什么都不明白，一边

166

“得不”着，见了熟人，也打招呼：“回来啦！”——“报纸来啦！”熟人走过，接着“得不”。

他大哥要把他送到福利院去，——福利院是收容傻子的地方，他妈舍不得。

亚运会期间，街道办事处把他捆起来，送进福利院关了几天。亚运会结束，又放了回来。傻八子为此愤愤不平：“捆我！”

我问过傻八子：“你怎么不结婚？”傻八子用手指指他的太阳穴：“这儿，坏啦！”

附近有一个女傻子，喜欢上了傻八子，要嫁给他。傻八子妈不同意，说：“俩傻子，怎么弄！”

我们楼有个女的，是开发廊的，爱打扮，细长眼，涂眼影，画嘴唇，穿的衣服很“港”。有一天这女的要到传达室打电话，下台阶时，从傻八子旁边擦身而过，傻八子跟她不知呜噜呜噜说了句什么。我问女的，“他跟你说什么？”——“他说我没穿袜子。”我这才注意到女的趿了一双很精致的拖鞋。傻八子会注意好看的女人，注意到她的脚，他并不彻底的傻。

另一个傻子家在蒲黄榆拐角的胡同里，小个子，精瘦精瘦地老是抱着肩膀匆匆忙忙地在这一带不停地走，嘴里也“得不”，但是声音小，不像傻八子大声“得不”。匆匆忙忙地走着，"得不"着，一时吃吃地笑。

蒲安里有个小傻子，也就是十五六岁，长得挺好玩，又白又胖。夏天，光着上身，一身白肉；圆滚滚的肚子上挂着一条极肥大的白裤衩，在粮店和副食店之间的空地上，甩着胳臂齐步走。见人就笑脸相迎，大声招呼："你好！"——"你好！"

有一个傻子有四十岁了，穿得很整齐干净，他不"得不"，只是一脸的忧郁，在胡同口抱着胳臂，低头注视着地面，一动不动。

北京从前好像没有那么多傻子，现在为什么这样多？

六月十日

二愣子

　　他应该是有名有姓的，但是没人知道，大家都叫他二愣子。他是阜平人。文工团经过阜平时，他来要求"参加革命"，文工团有些行李服装，装车卸车，需要一个劳动力，就吸收了他。进城以后，以文工团为基础，抽调了一些老区来的干部，加上解放前夕参加工作的大学生，组建成市文联和文化局，两个单位在一个院里办公。二愣子当了勤杂工。每天扫扫院子，整理会议室、小礼堂的桌椅，掸掸土；冬天，给办公室升炉子、搣火、添煤。他不爱说话，口齿不清，还有点结巴。告诉他一点什么事，他翻着白眼听着。问他听明白了没有，不大明白。二愣子这个名字大概就是这么来的。

　　为什么大家都记得有个二愣子？因为他有个特点：爱

诉苦。

那年七七，机关开了个纪念会。由一个干部讲了芦沟桥事变的经过，抗日战争的形势，八路军的战果，中国共产党的农村政策……当时开会，大都会有群众代表发言。被安排发言的是二愣子。他讲了日本兵在阜平的烧杀掳抢、三光政策，他的父母都被杀害了，他的一个妹妹被日本兵糟蹋了。他讲得声泪俱下，最后是号啕大哭。一个人事科的干部把他扶到座位上，他还抽泣了半天。所有新参加革命的青年，听了二愣子的诉苦，无不为之动容，女同志不停地擦眼泪。开这个座谈会，让二愣子诉苦，目的是教育这些大学生。看来，目的是达到了，青年的思想觉悟提高了。

二愣子对日本人有刻骨的仇恨。解放初几年，每年国庆节，都要游行。游行都要抬伟人像。除了马、恩、列、斯、毛、孙中山，还有世界各国共产党的领袖。领袖像是油画，安了木框，下面两根木棍。四个人抬一个。木框和木棍都做得很笨重。从东城抬到西城，压得肩膀够呛。我那时还年轻，也有抬伟人像的任务。有一年，我和二愣子分配在一个组。他把伟人像扛上肩，回头一看，放下了。"怎么啦？"——"我不抬这个老日本！"我们抬的是德田球一。跟他说：这个老日本是个好日本人，是日共的领袖。怎么说也不成。只好换一个人上来，把他调到后面去抬伊巴露丽。

解放初期，纪念会特多。三八妇女节、五一劳动节，都要开会。由文化局的副局长或文联副秘书长主持会议，一个政工干部讲讲节日的来历、意义。政工干部也不用什么准备，有印发的统一的宣传材料，他只要照本宣科摘要的念一念就行。这些宣传材料每年几乎都是一样，其实大可不必按期编印，汇集一本《革命节日宣讲手册》，便可一劳永逸，用几十年。这些节日纪念，照例有群众代表讲话。讲话的照例是二愣子。他对什么芝加哥女工罢工、示威游行、蔡特金、第二国际……这些全不理会，他只会诉苦，讲他的父母被杀害，妹妹被日本兵糟蹋了，声泪俱下，号啕大哭。到了七一，党的生日，八一建军节，他也上去诉苦，那倒是比较能沾得上边的。他的诉苦，起初是领导上布置的。后来，不布置，他也要自动诉苦。每回的内容都是一样。曾经受过感动的，后来，不感动了。终于，到了节日，人事处干部就说服他，不要再诉苦了。"不叫诉苦？"他很纳闷。

我后来调到别的单位，就没有看见二愣子。"文化大革命"以后，见到市文联、文化局的老人，我问起："二愣子怎么样了？"他们告诉我：二愣子傻了，进了福利院。

一九九〇年五月八日

读《萧萧》

我很喜欢这篇小说，觉得它写得好。但是好在哪里，又说不出。我把这篇小说反反复复看了好多遍，看得我的艺术感觉都发木了，还是说不出好在哪里。大概好的作品都说不出好在哪里。我只能随便说说。想到哪里说到哪里。

萧萧这个名字很美。沈先生喜欢给他的小说的女孩子起叠字的名字：三三、夭夭、翠翠。"萧萧"也许有点寓意，让人想到"无边落木萧萧下"。中国妇女的一生，也就树叶一样，绿了一些时候，随即飘落了。比比皆是，无可奈何。但也许没有什么寓意，只是随便拾取一个名字。不过是很美的。沈先生给这个女孩子起这样一个美丽的名字，说明他对这个女孩子是很喜欢的，很有感情的。

《萧萧》写的是一个童养媳的故事。提起童养媳，总给人一个悲惨的印象。挨公婆的打骂，吃不饱，做很重的活。尤其痛苦的是和丈夫年龄的悬殊。中国民歌涉及妇女生活最多的是寡妇，其次便是童养媳。守着一个小丈夫，白耗了自己的青春。有的民歌里唱道："不是看在公婆的面，一脚踢你下床去"。有的民歌想到等到丈夫成年，自己已经老了。这是一个极不合理的制度。但是《萧萧》的命运并不悲惨，简直是一个有点曲折的小小喜剧。

萧萧做媳妇时年纪十一岁，有个小丈夫，年纪还不到三岁。十五岁时被一个叫花狗的长工引诱，做了一点糊涂事，怀了孕，被家里知道了，要卖到远处去，但没有主顾。次年二月，萧萧生了一个儿子。生下的既是儿子，萧萧不嫁别处了，到萧萧圆房时，儿子已经十岁。儿子名叫牛儿。牛儿十二岁也接了亲，媳妇年长六岁。萧萧生了第二个儿子，她抱了才满三月的小毛毛看热闹，同十年前抱丈夫一个样子。萧萧的生活平平常常。这种生活是被许多人，包括许多作家所忽略的。

作为萧萧生活的对比与反衬的，是女学生。小说中屡次提到女学生，这是随时出现，贯彻小说的全篇的。把女学生从小说里拿掉，小说就会显得单薄，甚至就不复存在。女学生牵动所有人物的感情，成为他们生活的重要内容。

"女学生这东西，在本乡的确永远是奇闻。""说来事事都稀奇古怪，和庄稼人不同，有的简直还可说岂有此理。""女学生由祖父方面所知道的是这样一种人：她们穿衣服不管天气冷暖，吃东西不问饥饱，晚上交到子时才睡觉，白天正经事全不作，只知唱歌打球，读洋书。她们都会花钱，一年用的钱可以买十六只水牛。她们在省里京里想往什么地方去时，不必走路，只要钻进一个大匣子中，那匣子就可以带她到地。城市中还有各种各样的大小不同匣子，都用机器开动。她们在学校，男女在一处上课读书，人熟了，就随意同那男子睡觉，也不要媒人，也不要财礼，名叫'自由'……"祖父对女学生的认识似是而非，是从一个不知什么人的口中间接又间接地得知的，其中有许多他自己的想象，到了萧萧，就把这点想象更发展了。她"做梦也便常常梦到女学生，且梦到同这些人并排走路。仿佛也坐过那种自己会走路的匣子，她又觉得这匣子并不比自己跑路更快。在梦中那匣子的形体同谷仓差不多，里面还有小小灰色老鼠，眼珠子红红的，各处乱跑，有时钻到门缝里去，把个小尾巴露在外边"。在小说中，女学生意味着什么呢？这说明另一世界，另一阶级的人的生活同祖父、萧萧之间，存在多大的反差。女学生成天高唱的"自由"又离他们有多远。

沈先生对女学生的描述是颇为不敬的。这也难怪，脱离农村的现实，脱离经济基础，高喊进步的口号，是没有用的。沈先生在小说中说及这些人时，永远是嘲讽的态度。

这是一个偏僻、闭塞的乡下，如沈先生常说的中国的一角隅。偏僻闭塞并没有直接描写，是通过这里的人对城里人的荒唐想象来完成的。这里还停留在男耕女织，自给自足的自然经济状态（种瓜、绩麻、抛梭子织土机布）。这里的人还没有受到商品经济的影响，孔夫子对他们的影响也不大，因此人情古朴，单纯厚道。

萧萧非常单纯。"她是什么事也不知道，就做了人家的新媳妇了。"过门后，尽一个做姐姐的责任，日夜哄着弟弟（小丈夫）。花狗对她说"我全身无处不大"，她还不大懂这话的意思，只觉得憨而好笑。花狗对萧萧"生了另外一种心，萧萧有点明白了，常常觉得惶恐不安"。"平时不知道萧萧所在，花狗就站在高处唱歌逗萧萧身边的丈夫；丈夫小口一开，花狗穿山越岭就来到萧萧面前了。""花狗想方法支使他到一个远处去找材料，便坐到萧萧身边来，要萧萧听他唱那使人开心红脸的歌。她有时觉得害怕，不许丈夫走开；有时又像有了花狗在身边，打发丈夫走去反倒好一点。"对农村少女这点微妙心理，作者写得非常精细，非常准确，也非常有分寸。萧萧的恋爱（假如这可叫做恋爱）

实无任何浪漫可言。花狗唱了许多歌，到后却向萧萧唱"娇家门前一重坡……"，她心里乱了，她要花狗对天赌咒，赌过了咒，"一切好像有了保障"，她就一切尽他了。事后，"才仿佛明白自己作了一点不大好的糊涂事"。她怀了孕，花狗逃走了，萧萧对他并没有什么扯不断的感情，只是丈夫常常提起几个月前被毛毛虫蜇手（她做糊涂事那天丈夫被毛毛虫蜇了）的旧话，使萧萧心里难过，她因此极恨毛毛虫，见了那小虫就想用脚去踹。这感情有点复杂，但很难说这是什么"情结"，很难用弗洛伊德来解释。

小说里一个活跃人物是祖父。祖父是个有趣人物，除了摆龙门阵学古，就是逗萧萧，几次和萧萧作关于女学生的近乎无意义的扯谈，且喊萧萧不喊"小丫头"，不喊萧萧，却唤作"女学生"。在不经意中萧萧答应得很好。祖父是个好心肠的人，他很爱萧萧。

萧萧的伯父是个忠厚老实人。萧萧出事后，祖父想出个聪明主意，请萧萧本族人来说话。萧萧只有一个伯父，去请他时还以为是吃酒。到了才知道是这样丢脸的事，弄得这老实忠厚的家长手足无措。伯父临走，萧萧拉着伯父衣角不放，只是幽幽的哭。"伯父摇了一会头，一句话不说。"寥寥几笔，就把一个老实种田人写出来了。

花狗也很难说是个坏人。他"面如其心，生长得不很正气"，但"花狗是男子，凡是男子的美德恶德都不缺少"，他"个子大，胆子小。个子大容易做错事，胆量小做了错事就想不出办法。"他把萧萧的肚子弄大了，不辞而行，可以说不负责任，但是除了一走了之，他能有什么办法呢？

沈先生的小说的开头大都很精彩。一个比较常用的方法是用一个峭拔的短句作为一段，引出全篇。如：

把船停顿到岸边，岸是辰州的河岸。（《柏子》）

落了春雨，一共有七天，河水涨大了。（《丈夫》）

《萧萧》也用的是这方法：

乡下人吹唢呐接媳妇，到了十二月是成天有的事情。

这个起头是反起。先写被铜锁锁在花轿里的新媳妇照例要在里面荷荷大哭，然后一转，"也有做媳妇不哭的人。萧萧做媳妇就不哭。""她又不害羞，又不怕。她是什么事也不知道，就做了人家的新媳妇了。"这样才能衬托出萧萧什么事也不知道。这以后，就是很"顺"的叙述，即基本上是按事情的先后顺序叙述的。这里没有什么"时空交错"。为什么叙述一定要交错呢？时空交错和这种古朴的生活是不相容的。

沈先生是长于写景的，但是这篇小说属于写景的只有一处：

> 夏夜光景说来如做梦。大家饭后坐到院中心歇凉，挥摇蒲扇，看天上的星同屋角的萤，听南瓜棚上纺织娘子咯咯咯拖长声音纺车，远近声音繁密如落雨，禾花风飕飕吹到脸上⋯⋯

恬静的，无忧无虑的夏夜。这是萧萧所生活的环境，并且也才适于引出祖父关于女学生的话来。小说对话很少，不多的对话有两段，都是在祖父和萧萧之间进行的。说这是"近乎无意义的扯谈"，是说这些对话无深意，完全没有什么思想，更无所谓哲理，但对表现祖父的风趣慈祥和萧萧的浑朴天真，是很有必要的。并且这烘托出小说的亲切气氛。

小说穿插了三首湘西四句头山歌。这三首山歌在沈先生别的小说里也出现过，但是用在这里很熨帖。

这篇小说的语言是非常、非常朴素的。所有的叙述语言都和环境、人物相协调，尽量不同城里人的语言。比如对萧萧，不用"天真"、"浑浑噩噩"这类的字眼，只是说："萧萧十五岁时已高如成人，心却还是一颗糊糊涂涂的心。"语言中处处不乏发自爱心的温暖的幽默（照先生的习惯，是"谐趣"）。

新媳妇"像做梦一样，将同一个陌生男子汉在一个床上睡觉，做着承宗接祖的事情。这些事想起来，当然有些害怕，所以照例觉得要哭哭，就哭了。"

萧萧嫁过了门，……"风里雨里过日子，像一株长在园角落不为人注意的蓖麻，大叶大枝，日增茂盛。 这小女人简直是全不为丈夫设想那么似的，一天比一天长大起来了。"

"丈夫早断了奶。婆婆有了新儿子，这五岁儿子就像归萧萧独有了。不论做什么，走到什么地方去，丈夫总跟在身边。丈夫有些方面很怕她，当她如母亲，不敢多事。他们俩实在感情不坏。"

家中明白"这个十年后预备给小丈夫生儿子继香火的萧萧肚子已被另一个人抢先下了种。这在一家人生活中真是了不得的一件大事！ 一家人的平静生活，为这件新事全弄乱了。生气的生气，流泪的流泪，骂人的骂人，各按本分乱下去"。这个"各按本分"真是绝妙！

"丈夫知道了萧萧肚子中有儿子的事情，又知道因为这样萧萧才应当嫁到远处去。但是丈夫并不愿意萧萧去，萧萧自己也不愿意去。大家全莫名其妙，只是照规矩像逼到要这样做，不得不做。"

小说的结尾急转直下，完全是一个喜剧：

萧萧次年二月间，十月满足，坐草生了一个儿子，团头大眼，声响洪壮。大家把母子二人照料得好好的，照规矩吃蒸鸡同江米酒补血，烧纸谢神。一家人都欢喜那儿子。

生下的既是儿子，萧萧不嫁别处了。

到萧萧正式同丈夫拜堂圆房时，儿子已经年纪十岁，有了半劳动力，能看牛割草，成为家中生产者一员了。平时喊萧萧丈夫做大叔，大叔也答应，从不生气。

这儿子名叫牛儿。牛儿十二岁时也接了亲，媳妇年长六岁。媳妇年纪大，方能诸事作帮手，对家中有帮助。唢呐到门前时，新娘在轿中呜呜的哭着，忙坏了那个祖父，曾祖父。

但是，在喜剧的后面，在谐趣的微笑的后面，你有没觉察到沈从文先生隐藏着的悲哀？

一九九〇年九月二十四日

沈从文和他的《边城》

 《边城》是沈从文先生所写的唯一的一个中篇小说，说是中篇小说，是因为篇幅比较长，约有六万多字；还因它有一个有头有尾的故事，——沈先生的短篇小说有好些是没有什么故事的，如《牛》、《三三》、《八骏图》……都只是通过一点点小事，写人的感情、感觉、情绪。

 《边城》的故事甚美也很简单：茶峒山城一里外有一小溪，溪边有一弄渡船的老人。老人的女儿和一个兵有了私情，和那个兵一同死了，留下一个孤雏，名叫翠翠，老船夫和外孙女相依为命地生活着。茶峒城里有个在水码头上掌事的龙头大哥顺顺，顺顺有两个儿子，天保和傩送，两兄弟都爱上翠翠。翠翠爱二老傩送，不爱大老天保。大老天保在失望之下驾船往下游去，失事淹死；傩送因为哥哥的死在心里结了一个难解疙瘩，也驾船出外了。雷雨之夜，渡船老人死了，剩下翠翠一个人。傩送对翠翠的感情没有变，但是他一直没有回来。

就这样一个简单的故事，却写出了几个活生生的人物，写了一首将近七万字的长诗！

因为故事写得很美，写得真实，有人就认为真有那么一回事。有的华侨青年，读了《边城》，回国来很想到茶峒去看看，看看那个溪水、白塔、渡船，看看渡船老人的坟，看看翠翠曾在那里吹竹管……

大概是看不到的。这故事是沈从文编出来的。

有没有一个翠翠？

有的。可她不是在茶峒的碧溪岨，是泸西县一个绒线铺的女孩子。

《湘行散记》里说：

"……在十三个伙伴中我有两个极要好的朋友。……其次是那个年纪顶轻的，名字就叫'傩右'。一个成衣人的独生子，为人伶俐勇敢，希有少见。……这小孩子年纪虽小，心可不小！同我们到县城街上转了三次，就看中了一个绒线铺的女孩子，问我借钱向那女孩子买了三次白棉线草鞋带子……那女孩子名叫'翠翠'，我写《边城》故事时，弄渡船的外孙女，明慧温柔的品性，就从那绒线铺小女孩脱胎出来。"①

她是泸西县的么？也不是。她是山东崂山的。

看了《湘行散记》，我很怕上了《灯》里那个青衣女子同样的当，把沈先生编的故事信以为真，特地上他家去核对一回，问他翠翠是不是绒线铺的女孩子。他的回答是：

"我们（他和夫人张兆和）上崂山去，在汽车里看到出殡的，一个女孩子打着幡。我说：这个我可以帮你写个小说。"

幸亏他夫人补充了一句："翠翠的性格、形象，是绒线铺那个女孩子。"

沈先生还说："我平生只看过那么一条渡船，在棉花坡。"那么，碧溪岨的渡船是从棉花坡移过来的。……棉花坡离碧溪岨不远，但总还有一个距离。

读到这里，你会立刻想起鲁迅所说的脸在那里，衣服在那里的那段有名的话。是的，作家酝酿人物形象和故事情节是一个很复杂的过程。一九五七年，沈先生曾经跟我说过："我们过去写小说都是真真假假的，哪有现在这样都是真事的呢。"有一个诗人很欣赏"真真假假"这句话，说是这说明了创作的规律，也说明了什么是浪漫主义。翠翠，

---

① 见《湘行散记·老伴》。

《边城》，都是想象出来的。然而必须有丰富的生活经验，积累了众多的印象，并加上作者的思想、感情和才能，才有可能想象得真实，以至把创造变得好像是报导。

沈从文善于写中国农村的少女。沈先生笔下的湘西少女不是一个，而是一串。

三三、夭夭、翠翠，她们是那样的相似，又是那样的不同。她们都很爱娇，但是各因身世不同，娇得不一样。三三生在小溪边的碾坊里，父亲早死，跟着母亲长大，除了碾坊小溪，足迹所到最远处只是堡子里的总爷家。她虽然已经开始有了一个少女对于"人生"的朦朦胧胧的神往，但究竟是个孩子，浑不解事，娇得有点痴。夭夭是个有钱的橘子园主人的么姑娘，一家子都宠着她。她已经订了婚，未婚夫是个在城里读书的学生。她可以背了一个特别精致的背篓，到集市上去采购她所中意的东西，找高手银匠洗她的粗如手指的银练子。她能和地方上的小军官从容说话。她是个"黑里俏"，性格明朗豁达，口角伶俐。她很娇，娇中带点野。翠翠是个无父无母的孤雏，她也娇，但是娇得乖极了。

用文笔描绘少女的外形，是笨人干的事。沈从文画少女，主要是画她的神情，并把她安置在一个颜色美丽的背景上，一些动人的声音当中。

"……为了住处两山多竹篁，翠色逼人而来，老船夫随便给这个可怜的孤雏，拾取了一个近身的名字，叫做翠翠。

"翠翠在风日里长养着，把皮肤变得黑黑的，触目为青山绿水，一对眸子清明如水晶，自然既长养她且教育她，为人天真活泼，处处俨然如一只小兽物。人又那么乖，和山头黄麂一样，从不想到残忍事情，从不发愁，从不动气。平时在渡船上遇陌生人对她有所注意时，便把光光的眼睛瞅着那陌生人，作成随时都可举步逃入深山的神气，但明白了面前的人无机心后，就又从从容容的来完成任务了。

"风日清和的天气，无人过渡，镇日长闲，祖父同翠翠便坐在门前大岩石上晒太阳；或把一段木头从高处向水中抛去，嗾使身边黄狗从岩石高处跃下，把木头衔回来；或翠翠与黄狗皆张着耳朵，听祖父说些城中多年以前的战争故事；或祖父同翠翠两人，各把小竹作成的竖笛，逗在嘴边吹着迎亲送女的曲子，过渡人来了，老船夫放下了竹管，独自跟到船边去横溪渡人。在岩上的一个，见船开动时，于是锐声喊着：

"'爷爷，爷爷，你听我吹，你唱！'

"爷爷到溪中央于是便很快乐的唱起来，哑哑的声音同竹管声，振荡寂静的空气里，溪中仿佛也热闹了些。实则歌声的来复，反而使一切更加寂静。"

篁竹、山水、笛声，都是翠翠的一部分。它们共同在你们心里造成这女孩子美的印象。

翠翠的美，美在她的性格。

《边城》是写爱情的，写中国农村的爱情，写一个刚刚进入青春期的农村女孩子的爱情。这种爱是那样的纯粹，那样不俗，那样像空气里小花、青草的香气，像风送来的小溪流水的声音，若有若无，不可捉摸，然而又是那样的实实在在，那样的真。这样的爱情叫人想起古人说得很好，但不大为人所理解的一句话：思无邪。

沈从文的小说往往是用季节的颜色、声音来计算时间的。

翠翠的爱情的发展是跟几个端午节联在一起的。

翠翠十五岁了。

端午节又快到了。

传来了龙船下水预习的鼓声。

"蓬蓬鼓声掠水越山到了渡船头那里时，最先注意到的是那只黄狗。那黄狗汪汪的吠着，受了惊似的绕屋乱走；有人过渡时，便随船渡过河东岸去，且跑到那小山头向城里一方面大吠。

"翠翠正坐在门外大石上用棕叶编蚱蜢、蜈蚣玩，见黄狗先在太阳下睡着，忽然醒来便发疯似的乱跑，过了河又回来，就问它骂它：

"'狗，狗，你做什么！不许这样子！'

"可是一会儿那远处声音被她发现了，她于是也绕屋跑着，并且同黄狗一块儿渡过了小溪，站在小山头听了许久，让那点迷人的鼓声，把自己带到一个过去的节日里去。"两年前的一个节日里去。

作者这里用了倒叙。

两年前，翠翠才十三岁。

这一年的端午，翠翠是难忘的。因为她遇见了傩送。

翠翠还不大懂事。她和爷爷一同到茶峒城里去看龙船，爷爷走开了，天快黑了，看龙船的人都回家了，翠翠一个人等爷爷，傩送见了她，把她还当一个孩子，很关心地对她说了几句话，翠翠还误会了，骂了人家一句："你个悖时砍脑壳的！"及至傩送好心派人打火把送她回去，她才知道刚才那人就是出名的傩送二老，"记起自己先前骂人那句话，心里又吃惊又害羞，再也不说什么，默默地随了那火把走了"。到了家，"另外一件事，属于自己不关祖父的，却使翠翠沉默了一个夜晚"。这写得非常含蓄。

翠翠过了两个中秋，两个新年，但"总不如那个端午所经过的事甜而美"。

十五岁的端午不是翠翠所要的那个端午。"从祖父和那长年谈话里，翠翠听明白了二老是在下游六百里外沅水中部青浪滩过端午的。"未及见二老，倒见到大老天保。大老还送他们一只鸭子。回家时，祖父说："顺顺真是好人，大方得很。大老也很好。这一家人都好！"翠翠说："一家人都好，你认识他们一家人吗？"祖父不明白这句话的意思所在，聪明的读者是明白的。路上祖父说了假如大老请人来做媒的笑话，"翠翠着了恼，把火炬向路两旁乱晃着，向前快快的走去了"。

"翠翠，莫闹，我摔到河里去了，鸭子会走脱的！"

"谁也不希罕那只鸭子！"

翠翠向前走去，忽然停住了发闷：

"爷爷，你的船是不是正在下青浪滩呢？"

这一句没头没脑的问话，说出了这女孩子的心正在飞向什么所在。

端午又来了。翠翠长大了，十六了。

翠翠和爷爷到城里看龙船。

未走之前，先有许多曲折。祖父和翠翠在三天前业已预先约好，祖父守船，翠翠同黄狗过顺顺吊脚楼去看热闹。翠翠先不答应，后来答应了。但过了一天，翠翠又翻悔，以为要看两人去看，要守船两人守船。初五大早，祖父上城买办过节的东西。翠翠独自在家，看看过渡的女孩子，唱唱歌，心上浸入了一丝儿凄凉。远处鼓声起来了，她知道绘有朱红长线的龙船这时节已下河了。细雨下个不止，溪面一片烟。将近吃早饭时节，祖父回来了，办了节货，却因为到处请人喝酒，被顺顺把个酒葫芦扣下了。正像翠翠所预料的那样，酒葫芦有人送回来了。送葫芦回来的是二老。二老向翠翠说："翠翠，吃了饭，和你爷爷到我家吊脚楼上去看划船吧？"翠翠不明白这陌生人的好意，不懂得为什么一定要到他家中去看船，抿着小嘴笑笑。到了那里，祖父离开去看一个水碾子。翠翠看见二老头上包着红布，在龙船上指挥，心中便印着两年前的旧事。黄狗不见了，翠翠便离了座位，各处去寻她的黄狗。在人丛中却听到两个不相干的妇人谈话。谈的是碥子上王乡绅想把女儿嫁给二老，用水碾子作陪嫁。二老喜欢一个撑渡船的。翠翠脸发火烧。二老船过吊脚楼，失足落水，爬起来上岸，一见翠翠就说："翠翠，你来了，爷爷也来了吗？"翠翠脸还发烧，不便作声，心想："黄狗跑到什么地方去了呢？"二老又说："怎不到我家楼上去看呢？我已经要人替你弄了个好位子。"翠翠心想："碾坊陪嫁，希奇事情咧。"翠翠到河下时，小小心腔中充满一种说不分明的东西。翠翠锐声叫黄狗，黄狗扑下水中，向翠翠方面泅来。到身边时，身上全是水。翠翠说："得了，狗，装什么疯！你又不翻船，谁要你落水呢？"爷爷来了，说了点疯话。爷爷说："二老捉得鸭子，一定又会送给我们的。"话不及说完，二老来了，站在翠翠面前微微笑着。翠翠也不由不抿着嘴微笑着。

顺顺派媒人来为大老天保提亲。祖父说得问问翠翠。祖父叫翠翠，翠翠拿了一簸箕豌豆上了船。"翠翠，翠翠，先前那个人来作什么，你知道不知道？"翠翠说："我不知道。"说后脸同脖颈全红了。翠翠弄明白了，人来做媒的是大老！不曾把头抬起，心忡忡地跳着，脸烧得厉害，仍然剥她的豌豆，且随手把空豆荚抛到水中去，望着它们在流水中从从容容流去，自己也俨然从容了许多。又一次，祖父说了个笑话，说大老请保山来提亲，翠翠那神气不愿意；假若那个人还有个兄弟，想来为翠翠唱歌，攀交情，翠翠将怎么说。翠翠吃了一惊，勉强笑着，轻轻的带点恳求的神气说："爷爷，莫说这个笑话吧。"翠翠说："看天上的月亮，那么大！"说着出了屋外，便在那一派清光的露天中站定。

…………

有个女同志，过去很少看过沈从文的小说，看了《边城》提出了一个问题："他怎么能把女孩子的心捉摸得那么透，把一些细微曲折的地方都写出来了？这些东西我们都是有过的，——沈从文是个男的。"我想了想，只好说："曹雪芹也是个男的。"

沈先生在给我们上创作课的时候，经常说的一句话，是："要贴到人物来写。"他还说："要滚到里面去写。"他的话不太好懂。他的意思是说：笔要紧紧地靠近人物的感情、情绪，不要游离开，不要置身在人物之外。要和人物同呼吸，共哀乐，拿起笔来以后，要随时和人物生活在一起，除了人物，什么都不想，用志不纷，一心一意。

首先要有一颗仁者之心，爱人物，爱这些女孩子，才能体会到她们的许多飘飘忽忽的，跳动的心事。

祖父也写得很好。这是一个古朴、正直、本分、尽职的老人。某些地方，特别是为孙女的事进行打听、试探的时候，又有几分狡猾，狡猾中仍带着妩媚。主要的还是写了老人对这个孤雏的怜爱，一颗随时为翠翠而跳动的心。

黄狗也写得很好。这条狗是这一家的成员之一，它参与了他们的全部生活，全部的命运。一条懂事的、通人性的狗。——沈从文非常善于写动物，写牛、写小猪、写鸡，写这些农村中常见的，和人一同生活的动物。

大老、二老、顺顺都是侧面写的，笔墨不多，也都给人留下颇深的印象。包括那个杨马兵、毛伙，一个是一个。

沈从文不是一个雕塑家，他是一个画家。一个风景画的大师。他画的不是油画，是中国的彩墨画，笔致疏朗，着色明丽。

沈先生的小说中有很多篇描写湘西风景的，各不相同。《边城》写酉水：

"那条河水便是历史上知名的酉水，新名字叫作白河。白河下游到辰州与沅水汇流后，便略显浑浊，有出山泉水的意思。若溯流而上，则三丈五丈的深潭可清澈见底。深潭中为白日所映照，河底小小白石子，有花纹的玛瑙石子，全看得明明白白。水中游鱼来去，全如浮在空气里。两岸多高山，山中多可以造纸的细竹，长年作深翠颜色，逼人眼目。近水人家多在桃杏花里。春天时只需注意，凡有桃花处必有人家，凡有人家处必可沽酒。夏天则晒晾在日光下耀目的紫花布衣裤，可以作为人家所在的旗帜。秋冬来时，酉水中游如王村、岔浆、保靖、里耶和许多无名山村，人家房屋在悬崖上的，滨水面的，无不朗然入目。黄泥的墙，乌黑的瓦，位置却那么妥贴，且与四周环境极其调和，使人迎面得到的印象，实在非常愉快。"

描写风景，是中国文学的一个悠久传统。晋宋时期形成山水诗。吴均的《与宋元思书》是写江南风景的名著。柳宗元的《永州八记》，苏东坡、王安石的许多游记，明代的袁氏兄弟、张岱，这些写风景的高手，都是会对沈先生有启发的。就中沈先生最为钦佩的，据我所知，是郦道元的《水经注》。

古人的记叙虽可资借鉴，主要还得靠本人亲自去感受，养成对于形体、颜色、声音乃至气味的敏感，并有一种特殊的记忆力，能把各种印象保存在记忆里，要用时即可移到纸上。沈先生从小就爱各处去看，去听，去闻嗅。"我的心总得为一种新鲜声音、新鲜颜色、新鲜气味而跳。"（《从文自传》）

"雨后放晴的天气，日头炙到人肩上、背上已有了点儿力量。溪边芦苇水杨柳，菜园中菜蔬，莫不繁荣滋茂，带着一分有野性的生气。草丛里绿色蚱蜢各处飞着，翅膀搏动空气时嗤嗤作声。枝头新蝉声音虽不成腔，却已渐渐宏大。两山深翠逼人的竹篁中，有黄鸟与竹雀、杜鹃交递鸣叫。翠翠感觉着，望着，听着，同时也思索着……"

这是夏季的白天。

"月光如银子，无处不可照及，山上竹篁在月光下变成一片黑色。身边草丛中虫声繁密如落雨，间或不知从什么地方，忽然会有一只草莺'嘓嘓嘓嘓嘘！'啭着它的喉咙，不久之间，这小鸟儿又好像明白这是半夜，不应当那么吵闹，便仍然闭着那小小眼儿安睡了。"

这是夏天的夜。

"小饭店门前长案上常有煎得焦黄的鲤鱼豆腐，身上装饰了红辣椒丝，卧在浅口钵头里，钵旁大竹筒中插着大把朱红筷子……"

这是多么热烈的颜色！

"到了卖杂货的铺子里，有大把的粉条，大缸的白糖，有炮仗，有红蜡烛，莫不给翠翠一种很深的印象，回到祖父身边，总把这些东西说个半天。"

粉条、白糖、炮仗、蜡烛，这都是极其常见的东西，然而它们配搭在一起，是一幅对比鲜明的画。

"天已快夜，别的雀子似乎都休息了，只杜鹃叫个不息，石头泥土为白日晒了一整天，草木为白日晒了一整天，到这时节各放散出一种热气。空气中有泥土气味，有草木气味，还有各种甲虫类气味。翠翠看着天上的红云，听着渡口飘来外乡生意人的杂乱声音，心中有些儿薄薄的凄凉。"

甲虫气味大概还没有哪个诗人在作品里描写过！

曾经有人说沈从文是个文体家。

沈先生曾有意识地试验过各种文体。《月下小景》叙事重复铺张，有意模仿六朝翻译的佛经，语言也多四字为句，近似偈语。《神巫之爱》的对话让人想起《圣经》的《雅歌》和沙孚的情诗。他还曾用骈文写过一个故事。其它小说中也常有骈偶的句子，如"凡有桃花处必有人家，凡有人家处必可沽酒"，"地方像茶馆却不卖茶，不是烟馆却可以抽烟"。但是通常所用的是他的"沈从文体"。这种"沈从文体"用他自己的话，就是"充满泥土气息"和"文白杂糅"[①]。他的语言有一些是湘西话，还有他个人的口头语，如"即刻"、"照例"之类。他的语言里有相当多的文言成分——文言的词汇和文言的句法。问题是他把家乡话与普通话，文言和口语配置在一起，十分调和，毫不"格生"，这样就形成了沈从文自己的特殊文体。他的语言是从多方面吸取。间或有一些当时的作家都难免的欧化的句子，如"……的我"，但极少。大部分语言是具有民族特点的。就中写人叙事简洁处，受《史记》、《世说新语》的影响不少。他的语言是朴实的，朴实而有情致；流畅的，流畅而清晰。这种朴实，来自于雕琢；这种流畅，来自于推敲。他很注意语言的节奏感，注意色彩，也注意声音。他从来不用生造的，谁也不懂的形容词之类，用的是人人能懂的普通词汇。但是常能对于普通词汇赋予新的意义。比如《边城》里两次写翠翠拉船，所用字眼不同。一次是：

"有时过渡的是从川东过茶峒的小牛，是羊群，是新娘

---

①　见一九五七年出版《沈从文小说选集》题记。

子的花轿，翠翠必争着作渡船夫，站在船头，懒懒的攀引缆索，让船缓缓的过去。"

又一次是：

"翠翠斜睨了客人一眼，见客人正盯着她，便把脸背过去，抿着嘴儿，不声不响，很自负的拉着那条横缆。"

"懒懒的"，"很自负的"都是很平常的字眼，但是没有人这样用过，用在这里，就成了未经人道语了。尤其是"很自负的"。你要知道，这"客人"不是别个，是傩送二老呀，于是"很自负的"，就有了很多很深的意思。这个词用在这里真是最准确不过了！

沈先生对我们说过语言的唯一标准是准确（契诃夫也说过类似的意思）。所谓"准确"，就是要去找，去选择，去比较。也许你相信这是"妙手偶得之"，但是我更相信这是"众里寻他千百度，蓦然回首，那人正在灯火阑珊处"。

《边城》不到七万字，可是整整写了半年。这不是得来全不费功夫。沈先生常说：人做事要耐烦。沈从文很会写对话。他的对话都没有什么深文大义，也不追求所谓"性格化的语言"，只是极普通的说话。然而写得如闻其声，如见其人。比如端午之前，翠翠和祖父商量谁去看龙船：

"见祖父不再说话，翠翠就说：'我走了，谁陪你？'

"祖父说：'你走了，船陪我。'

"翠翠把一对眉毛皱拢去苦笑着，'船陪你，嗨，嗨，船陪你。爷爷，你真是，只有这只宝贝船！'"

比如黄昏来时，翠翠心中无端地有些薄薄的凄凉，一个人胡思乱想，想到自己下桃源县过洞庭湖，爷爷要拿把刀放在包袱里，搭下水船去杀了她！她被自己的胡想吓怕起来了。心直跳，就锐声喊她的祖父：

"爷爷，爷爷，你把船拉回来呀！"

请求了祖父两次，祖父还不回来。她又叫：

"爷爷，为什么不上来？我要你！"

有人说沈从文的小说不讲结构。

沈先生的某些早期小说诚然有失之散漫冗长的。《惠明》就相当散，最散的大概要算《泥涂》。但是后来的大部分小说是很讲结构的。他说他有些小说是为了教学需要而写的，为了给学生示范，"用不同方法处理不同问题"。这"不同方法"包括或极少用对话，或全篇都用对话（如《若墨医生》）等等，也指不同的结构方法。他常把他的小说改来改去，改的也往往是结构。他曾经干过一件事，把写好的小说剪成一条一条的，重新拼合，看看什么样的结构最好。他不大用"结构"这个词，常用的是"组织"、"安排"，怎样把材料组织好，位置安排得更妥贴。他对结构的要求是："匀称"。这是比表面的整齐更为内在的东西。一个作家在写一局部时要顾及整体，随时意识到这种匀称感。正如一棵树，一个枝子，一片叶子，这样长，那样长，都是必需的，有道理的。否则就如一束绢花，虽有颜色，终少生气。《边城》的结构是很讲究的，是完美地实现了沈先生所要求的匀称的，不长不短，恰到好处，不能增减一分。

有人说《边城》像一个长卷。其实像一套二十一开的册页，每一节都自成首尾，而又一气贯注。——更像长卷的是《长河》。

沈先生很注意开头，尤其注意结尾。

他的小说的开头是各式各样的。

《边城》的开头取了讲故事的方式：

"由四川过湖南去，靠东有一条官路，这官路将近湘西边境，到了一个地方名叫'茶峒'的小山城时，有一小溪，溪边有座白色小塔，塔下住了一户单独的人家。这人家只有一个老人，一个女孩子，一只黄狗。"

这样的开头很朴素，很平易亲切，而且一下子就带起全文牧歌一样的意境。

汤显祖评董解元《西厢记》，论及戏曲的收尾，说"尾"有两种，一种是"度尾"，一种是"煞尾"。"度尾"如画舫笙歌，从远地来，过近地，又向远地去；"煞尾"如骏马收缰，忽然停住，寸步不移。他说得很好。收尾不外这两种。《边城》各章的收尾，两种兼见。

"翠翠正坐在门外大石上用棕叶编蚱蜢、蜈蚣玩，见黄狗先在太阳下睡觉，忽然醒来便发疯似的乱跑，过了河又回来，就问它骂它：

"'狗，狗，你做什么！不许这样子！'

"可是一会儿那远处声音被她发现了，她于是也绕屋跑着，并且同黄狗一块儿渡过了小溪，站在小山头听了许久，让那点迷人的鼓声，把自己带到一个过去的节日里去。"

这是"度尾"。

"……翠翠感觉着，望着，听着，同时也思索着：

"'爷爷今年七十岁……三年六个月的歌——谁送那只白鸭子呢？……得碾子的好运气，碾子得谁更是好运气……。'

"痴着，忽地站起，半簸箕豌豆便倾倒到水中去了。伸手把那簸箕从水中捞起时，隔溪有人喊过渡。"

这是"煞尾"。

全文的最后，更是一个精彩的结尾：

"到了冬天，那个圮坍了的白塔，又重新修好了。那个在月下歌唱，使翠翠在睡梦里为歌声把灵魂轻轻浮起的年青人，还不曾回到茶峒来。

"这个人也许永远不回来了，也许明天回来。"

七万字一齐收在这一句话上。故事完了，读者还要想半天。你会随小说里的人物对远人作无边的思念，随她一同盼望着，热情而迫切。

我有一次在沈先生家谈起他的小说的结尾都很好，他笑眯眯地说："我很会结尾。"

三十年来，作为作家的沈从文很少被人提起（这些年他以一个文物专家的资格在文化界占一席位），不过也还有少数人在读他的小说。有一个很有才华的小说家对沈先生的小说存着偏爱。他今年春节，温读了沈先生的小说，一边思索着一个问题：什么是艺术生命？他的意思是说：为什么沈先生的作品现在还有蓬勃的生命？我对这个问题也想了几天，最后还是从沈先生的小说里找到了答案，那就是《长河》里的夭夭所说的：

"好看的应该长远存在。"

现在，似乎沈先生的小说又受到了重视。出版社要出版沈先生的选集，不止一个大学的文学系开始研究沈从文了。这是好事。这是"百花齐放"的一种体现。这对推动创作的繁荣是有好处的，我想。

一九八〇年五月二十二日黎明写完

又读《边城》

请许我先抄一点沈先生写给三姐张兆和（我的师母）的信。

　　三三，我因为天气太好了一点，故站在船后舱看了许久水，我心中忽然好像澈悟了一些，同时又好像从这条河中得到了许多智慧。三三，的的确确，得到了许多智慧，不是知识。我轻轻的叹息了好些次。山头夕阳极感动我，水底各色圆石也极感动我，我心中似乎毫无什么渣滓，透明烛照，对河水，对夕阳，对拉船人同船，皆那么爱着，十分温暖的爱着！……我看到小小渔船，载了它的黑色鸬鹚向下流缓缓划去，看到石滩上拉船人的姿势，我皆异常感动且异常爱他们。……三三，我不知为什么，我感动得很！我希望活得长一点，同时把生活完全发展到我自己这分工作上来。我会用我自己的力量，为所谓人生，解释得比任何人皆庄严些与透入些！三三，我看久了水，从水里的石头得到一点平时好像不能得到的东西，对于人生，对于爱憎，仿佛全然与人不同了。我觉得惆怅得很，我总像看得太深太远，对于我自己，便成为受难者了。这时节我软弱得很，因为我爱了世界，爱了人类。三三，倘若我们这时正是两人同在一处，你瞧我眼睛湿到什么样子！

这是一封家书，是写给三三的"专利读物"，不是宣言，用不着装样子，做假，每一句话都是真诚的，可信的。

从这封信，可以理解沈先生为什么要写《边城》，为什么会写得这样美。因为他爱世界，爱人类。

从这里也可得到对沈从文的全部作品的理解。也许你会觉得这样的解释有点不着边际。不吧。

《边城》激怒了一些理论批评家，文学史家，因为沈从文没有按照他们的要求，他们规定的模式写作。

第一条罪名是《边城》没有写阶级斗争，"掏空了人物的阶级属性"。

是不是所有的作品都要写阶级斗争？

他们认为被掏空阶级属性的人物第一个大概是顺顺。

他们主观先验地提高了顺顺的成份，说他是"水上把头"，是"龙头大哥"，是"团总"，恨不能把他划成恶霸地主才好。事实上顺顺只是一个水码头的管事。他有一点财产，财产只有"大小四只船"。他算个什么阶级？他的阶级属性表现在他有向上爬的思想，比如他想和王团总攀亲，不愿意儿子娶一个弄船的孙女，有点嫌贫爱富。但是他毕竟只是个水码头的管事，为人正直公平，德高望重，时常为人排难解纷，这样人很难把他写得穷凶极恶。

至于顺顺的两个儿子，天保和傩送，"向下行船时，多随了自己的船只充伙计，甘苦与人相共，荡桨时选最重的一把，背纤时拉头纤二纤"，更难说他们是"阶级敌人"。

针对这样的批评，沈从文作了挑战性的答复："你们多知道要作品有'思想'，有'血'有'泪'，且要求一个作品具体表现这些东西到故事发展上，人物言语上，甚至一本书的封面上，目录上。你们要的事多容易办！可是我不能给你们这个。我存心放弃你们……"

第二条罪名，与第一条相关联，是说《边城》写的是一个世外桃源，脱离现实生活。

《边城》是现实主义的还是浪漫主义的？《边城》有没有把现实生活理想化了？这是个非常叫人困惑的问题。

为什么这个小说叫做《边城》？这是个值得想一想的问

题。

　　"边城"不只是一个地理概念，意思不是说这是个边地的小城。这同时是一个时间概念，文化概念。

　　"边城"是大城市的对立面。这是"中国另外一个地方另外一种事情"（《边城题记》）。沈先生从乡下跑到大城市，对上流社会的腐朽生活，对城里人的"庸俗小气自私市侩"深恶痛绝，这引发了他的乡愁，使他对故乡尚未完全被现代物质文明所摧毁的淳朴民风十分怀念。

　　便是在湘西，这种古朴的民风也正在消失。沈先生在《长河·题记》中说："一九三四年的冬天，我因事从北平回湘西，由沅水坐船上行，转到家乡凤凰县。去乡已经十八年，一入辰河流域，什么都不同了。表面上看来，事事物物自然都有了极大进步，试仔细注意注意，便见出在变化中的堕落趋势。最明显的事，即农村社会所保有那点正直素朴人情美，几几乎快要消失无余，代替而来的却是近二十年实际社会培养成功的一种唯实唯利庸俗人生观。"《边城》所写的那种生活确实存在过，但到《边城》写作时（一九三三——一九三四）已经几乎不复存在。《边城》是一个怀旧的作品，一种带着痛惜情绪的怀旧。《边城》是一个温暖的作品，但是后面隐伏着作者的很深的悲剧感。

　　可以说《边城》既是现实主义的，又是浪漫主义的，

《边城》的生活是真实的，同时又是理想化了的，这是一种理想化了的现实。

为什么要浪漫主义，为什么要理想化？因为想留住一点美好的，永恒的东西，让它长在，并且常新，以利于后人。

《从文小说习作选·代序》说：

> 这世界上或有想在沙基或水面上建造崇楼杰阁的人，那可不是我。我只想造希腊小庙。选山地作基础，用坚硬石头堆砌它。精致，结实，匀称，形体虽小而不纤巧，是我理想的建筑。这神庙供奉的是"人性"。……

> 我要表现的本是一种"人生的形式"，一种"优美，健康，自然，而又不悖乎人性的人生形式"。

喔！"人性"，这个倒霉的名词！

沈先生对文学的社会功能有他自己的看法，认为好的作品除了使人获得"真美感觉之外，还有一种引人'向善'的力量，……从作品中接触另外一种人生，从这种人生景象中有所启发，对人生或生命能作更深一层的理解。"（《小说的作者与读者》）沈先生的看法"太深太远"。照我看，这是文学功能的最正确的看法。这当然为一些急功近利的理论家所不能接受。

《边城》里最难写，也是写得最成功的人物，是翠翠。

翠翠的形象有三个来源。

一个是泸溪县绒线铺的女孩子。

> 我写《边城》故事时，弄渡船的外孙女，明慧温柔的品性，就从那绒线铺小女孩印象而来。（《湘行散记·老伴》）

一个是在青岛崂山看到的女孩子。

> 故事上的人物，一面从一年前在青岛崂山北九水旁见到的一个乡村女子，取得生活的必然……（《水云》）

这个女孩是死了亲人，戴着孝的。她当时在做什么？据刘一友说，是在"起水"。金介甫说是"告庙"。"起水"是湘西风俗，崂山未必有。"告庙"可能性较大。沈先生在写给三姐的信中提到"报庙"，当即"告庙"。金文是经过翻译的，"报"、"告"大概是一回事。我听沈先生说，是和三姐在汽车里看到的。当时沈先生对三姐说："这个，我可以帮你写一个小说。"

另一个来源就是师母。

> 一面就用身边新妇作范本，取得性格上的朴素式样。（《水云》）

但这不是三个印象的简单的拼合，形成的过程要复杂得多。沈先生见过很多这样明慧温柔的乡村女孩子，也写过很多，他的记忆里储存了很多印象，原来是散放着的，崂山那个女孩子只是一个触机，使这些散放印象聚合起来，成了一个完完整整的形象，栩栩如生，什么都不缺。含蕴既久，一朝得之。这是沈先生的长时期的"思乡情结"茹养出来的一颗明珠。

翠翠难写，因为翠翠太小了（还过不了十六吧）。她是那样天真，那样单纯。小说是写翠翠的爱情的。这种爱情是那样纯净，那样超过一切世俗利害关系，那样的非物质。翠翠的爱情有个成长过程。总体上，是可感的，坚定的，但是开头是朦朦胧胧的，飘飘忽忽的。翠翠的爱是一串梦。

翠翠初遇傩送二老，就对二老有个难忘的印象。二老邀翠翠到他家去等爷爷，翠翠以为他是要她上有女人唱歌的楼上去，以为欺侮了她，就轻轻地说："你个悖时砍脑壳的！"后来知道那是二老，想起先前骂人的那句话，心里又吃惊又害羞。到家见着祖父，"另一件事，属于自己不关祖父的，却使翠翠沉默了一个夜晚"。

两年后的端午节，祖父和翠翠到城里看龙船，从祖父与长年的谈话里，听明白二老是在下游六百里外青浪滩过的端午。翠翠和祖父在回家的路上走着，忽然停住了发问："爷爷，你的船是不是正在下青浪滩呢？"这说明翠翠的心此时正在飞向滩边。

二老过渡，到翠翠家中做客。二老想走了，翠翠拉船。"翠翠斜睨了客人一眼，见客人正盯着她，便把脸背过去，抿着嘴儿，很自负的拉着那条横缆……""自负"二字极好。

翠翠听到两个女人说闲话，说及王团总要和顺顺打亲家，陪嫁是一座碾坊，又说二老不要碾坊，还说二老欢喜一个撑渡船的……翠翠心想：碾坊陪嫁，希奇事情咧。这些闲话使翠翠不得不接触到实际问题。

但是翠翠还是在梦里。傩送二老按照老船工所指出的"马路"，夜里去为翠翠唱歌。"翠翠梦中灵魂为一种美妙歌声浮起来，仿佛轻轻的各处飘着：上了白塔，下了菜园，到了船上，又复飞窜过悬崖半腰，——去作什么呢？摘虎耳草！"这是极美的电影慢镜头，伴以歌声。

事情经过许多曲折。

天保大老走"车路"不通，托人说媒要翠翠不成，驾油船下辰州，掉到茨滩淹坏了。

大雷大雨的夜晚，老船夫死了。

祖父的朋友杨马兵来和翠翠作伴，"因为两个必谈祖父以及这一家有关系的事情，后来便说到了老船夫死前的一切，翠翠因此明白了祖父活时所不提到的许多事，二老的唱歌，顺顺大儿子的死，顺顺父子对祖父的冷淡，中寨人用碾坊作陪嫁妆奁诱惑傩送二老，二老既记忆着哥哥的死亡，且因得不到翠翠理会，又被家中逼着接受那座碾坊，意思还在渡船，因此赌气下行，祖父的死因，又如何与翠翠有关……凡是翠翠不明白的事，如今可都明白了。翠翠把事情弄明后，哭了一个夜晚"。哭了一夜，翠翠长成大人了。迎面而来的，将是什么？

"我平常最会想象好景致，且会描写好景致"（《湘行集·泊缆子湾》）。沈从文对写景可算是一个圣手。《边城》写景处皆十分精彩，使人如同目遇。小说里为什么要写景？景是人物所在的环境，是人物的外化，人物的一部分。景即人。且不说沈从文如何善于写景，只举一例，说明他如何善于写声音、气味："天已快夜，别的雀子似乎都休息了，只杜鹃叫个不息。石头泥土为白日晒了一整天，到这时节各放散出一种热气。空气中有泥土气味，有草木气味，还有各种甲虫类气味。翠翠看着天上的红云，听着渡口飘来外乡生意人的杂乱声音，心中有些儿薄薄的凄凉。"有哪一个诗人曾经写过甲虫的气味？

《边城》的结构异常完美。二十一节，一气呵成；而各节又自成起讫，是一首一首圆满的散文诗。这不是长卷，是二十一开连续性的册页。

《边城》的语言是沈从文盛年的语言，最好的语言。既不似初期那样的放笔横扫，不加节制；也不似后期那样过事雕琢，流于晦涩。这时期的语言，每一句都"鼓立"饱满，充满水分，酸甜合度，像一篮新摘的烟台玛瑙樱桃。

《边城》，沈从文的小说，究竟应该在文学史上占一个什么地位？金介甫在《沈从文传》的引言中说："可以设想，非西方国家的评论家包括中国的在内，总有一天会对沈从文作出公正的评价：把沈从文、福楼拜、斯特恩、普罗斯特看成成就相等的作家。"总有一天，这一天什么时候来？

一九九二年十月二日

沈从文的寂寞

——浅谈他的散文

一九八一年湖南人民出版社出了沈先生的散文选。选集中所收文章，除了一篇《一个传奇的故事》、一篇《张八寨二十分钟》，其余的《从文自传》、《湘行散记》、《湘西》，都是三十年代写的。沈先生写这些文章时才三十几岁，相隔已经半个世纪了。我说这些话，只是点明一下时间，并没有太多感慨。四十年前，我和沈先生到一个图书馆去，站在一架一架的图书面前，沈先生说："看到有那么多人写了那么多书，我真是什么也不想写了！"古往今来，那么多人写了那么多书，书的命运，盈虚消长，起落兴衰，有多少道理可说呢。不过一个人被遗忘了多年，现在忽然又来出他的书，总叫人不能不想起一些问题。这有什么历史的和现实的意义？这对于今天的读者——主要是青年读者的品德教育、美感教育和语言文字的教育有没有作用？作用有多大？……

这些问题应该由评论家、文学史家来回答。我不想回答，也回答不了。我是沈先生的学生，却不是他的研究者（已经有几位他的研究者写出了很好的论文）。我只能谈谈读了他的散文后的印象。当然是很粗浅的。

文如其人。有几篇谈沈先生的文章都把他的人品和作品联系起来。朱光潜先生在《花城》上发表的短文就是这样。这是一篇好文章。其中说到沈先生是寂寞的，尤为知言。我现在也只能用这种办法。沈先生用手中一支笔写了一生，也用这支笔写了他自己。他本人就像一个作品，一篇他自己所写的作品那样的作品。

我觉得沈先生是一个热情的爱国主义者，一个不老的抒情诗人，一个顽强的不知疲倦的语言文字的工艺大师。

这真是一个少见的热爱家乡，热爱土地的人。他经常来往的是家乡人，说的是家乡话，谈的是家乡的人和事。他不止一次和我谈起棉花坡的渡船，谈起枫树坳，秋天，满城飘舞着枫叶。一九八一年他回凤凰一次，带着他的夫人和友人看了他的小说里所写过的景物，都看到了，水车和石碾子也终于看到了，没有看到的只是那个大型榨油坊。七十九岁的老人，说起这些，还像一个孩子。他记得的那样多，知道的那样多，想过的那样多，写了的那样多，这真是少有的事。他自己说他最满意的小说是写一条延长千里的沅水边上的人和事的。选集中的散文更全部是写湘西的。这在中国的作家里不多，在外国的作家里也不多。这些作品都是有所为而作的。

沈先生非常善于写风景。他写风景是有目的的。正如他自己所说：

> 一首诗或者不过二十八个字，一幅画大小不过一方尺，留给后人的印象，却永远是清新壮丽，增加人对于祖国大好河山的感情。（《张八寨二十分钟》）

风景不殊，时间流动。沈先生常在水边，逝者如斯，他经常提到的一个名词是"历史"。他想的是这块土地，这个民族的过去和未来。他的散文不是晋人的山水诗，不是要引人消沉出世，而是要人振作进取。

读沈先生的作品常令人想起鲁迅的作品，想起《故乡》、《社戏》（沈先生最初拿笔，就是受了鲁迅以农村回忆的题材的小说的影响，思想上也必然受其影响）。他们所写的都是一个贫穷而衰弱的农村。地方是很美的，人民勤劳而朴素，他们的心灵也是那样高尚美好，然而却在一种无望的情况中辛苦麻木地生活着。鲁迅的心是悲凉的。他的小说就混和着美丽与悲凉。湘西地方偏僻，被一种更为愚昧的势力以更为野蛮的方式统治着。那里的生活是"怕人"的。所出的事情简直是离奇的。一个从这种生活里过来的青年人，跑到大城市里，接受了"五四"以来的民主思想，转过头来再看看那里的生活，不能不感到痛苦。《新与旧》里表现了这种痛苦，《菜园》里表现了这种痛苦，《丈夫》、《贵生》里也表现了这种痛苦，他的散文也到处流露了这种痛苦。土著军阀随便地杀人，一杀就是两三千。刑名师爷随便地用红笔勒那么一笔，又急忙提着长衫，拿着白铜水烟袋跑到高坡上去欣赏这种不雅观的游戏。卖菜的周家小妹被一个团长抢去了。"小婊子"嫁了个老烟鬼。一个矿工的女儿，十三岁就被驻防军排长看中，出了两块钱引诱破了身，最后咽了三钱烟膏，死掉了。……说起这些，能不叫人痛苦？这都是谁的责任？"浦市地方屠户也那么瘦了，是谁的责任？"——这问题看似提得可笑，实可悲。便是这种诙谐语气，也是从一种无可奈何的痛苦心境中发出的。这是一种控诉。在小说里，因为要"把道理包含在现象中"，控诉是无言的。在散文中有时就明明白白地说了出来。"读书人的同情，专家的调查，对这种人有什么用？若不能在调查和同情以外有一个'办法'，这种人总永远用血和泪在同样情形中打发日子。地狱俨然就是为他们而设的。他们的生活，正说明'生命'在无知与穷困包围中必然的种种。"(《辰谿的煤》）沈先生是一个不习惯于大喊大叫的人，但这样的控诉实不能说是十分"温柔敦厚"。不知道为什么他的这些话很少有人注意。

沈从文不是一个悲观主义者。个人得失事小，国家前途事大。他曾经明确提出："民族兴衰，事在人为。"就在那样黑暗腐朽（用他的说法是"腐烂"）的时候，他也没有丧失信心。他总是想激发青年的自尊心和自信心。"在事业上有以自现，在学术上有以自立。"他最反对愤世嫉俗，玩世不恭。在昆明，他就跟我说过："千万不要冷嘲。"一九四六年，我到上海，失业，曾想过要自杀，他写了一封长信把我大骂了一通，说我没出息。信中又提到"千万不要冷嘲"。他在《〈长河〉题记》中说："横在我们面前的许多事都使人痛苦，可是却不用悲观。社会还正在变化中，骤然而来的风风雨雨，说不定把许多人的高尚理想，卷扫摧残，弄得无踪无迹。然而一个人对于人类前途的热忱，和工作的虔敬态度，是应当永远存在，且必然能给后来者以极大鼓励的！"事情真奇怪，沈先生这些话是一九四二年说的，听起来却好像是针对"文化大革命"而说的。我们都经过那十年"痛苦怕人"的生活，国家暂时还有许多困难，有许多问题待解决。有一些青年，包括一些青年作家，不免产生冷嘲情绪，觉得世事一无可取，也一无可为。你们是不是可以听听一个老作家四十年前所说的这些很迂执的话呢？

我说这些话好像有点岔了题。不过也还不是离题万里。我的目的只是想说说沈先生的以民族兴亡为己任的爱国热情。

沈先生关心的是人，人的变化，人的前途。他几次提家乡人的品德性格被一种"大力"所扭曲、压扁。"去乡已经十八年，一入辰河流域，什么都不同了。表面上看来，事事物物自然都有了极大进步，试仔细注意注意，便见出在变化中的堕落趋势。最明显的事，即农村社会所保有那点正直素朴人情美，几几乎快要消失无余，代替而来的却是近二十年实际社会培养成功的一种唯实唯利庸俗人生观。敬鬼神畏天命的迷信固然已经被常识所摧毁，然而做人时的义利取舍是非辨别也随同泯没了。"（《〈长河〉题记》）他并没有想把时间拉回去，回到封建宗法社会，归真返朴。他明白，那是不可能的。他只是希望能在一种新的条件下，使民族的热情、品德，那点正直朴素的人情美能够得到新的发展。他在回忆了划龙船的美丽情景后，想到"我们用什么方法，就可使这些人心中感觉一种对'明天'的'惶恐'，且放弃过去对自然的和平态度，重新来一股劲儿，用划龙船的精神活下去？这些人在娱乐上的狂热，就证明这种狂热能换个方向，就可使他们还配在世界上占据一片土地，活得更愉快更长久一些。不过有什么方法，可以改造这些人的狂热到一件新的竞争方面去，可是个费思索的问题。"（《箱子岩》）"希望到这个地面上，还有一群精悍结实的青年，来驾驭钢铁征服自然，这责任应当归谁？"——"一时自然不会得到任何结论。"他希望青年人能活得"庄严一点，合理一点"，这当然也只是"近乎荒唐的理想"。不过他总是希望着。

他把希望寄托在几个明慧温柔，天真纯粹的小儿女身上。寄托在翠翠身上，寄托在《长河》里的三姊妹身上，也寄托在"一个多情水手与一个多情妇人"身上。——这是一篇写得很美的散文。牛保和那个不知名字的妇人的爱，是一种不正常的爱（这种不正常不该由他们负责），然而是一种非常淳朴真挚，非常美的爱。这种爱里闪耀着一种悠久的民族品德的光。沈先生在《〈长河〉题记》中说："在《边城》题记上，曾提起一个问题，即拟将'过去'和'当前'对照，所谓民族品德的消失与重造，可能从什么地方着手。《边城》中人物的正直和热情，虽然已经成为过去陈迹了，应当还保留些本质在年轻人的血里或梦里，相宜环境中，即可重新燃起年轻人的自尊心和自信心。"提起《边城》和沈先生的许多其他作品，人们往往愿意和"牧歌"这个词联在一起。这有一半是误解。沈先生的文章有一点牧歌的调子。所写的多涉及自然美和爱情，这也有点近似牧歌。但就本质来说，和中世纪的田园诗不是一回事，不是那样恬静无为。有人说《边城》写的是一个世外桃源，更全部是误解（沈先生在《桃源与沅州》中就把来到桃源县访幽探胜的"风雅"人狠狠地嘲笑了一下）。《边城》（和沈先生的其他作品）不是挽歌，而是希望之歌。民族品德会回来么？

这个人也许永远不回来了，也许明天回来！

回来了！你看看张八寨那个弄船女孩子！

令我显得慌张的，并不尽是渡船的摇动，却是那个站在船头，嘱咐我不必慌张，自己却从从容容在那里当家作事的弄船女孩子。我们似乎相熟又十分陌生。世界上就真有这种巧事，原来她比我二十四年写到的一个小说中人翠翠，虽晚生十来岁，目前所处环境却仿佛相同，同样在这么青山绿水中摆渡，青春生命在慢慢长成。不同处是社会变化大，见世面多，虽然对人无机心，而对自己生存却充满信心。一种"从劳动中得到快乐增加幸福"成功的信心。这也正是一种新型的乡村女孩子共同的特征。目前一位有一点与众不同，只是所在背景环境。

沈先生的重造民族品德的思想，不知道为什么，多年来不被理解。"我作品能够在市场上流行，实际上近于买椟还珠，你们能欣赏我故事的清新，照例那作品背后蕴藏的热情却忽略了，你们能欣赏我文字的朴实，照例那作品背后隐伏的悲痛也忽略了。""寄意寒星荃不察"，沈先生不能不感到寂寞。他的散文里一再提到屈原，不是偶然的。

寂寞不是坏事。从某个意义上，可以说寂寞造就了沈从文。寂寞有助于深思，有助于想象。"我有我自己的生活与思想，可以说是皆从孤独中得来的。我的教育，也是从孤独中得来的。"他的四十本小说，是在寂寞中完成的。他所希望的读者，也是"在多种事业里低头努力，很寂寞的从事于民族复兴大业的人"。（《〈长河〉题记》）安于寂寞是一种美德。寂寞的人是充实的。

寂寞是一种境界，一种很美的境界。沈先生笔下的湘西，总是那么安安静静的。边城是这样，长河是这样，鸭窠围、杨家岨也是这样。静中有动，静中有人。沈先生擅长用一些颜色、一些声音来描绘这种安静的诗境。在这方面，他在近代散文作家中可称圣手。

　　黑夜占领了全个河面时，还可以看到木筏上的火光，吊脚楼窗口的灯光，以及上岸下船在河岸大石间飘忽动人的火炬红光。这时节岸上船上都有人说话，吊脚楼上且有妇人在黯淡灯光下唱小曲的声音，每次唱完一支小曲时，就有人笑嚷。什么人家吊脚楼下有匹小羊叫，固执而且柔和的声音，使人听来觉得忧郁。

　　……这些人房子窗口既一面临河，可以凭了窗口呼喊河下船中人，当船上人过了瘾，胡闹已够，下船时，或者尚有些事情嘱托，或有其他原因，一个晃着火炬停顿在大石间，一个便凭立在窗口，"大老你记着，船下行时又来！""好，我来的，我记着的。""你见了顺顺就说：'会呢，完了；孩子大牛呢，脚膝骨好了；细粉带三斤，冰糖或片糖带三斤。'""记得到，记得到，大娘你放心，我见了顺顺大爷就说：'会呢，完了；大牛呢，好了。细粉来三斤，冰糖来三斤。'""杨氏，杨氏，一共四吊七，莫错账！""是的，放心呵，你说四吊七就四吊七，年三十夜莫会要你多的！你自己记着就是了。"这样那样的说着，我一一都可听到，而且一面还可以听着在黑暗中某一处咩咩的羊鸣。

（《鸭窠围的夜》）

真是如闻其声。这样的河上河下喊叫着的对话，我好像在别一处也曾听到过。这是一些多么平常琐碎的话呀，然而这就是人世的生活。那只小羊固执而柔和地叫着，使沈先生不能忘记，也使我多年不能忘记，并且如沈先生常说的，一想起就觉得心里"很软"。

　　不多久，许多木筏皆离岸了，许多下行船也拔了锚，推开篷，着手荡桨摇橹了。我卧在船舱中，就只听到水面人语声，以及橹桨激水声，与橹桨本身被扳动时咿咿哑哑声。河岸吊脚楼上妇人在晓气迷蒙中锐声的喊人，正如同音乐中的笙管一样，超越众声而上。河面杂声的综合，交织了庄严与流动，一切真是一个圣境。

　　岸上吊脚楼前枯树边，正有两个妇人，穿了毛蓝布衣服，不知商量些什么，幽幽的说着话。这里雪已极少，山头皆裸露作深棕色，远山则为深紫色。地方静得很，河边无一只船，无一个人，无一堆柴。只不知河边某一个大石后面有人正在捶捣衣服，一下一下的捣。对河也有人说话，却看不清楚人在何处。(《一个多情水手与一个多情妇人》)

"空山不见人，但闻人语响"，"竹喧归浣女，莲动下渔舟"，静中有动，以动为静，这是中国文学的一个长久的传统。但是这种境界只有一个摆脱浮世的萦扰，习惯于寂寞的人方能于静观中得之。齐白石题画云："白石老人心闲气静时一挥"，寂寞安静，是艺术创作所必需的气质。一个热中于利禄，心气浮躁的人，是不能接近自然，也不能接近生活的。沈先生"习静"的方法是写字。在昆明，有一阵，他常常用毛笔在竹纸书写的两句诗是"绿树连村暗，黄花入麦稀"。我就是从他常常书写的这两句诗（当然不止这两句）里解悟到应该怎样用少量文字描写一种安静而活泼，充满生气的"人境"的。

　　我就是个不想明白道理却永远为现象所倾心的人。我看一切，却并不把那个社会价值搀加进去，估定我的爱憎。我不愿问价钱上的多少来为万物作一个好坏批评，却愿意考查他在我官觉上使我愉快不愉快的分量。我永远不厌倦的是"看"一切。宇宙万汇在动作中，在静止中，在我印象里，我都能抓定它的最美丽与最调和的风度，但我的爱好显然却不能同一般目的相合。我不明白一切同人类生活相联结时的美恶，另外一句话来说，就是我不大能领会伦理的美。接近人生时我永远是个艺术家的感情，却不是所谓道德君子的感情。（《自传·女难》）

沈先生五十年前所作的这个"自我鉴定"是相当准确的。他的这种诗人气质，从小就有，至今不衰。

　　《从文自传》是一本奇特的书。这本书可以从各种角度去看。你可以看到从辛亥革命到"五四"湘西一隅的怕人生活，了解一点中国历史；可以看到一个人"生活陷于完全绝望中，还能充满勇气与信心始终坚持工作，他的动力来源何在"，从而增加一点自己对生活的勇气与信心。沈先生自己说这是一本"顽童自传"。我对这本书特别感兴趣，是因为这是一本培养作家的教科书，它告诉我人是怎样成为诗人的。一个人能不能成为一个作家，童年生活是起决定作用的。首先要对生活充满兴趣，充满好奇心，什么都想看看。要到处看，到处听，到处闻嗅，一颗心"永远为一种新鲜颜色，新鲜声音，新鲜气味而跳"，要用感官去"吃"各种印象。要会看，看得仔细，看得清楚，抓得住生活中"最美的风度"；看了，还得温习，记着，回想起来还异常明朗，要用时即可方便地移到纸上。什么都去看看，要在平平常常的生活里看到它的美，它的诗意，它的亚细亚式残酷和愚昧。比如，熔铁，这有什么看头呢？然而沈先生却把这过程写了好长一段，写得那样生动！一个打豆腐的，因为一件荒唐的爱情要被杀头，临刑前柔弱的笑笑，"我记得这个微笑，十余年来在我印象中还异常明朗"（《清乡所见》）。沈先生的这本《自传》中记录了很多他从生活中得到的美的深刻印象和经验。一个人的艺术感觉就是这样从小锻炼出来的。有一本书叫做《爱的教育》，沈先生这本书实可称为一本"美的教育"。我就是从这本薄薄的小书里学到很多东西，比读了几十本文艺理论书还有用。

沈先生是个感情丰富的人，非常容易动情，非常容易受感动（一个艺术家若不比常人更为善感，是不成的）。他对生活，对人，对祖国的山河草木都充满感情，对什么都爱着，用一颗蔼然仁者之心爱着。

> 山头一抹淡淡的午后阳光感动我，水底各色圆如棋子的石头也感动我。我心中似乎毫无渣滓，透明烛照，对万汇百物，对拉船人与小小船只，一切都那么爱着，十分温暖的爱着！（一九三四年一月十八日）

因为充满感情，才使《湘行散记》和《湘西》流溢着动人的光彩。这里有些篇章可以说是游记，或报告文学，但不同于一般的游记或报告文学，它不是那样冷静，那样客观。有些篇，单看题目，如《常德的船》、《沅陵的人》，尤其是《辰谿的煤》，真不知道这会是一些多么枯燥无味的东西，然而你看下去，你就会发现，一点都不枯燥！它不同于许多报告文学，是因为作者生于斯，长于斯，在这里生活过（而且是那样的生活过），它是凭作者自己的生活经验，凭亲历的第一手材料写的；不是凭采访调查材料写的。这里寄托了作者的哀戚、悲悯和希望，作者与这片地，这些人是血肉相关的，感情是深沉而真挚的，不像许多报告文学的感情是空而浅的，——尽管装饰了好多动情的词句。因为作者对生活熟悉且多情，故写来也极自如，毫无勉强，有时不厌其烦，使读者也不厌其烦；有时几笔带过，使读者悠然神往。

和抒情诗人气质相联系的，是沈先生还很富于幽默感。《一个爱惜鼻子的朋友》是一篇非常有趣的妙文。我每次看到："姓印的可算得是个球迷。任何人邀他去踢球，他皆高兴奉陪，球离他不管多远，他总得赶去踢那么一脚。每到星期天，军营中有人往沿河下游四里的教练营大操场同学兵玩球时，这个人也必参加热闹。大操场里极多牛粪，有一次同人争球，见牛粪也拼命一脚踢去，弄得另一个人全身一塌糊涂"，总难免失声大笑。这个人大概就是《自传》里提到的印鉴远。我好像见过这个人。黑黑，瘦瘦的，说话时爱往前探着头。而且无端地觉得他的脚背一定很高。细想想，大概是没有见过，我见过他的可能性极小。因为沈先生把他写得太生动，以至于使他在我印象里活起来了。沅陵的阙五老，是个多有风趣的妙人！沈先生的幽默是很含蓄蕴藉的。他并不存心逗笑，只是充满了对生活的情趣，觉得许多人，许多事都很好玩。只有一个心地善良，与人无忤，好脾气的人，才能有这种透明的幽默感。他是用微笑来看这个世界的，经常总是很温和地笑着，很少生气着急的时候。——当然也有。

仁者寿。因为这种抒情气质，从不大计较个人得失荣辱，沈先生才能经受了各种打击磨难，依旧还好好地活了下来。八十岁了，还是精力充沛，兴致勃勃。他后来"改行"搞文物研究，乐此不疲，每日孜孜，一坐下去就是十几个小时，也跟这点诗人气质有关。他搞的那些东西，陶瓷、漆器、丝绸、服饰，都是"物"，但是他看到的是人，人的聪明，人的创造，人的艺术爱美心和坚持不懈的劳动。他说起这些东西时那样兴奋激动，赞叹不已，样子真是非常天真。他搞的文物工作，我真想给它起一个名字，叫做"抒情考古学"。

沈先生的语言文字功力，是举世公认的。所以有这样的功力，一方面是由于读书多。"由《楚辞》、《史记》、曹植诗到'挂枝儿'曲，什么我都欢喜看看。"我个人觉得，沈先生的语言受魏晋人文章影响较大。试看："由沅陵南岸看北岸山城，房屋接瓦连椽，较高处露出雉堞，沿山围绕，丛树点缀其间，风光入眼，实不俗气。由北岸向南望，则河边小山间，竹园、树木、庙宇、高塔、民居，仿佛各个位置都在最适当处。山后较远处群峰罗列，如屏如障，烟云变幻，颜色积翠堆蓝。早晚相对，令人想象其中必有帝子天神，驾螭乘蜺，驰骤其间。绕城长河，每年三四月春水发后，洪江油船颜色鲜明，在摇橹歌呼中联翩下驶。长方形大木筏。数十精壮汉子，各据筏上一角，举桡激水，乘流而下。就中最令人感动处，是小船半渡，游目四瞩，俨然四围皆山，山外重山，一切如画。水深流速，弄船女子，腰腿劲健，胆大心平，危立船头，视若无事。"（《沅陵的人》）这不令人想到郦道元的《水经注》？我觉得沈先生写得比郦道元还要好些，因为《水经注》没有这样的生活气息，他多写景，少写人。另外一方面，是从生活学，向群众学习。"我文字风格，假若还有些值得注意处，那只因为我记得水上人的言语太多了。"（《我的写作与水的关系》）沈先生所用的字有好些是直接从生活来，书上没有的。比如："我一个人坐在灌满冷气的小小船舱中"的"灌"字（《箱子岩》），"把鞋脱了还不即睡，便镶到水手身旁去看牌"的"镶"字（《鸭窠围的夜》）。这就同鲁迅在《高老夫子》里"我辈正经人犯不上酱在一起"的"酱"字一样，是用得非常准确的。这样的字，在生活里，群众是用着的，但在知识分子口中，在许多作家的笔下，已经消失了。我们应当在生活里多找找这种字。还有一方面，是不断地实践。

沈先生说："本人学习用笔还不到十年，手中一支笔，也只能说正逐渐在成熟中，慢慢脱去矜持、浮夸、生硬、做作，日益接近自然。"（《从文自传·附记》）沈先生写作，共三十年。头一个十年，是试验阶段，学习使用文字阶段。当中十年，是成熟期。这些散文正是成熟期所写。成熟的标志，是脱去"矜持、浮夸、生硬、做作"。

沈先生说他的作品是一些"习作"，他要试验用各种不同方法来组织铺陈。这几十篇散文所用的叙事方法就没有一篇是雷同的！

"一切作品都需要个性，都必需浸透作者人格和感情，想达到这个目的，写作时要独断，彻底的独断！（文学在这时代虽不免被当作商品之一种，便是商品，也有精粗，且即在同一物品上，制作者还可匠心独运，不落窠臼，社会上流行的风格，流行的款式，尽可置之不问。）"（《从文小说习作选·代序》）这在今天，对许多青年作家，也不失为一种忠告。一个作家，要有自己的风格，经得起时间的考验，必须耐得住寂寞，不要赶时髦，不要追求"票房价值"。

"虽然如此，我还预备继续我这个工作，且永远不放下我一点狂妄的想象，以为在另外一时，你们少数的少数，会越过那条间隔城乡的深沟，从一个乡下人的作品中，发现一种燃烧的感情，对于人类智慧与美丽永远的倾心，康健诚实的赞颂，以及对愚蠢自私极端憎恶的感情。这种感情且居然能刺激你们，引起你们对人生向上的憧憬，对当前一切的怀疑。先生，这打算在目前近于一个乡下人的打算，是不是。然而到另外一时，我相信有这种事。"（《从文小说习作选·代序》）莫非这"另外一时"已经到了么？

一九八二年十一月三日上午写完

中学生文学精读①《沈从文》

前言

沈从文是现代中国文学的大师。

他的一生很富于传奇性。

他是凤凰人。凤凰是湘西（湖南西部）一个偏僻边远小城。小城风景秀美，人情淳朴，但是地方很落后野蛮。统治小城的是地方的驻军，他们把杀人不当回事。有时一次可杀五十人，到处都挂的是人头。有时队伍"清乡"（下

---

① 为三联书店（香港）有限公司编。——编者注

乡捉土匪），回来时会有个孩子用小扁担挑着两颗人头。这人头也许是他的叔父的，也许就是他的父亲的。沈先生就在这小城里过了十几年"痛苦怕人"的生活。

沈先生有少数民族血统。《从文自传》里说："祖父本无子息，祖母为住乡下的叔祖父沈洪芳娶了个苗族姑娘，生了两个儿子，把老二过房作儿子。"这个苗族女人实是沈先生的祖母。沈先生说："我照血统说，有一部分应属于苗族。"后来沈先生在填写履历表时，在"民族"一栏里填的就是苗族。

也许正是因为他有少数民族血统，对他的成长产生很大影响：身体虽然瘦小，性格却极顽强。

沈先生从小当兵，在沅水边走过很多地方。

"五四运动"的浪潮波及到湘西，沈从文受到民主、自由思想的影响，他想：不成！不能就这样糊里糊涂地活下去。于是一个人冒冒失失地闯进了北京（当时叫北平）。

他小学都没有毕业，连标点符号都不会，就想用一枝笔打出一个天下。他住在酉西会馆（清代以前，各地在北京都有"会馆"，免费供进京应试的举子居住）。经常为找点东西"消化消化"而发愁。北京冬天很冷（冷到零下二十几度），沈先生却穿了很单薄的衣裳过冬。没有钱买煤，生不起火，沈先生就用棉被裹着，坚持写作。

（香港的同学，你们大概很难想象这种滋味！）

他真的用一枝笔打出了天下。从二十年代初到四十年代末，他写出了几十本小说和散文，成了当时在青年中最受欢迎的作家之一。

沈从文热爱家乡，五百里长的沅水两岸的山山水水，在他的笔下是那样秀美鲜明，使人难忘。

他爱家乡人，他爱各种善良真实的人。他从审美的角度看家乡人，并不用世俗的道德观念对他们苛求责备。他说他对农民和士兵怀了"不可言说的温爱"。他写水边的妓女，写多情的水手。他特别擅长写天真、美丽、聪明、纯洁的农村少女，创造了一系列农村少女的形象：三三、翠翠、天天、萧萧……。

他的叙述方法是多样的，试验过多种结构式样。可以全篇用对话组成，也可以一句对话也没有。

他是一个文体家。他的语言是很独特的。基本上用的是以普通话为基础的口语，但是掺杂了文言文和方言。他说他的文字是"文白夹杂"。但是看起来很顺畅，并不别扭。有的评论家说这是"沈从文体"。这种"沈从文体"影响了很多青年作家。

一九四九年以后，沈先生忽然停止了写作，转而从事文物研究。他在文物研究上取得很大的成绩，出了好几本书。于是我们得到一个优秀的物质文化史的专家，却失去了一个无与伦比的天才的伟大作家。①

汪曾祺

一九九四年七月

《边城》题解

"边城"是边远、偏僻的小城的意思。这里的县治在镇箪，亦称凤凰厅，所以沈先生在履历表上"籍贯"一栏里填的是"湖南凤凰"。有的作家（如施蛰存先生）称沈先生为"沈凤凰"。——以地名作为称呼，表示对这人的倾倒尊敬，这是中国过去的习惯。《边城》所写的小城，地名叫做"茶峒"。

"边城"不只是一个地理概念，它表示这地方离开大城市，离开现代文明都很远。离开知识分子很远，离开当时文学风尚也很远。沈先生当时的文学界"为一些理论家，

---

① 关于沈先生的转业，我曾写过一篇《沈从文转业之谜》，可参看。

批评家，聪明出版家，以及习惯于说谎造谣的文坛消息家，通力协作造成一种习气所控制所支配，他们的生活，同时又实在与这个作品所提到的世界相去太远了。他们不需要这种作品，本书也就并不希望得到他们"。沈从文是有意识地和这一些不沾边的。

但是沈先生并不抛弃所有的读者。"我这本书只预备给一些'本身已离开学校，或始终就无从接近学校；还认识些中国字，置身于文学理论、文学批评以及说谎造谣消息所达不到的那种职务上，在那个社会里生活，而且极关心全个民族在空间与时间下所有的好处与坏处'的人去看。他们真知道当前农村是什么，想知道过去农村是什么，他们必也愿意从这本书上同时还知道世界上一小角隅的农村与军人。我所写到的世界，即或在他们全然是一个陌生的世界，然而他们的宽容，他们向一本书去求取安慰与知识的热忱，却一定使他们能够把这本书很从容读下去的"。

"我的读者应是有理性，而这点理性便基于对中国现社会变动有所关心，认识这个民族的过去伟大处与目前堕落处，各在那里很寂寞的从事与民族复兴大业的人。这作品或者只能给他们一点怀古的幽情，或者只能给他们一次苦笑，或者又将给他们一个噩梦，但同时也说不定，也许尚能给他们一种勇气同信心。"

这是理解《边城》的一把钥匙，也是理解沈老其他作品的钥匙。

希望香港的中学同学从《边城》感受、了解他们完全不熟悉的另一世界生活，并且从这个小说里得到一种生活的勇气与信心。

《边城》赏析

《边城》可以说是沈先生的代表作。

故事很简单。

茶峒有一个渡口，渡口有一条渡船。渡船不用篙桨，船头竖了一枝小竹竿，挂着一个可以活动的铁环，溪岸两端水面横牵了一段竹缆，有人过渡时把铁环挂在竹缆上，船上人就引手攀缘那条缆索，慢慢的牵船过对岸去。管理渡船的是一个老人。老人身边有一个孙女，叫翠翠，还有一只黄狗。

镇筸有个管水码头的，名叫顺顺。顺顺有大小四只船，日子过得很宽绰。他仗义疏财，乐于助人。河边船上有一点小小纠纷，得顺顺一句话，即刻就解决了。因此很得人望，名声很好。

顺顺有两个儿子，老大叫天保，老二叫傩送。一个十八岁，一个十六。

两兄弟都喜欢弄船老人的孙女翠翠。

翠翠爱二老，不爱大老。

大老因为得不到翠翠的爱，负气坐船往下水去。船到险滩，搁在石包子上，大老想把篙子撑着，人就弹到水里去。

大老淹坏了，二老傩送觉得大老是因为翠翠死的，心里有了障碍。

他还是爱翠翠的。在和父亲拌了两句嘴之后，也坐船下行了。

大雷雨之夜，弄船的老爷爷死了。

二老还不回来。

"这个人也许永远不回来了，也许'明天'回来！"

这是一个爱情故事，但是写得很含蓄，很纯净，很清雅。

小说生活气息很浓，不断穿插许多过端午、划龙船、追鸭子、新娘子、花桥等等细节，是一幅一幅的湘西小城的风俗画。甚至粉丝、红蜡烛……都呈现出浓郁的色彩。

沈从文是写景的圣手。他对景色似乎有一种特殊的记忆能力。他说："我想把我一篇作品里所简单描绘过的那个小城，介绍到这里来。这虽然只是一个轮廓，但那地方一切情景，欲浮凸起来，仿佛可用手去摸触。"（《从文自传·我所生长的地方》）如：

……若溯流而上，则三丈五丈的深潭皆清澈见底。深潭为白日所映照，河底小小白石子，有花纹的玛瑙石子，全看得明明白白。水中游鱼来去，全如浮在空气里。两岸多高山，山中多可以造纸的细竹，长年作深翠颜色，逼人眼目。近水人家多在桃杏花里，春天时只需注意，凡有桃花处必有人家，凡有人家处必可沽酒。夏天则晒晾在日光下耀目的紫花衣裤，可以作为人家所在的旗帜。秋冬来时，……人家房屋在悬崖上的，滨水面的，无不朗然入目。黄泥的墙，乌黑的瓦，……与四周环境极其调和，使人迎面得到的印象，实在非常愉快。

沈先生不是一个工笔重彩的肖像画家，不注意刻画"性格"，他写人，更注重人的神态、气质。如写翠翠：

翠翠在风日里长养着，把皮肤变得黑黑的，触目为青山绿水，一对眸子清明如水晶。自然既长养她且教育她，为人天真活泼，处处俨然如一只小兽物。人又那么乖，如山头黄麂一样，从不想到残忍事情，从不发愁，从不动气。平时在渡船上遇陌生人对她有所注意时，便把光光的眼睛瞅着那陌生人，作成随时皆可举步逃入深山的神气，但明白了面前的人无机心后，就又从从容容的在水边玩耍了。

《边城》是二十"开"淡设色册页，互相连续，而又自为首尾，各自成篇的抒情诗。这种结构方法比较少见。这是现代中国难得一见的牧歌。沈先生说这篇故事中"充满了五月中的斜风细雨，以及那点六月中夏雨欲来时闷人的热和闷热中的寂寞"。我们还可以说这里充满了春秋两季的飘飘忽忽的轻云薄雾。《边城》是一把花，一个梦。

《牛》题解

这是一篇写人与牛的关系的小说。

大牛伯在荞麦田里为一点小事生了他的心爱的小牛的气，用榔槌不知轻重地打了小牛的后脚一下，把牛脚打坏了，牛脚瘸了，不能下田拉犁。

牛脚不好，大牛伯只好放小牛两天假，让它休息休息，玩两天。

可是田里的活耽误不得。五天前刚下过一阵雨，田里的土都酥软了，天气又很好，正是犁田的好时候。

大牛伯到两里外场集上找甲长，——这甲长既是地方小官，也是本地牛医。偏偏甲长接到通知，要叫他办招待筹款，他骑上马走了。

大牛伯打听到十里远近的得虎营有个师傅会治牛病，就专诚去请。这位名医给小牛用银针扎了几针，把一些草药用口嚼烂，敷到扎针处、把预许的一串白铜制钱扛到肩上，走了。

小牛的脚不见好。

大牛伯就去向有牛的人家借牛用两三天，人家都不借。

大牛伯只好到附近庄子里去请帮工，用人力拖犁。两个帮工，加上大牛伯自己，总算趁好天气把土翻好了。

到第四天，小牛的脚好了，可以下田了。大牛伯因为顾恤到小牛的病脚，不敢悭吝自己的力气；小牛也因为顾虑主人的缘故，特别用力气只向前奔。他们一天耕的田比用人工两倍还多。

《牛》赏析

除几个穿插性的角色，这篇小说只有两个"人物"，大牛伯和他的小牛。这头小牛是通人性的。它对大牛伯有很深的感情。它尽力地为大牛伯犁田。他们的思想感情是可以交流的。大牛伯的心思，小牛完全体会得到。它跟大牛伯说话，用它的水汪汪的大眼睛。他们真是莫逆无间。

牛会做梦。

这牛迷迷糊糊时就又做梦，梦到它能拖了三具犁飞跑，犁所到处土皆翻起如波浪，主人则站在耕过的田里，膝以下皆为松土所掩，张口大笑。

大牛伯会同时和小牛做梦。

当到这可怜的牛做着这样的好梦时，那大牛伯是也在做着同样的梦的。他只梦到用四床大晒谷簟铺在坪里，晒簟上新荞堆高如小山。抓了一把褐色荞子向太阳下照，荞子在手上皆放乌金光泽。那荞就是今年的收成，放在坪里过斛上仓，竹筹码还是从甲长处借来的，一大捆丢到地下，哗的响了一声。而那参预这收成的功臣，——那只小牛，就披了红站在身边，他于是向它说话，神气如对多年老友。他说，"伙计，今年我们好了。我们可以把围墙打一新的了；我们可以换一换那两扇腰门了；我们可以把坪坝栽一点葡萄了；我们……"他全是用"我们"的字言，仿佛这一家的兴起，那牛也有分，或者是光荣，或者是实际。他于是俨然望到那牛仍然如平时样子，水汪汪的眼睛中写得

240

有四个大字："完全同意"。

小牛对大牛伯提出的意见，总是表示"好商量"。大牛伯梦到牛栏里有四头牛，就大声告给"伙计"说：

> "伙计，你应该有个伴才是事。我们到十二月再看吧。"

> 伙计想十二月还有些日子就点点头，"好，十二月吧。"

小说把小牛人化了，因此就有颇浓的童话色彩。这童话色彩其实是丰富的人情。

小说的语言带喜剧色彩，这是大牛伯的善良幽默的性格所致。比如：

> 见到主人，主人先就开口问他是不是把田已经耕完。他告主人牛生了病，不能做事。主人说，

> "老汉子，你谎我。耕完了就借我用用，你那小黄是用木榔槌在背脊骨上打一百下也不会害病的。"

> "打一百下？是呀，若是我在它背脊骨上打一百下，它仍然会为我好好做事。"

> "打一千下？是呀也挨得下，我算定你是捶不坏牛的。"

> "打一千下？是呀，……"

> "打两千下也不至于……"

"打两千下，是呀，……"

　　说到这里两人都笑了，……

　　这样的时候，还能这样的说笑，中国农民的承受弹力真了不起！他们不是小小的挫折可能压垮的。

　　一切本来是很顺利，很圆满的。小牛的脚好了，荞麦田耕出来了，看样子十二月真可能给小牛找个伴，可是故事却来了个出人意料的结尾：到了十二月，荡里所有的牛全被衙门征发到一个不可知的地方去了，大牛伯只有成天到保长家去探询一件事可做。顺眼中望到自己屋角的大榔槌，就后悔为什么不重重的一下把那畜生的脚打断。

　　这就是中国的农民。他们没有自己的财产权，衙门中可以任意征用农民的耕牛，只要一句话！

　　小说的结尾是悲剧。因为前面充满童话色彩，喜剧色彩，就使得这悲剧让人感到格外的沉痛。

《丈夫》题解

　　题目是《丈夫》，别有意味。为什么是"丈夫"？因为这是一个有点特别的丈夫。这不是娶了老婆居家过日子的丈夫。这是从事"古老职业"的女人——妓女的丈夫。

湘西水上的妓女有两种，一种是在吊脚楼上做"生意"的。长期的包占也可以，短时间的"关门"也可以。"婊子爱钞"，对到楼上来烧烟胡闹的川东客人，常常会掏空他们的荷包，但对有情有义的水手，则银钱就在可有可无之间了。《柏子》所写的便是这种妓女。这种妓女的爱是强烈的，美丽的。一种，是在船上做"生意"的，这种船被称为"花船"。

> 船上人，她们把这件事也像其余地方一样，这叫做"生意"。……她们从乡下来，从那些种田挖园人家，离了乡村，离了石磨和小牛，离了那年青而强健的丈夫，跟随到一个熟人，就来到这船上做生意了。

> ……事情非常简单，一个不亟亟于生养孩子的妇人，到了城里，能够每月把从城里两个晚上所得的钱，送给那在乡下诚实耐劳种田为生的丈夫处去，在那方面就可以过了好日子，名分不失，利益存在，所以许多年青的丈夫，在娶妻以后，把妻送出来，自己留在家里耕田种地安分过日子，也竟是极其平常的事。

然而这毕竟不是平常的事。有的丈夫不要过这样的生活，不要当这样的"丈夫"！他们的心不平静。照现在流行的说法：他们觉得很"失落"。

这篇小说写的就是一个丈夫的"失落"。

《丈夫》赏析

这些丈夫逢年过节有时会从乡下来到城里，见见自己的媳妇，好像走一趟远亲。

有一个丈夫（不知道他叫什么名字）从乡下来看他的媳妇，媳妇名叫老七。

丈夫在船上只住了两天，可是在这两天内，一个乡下男人的感情历程是复杂的。

夫妻的感情是和睦的，也不缺少疼爱。见了面，老七就问起"上次的五块钱得了没有"，"我们那对小猪生儿子没有"这一类的家常话。丈夫特为选了一坛特大的栗子送来，因为老七爱吃这个。丈夫有口含冰糖睡觉的习惯，老七在接客过程中还悄悄爬进丈夫睡觉的后舱，在他嘴里塞一片冰糖……

但是丈夫对这样的生活很不习惯。

首先是媳妇变了样：大而油光的发髻，用小镊子扯成的细细眉毛，脸上的白粉同绯红的胭脂，以及那城市里人神气派头，城市里人的衣裳，都一定使从乡下来的丈夫感到极大的惊讶，有点手足无措。

晚上，来了客（嫖客），喝过一肚子烧酒，摇摇荡荡的上了船。一上船就大声的嚷，要亲嘴要睡。于是这丈夫不必指点，也就知道怯生生的往后舱钻去，躲在那后梢舱上去低低的喘气。

来了一个大汉，是"水保"，老七的干爹。这水保对丈夫发生了兴趣，和他东拉西扯地扯了许多闲话。这水保和气得很，但是临行时却叫他告诉老七："告她晚上不要接客，我要来。"

"他记忆得到那嘱咐，是当到一个丈夫面前说的！"该死的话，是当到一个丈夫面前说的！

两个喝得烂醉的兵上了船，大呼小叫撒酒疯，连领班的大娘也没有办法。老七急中生智，拖着醉兵的手，安置到自己的大奶上。醉鬼这才安静了下来。

半夜里，水保领着四个武装警察来查船（他们是来查"歹人"的）。查完了，一个警察回来传话："你告老七，巡官要回来过细考察她一下。"

丈夫不明白：为什么巡官还要回来考察老七。

丈夫是年青强健的男人，当然会有性的欲望。

老七有意的在把衣服解换时，露出极风情的红绫胸褡。老七也真不好，你干嘛逗丈夫的"火"！

丈夫愿意同老七在床上说点家常私话，商量件事情，就傍床沿坐定不动。

大娘像是明白男人的心事，明白男人的欲望，也明白他不懂事，故只同老七打知会，"巡官就要来的！"

老七咬着嘴唇不作声，半天发痴。

男子一早起就要走路。"干爹"家的酒席也不想去吃，夜戏也不想看，"满天红"的荤油包子也不想吃。

一定要走了，老七很为难，走出船头呆了一会，回身从荷包里掏出昨晚上那兵士给的票子，又向大娘要了三张，塞到男子手心里去。

男子摇摇头，把票子撒到地上去，像小孩子那样莫名其妙地哭起来。

这个丈夫为什么要哭？他这两天受了很大的屈辱，他的感情受了极其严重的伤害。他是个男人，是个丈夫，是个人。他有他的尊严，他的爱。有的评论家说：这篇小说写的是人性的回归，可以同意。

这篇小说的结尾非常简单：

　　水保来船上请远客吃酒，只有大娘同五多在船上。

问到时，才明白两夫妇一早都回转乡下去了。

一个非常耐人寻味的结尾。

《贵生》题解

这篇小说写的是命运。

贵生是一个单身汉子，以砍柴割草为生，活得很硬朗自重。他常去城里卖柴卖草，就把钱换点应用东西。他买了猪头，挂在柴灶上熏干。半夜里点了火把，用镰刀砍了十几条大鲤鱼，也揉了盐风得干干的。"两手一肩，快乐神仙。"

桥头有一个浦市人姓杜的开的小杂货铺。杂货铺的地点很好。门外有三棵大青树，夏天特别凉快。冬天在亭子里烧了树根和油枯饼，火光熊熊，引得过路人一边买东西，一边就火边抽烟谈话，杜老板人缘很好。

贵生常到小铺里来坐坐，和铺子里大小都合得来。杜老板有个女儿名叫金凤。贵生对金凤很好。山上多的是野生瓜果，栗子榛子不出奇，三月里给她摘大莓，八九月还有本地特有的，样子像干海参，瓤白如玉如雪的八月瓜，尤其逗那女孩子喜欢。

杜老板有心把金凤许给贵生，招婿上门，影影绰绰，旁敲侧击地和贵生提过。贵生知道杜老板是在装套子捉女婿，但是拿不定主意是不是往套子里钻。贵生有点迷信：女的脸儿红中带白，眉毛长，眼角向上飞，是个"剋"相，不剋别人得剋自己，到十八岁才过关。金凤今年满十六岁，贵生往后退了一步，决定暂时不上套。

但是他又想，一切风总不会老向南吹，不定什么时候杜老板改变主意，也说不定一个贩运黄牛、水银的贵州客人会把金凤拐走，这件事还得热米打粑粑，得快。贵生上街办了一点货，准备接亲。

这一带二里之内的山头都归张家管业。山上种着桐子树。张家非常有钱，两弟兄——四老爷、五老爷都极其荒唐。四爷好嫖，把一个实缺旅长都嫖掉了。五爷好赌，一夜能输几百上千大洋。四爷劝五爷，不能这样老输，劝他弄一个"原汤货"冲一冲晦气。

桐子熟了，四爷、五爷带着长工伙计上山打桐子。

回来的时候路过杜家铺子，进去坐坐，四爷一眼看见金凤，对五爷说："眉毛长，眼睛光，一只画眉鸟，打雀儿！"

五爷要娶金凤做小。

贵生听到别人议论，好像挨了一闷棍。

他问杜老板："听说你家有喜事，是真的吧？"

他去找金凤，金凤正在桥下洗衣。他见金凤已经除了孝（她原来戴着娘的孝），乌光的大辫子上插了一朵小红花。一切都完了。

半夜里，忽然围子里的狗都狂叫起来，天边一片红，着火了。有人急忙到围子里来报信：桥头杂货铺烧了；贵生的房子也走了水。一把火两处烧，十分蹊跷。

鸭毛伯伯心里有点明白：火是贵生放的。

贵生一肚子怨气，他只有用这个办法来泄愤。

鸭毛回头见金凤哭着，心里说："丫头，做小老婆不开心？回去一索子吊死了吧，哭什么！"

鸭毛对金凤的责备有欠公平。金凤曾经对贵生说过："什么四老爷、五老爷，有钱就是大王，糟蹋人，不当数……"她今天就被糟蹋了！这事大概是老子做的主，但从辫子上的那朵小红花，可以想见她是点了头的。你叫她有什么办法呢？一只眉毛长，眼睛光的画眉鸟，在这二里内，是逃不出老爷的手心的！

《贵生》赏析

这是一个悲剧，但沈先生有意写得很轻松。

贵生是一个知足的人，活得无忧无虑。他认为什么都很有意思。土坎上的芭茅草开着白花，在风里摇，仿佛向人招手，说："来，割我，乘天气好磨快你的刀，快来割我，挑进城里去，八百钱担，换半斤盐好，换一斤肉也好，随你的意！"

贵生打算结亲了，他做了一点简单而又平常的梦：把金凤接过来，他帮她割草喂猪，她帮他在桥头打豆腐。就是这点简单平常的梦，也被五老爷打破了。

这篇小说的特点是人物比较多，对话也比较多。长工、仆人一边喝酒，一边闲聊。他们所说的话题除了一些关于新娘子出嫁的一些粗俗笑话之外，主要是对"命"的看法。四爷的狂嫖，五爷的滥赌，他们都认为是命里带来的。鸭毛伯伯对"命"有一番精辟议论："花脚狗不是白面猫，各有各的脾气。银子到手哗喇哗喇花，你说莫花，这哪成！这些人一事不作偏有钱，钱财像是命里带来的。命里注定它要来，门板挡不住；命里注定它要去，索子链子缚不住。……你我是穷人，和黄花姑娘无缘，和银子无缘，就只和酒有点缘分。我们喝了这碗酒，再喝一碗罢。"

这些长工仆人不明白他们的命为什么不好，这是谁造成的，能不能把自己的命改变改变，怎样改变？

一九九四年七月

林斤澜的矮凳桥

　　林斤澜回温州住了一段，回到北京，写出了一系列关于矮凳桥的小说。他回温州，回北京，都是回。这些小说陆续发表后，有些篇我读过。读得漫不经心。我觉得不大看得明白，也没有读出好来。去年十月，我下决心，推开别的事，集中精力，读斤澜的小说，读了四天。苏东坡说他读贾岛的诗，"初如食小鱼，所得不偿劳"。读斤澜的小说，有点像这样：费事。读到第四天，我好像有点明白了。而且也读出好来了。不过叫我写评论，还是没有把握。我很佩服评论家，觉得他们都是胆子很大的人。他们能把一个作家的作品分析得头头是道，说得作家自己目瞪口呆。我有时有点怀疑。子非鱼，安知鱼之乐。你没有钻到人家肚子里去，怎么知道人家的作品就是怎么怎么回事呢？我看只能抓到一点，就说一点。言谈微中，就算不错。

林斤澜的桥

矮凳桥到底是什么样子？搞不清楚。苏南有些地方把小板凳叫做矮凳。我的家乡有烧火凳，是简陋的长凳而矮脚的。我觉得矮凳桥大概像烧火凳。然而是砖桥还是石桥，不清楚。——不会是木板桥，因为桥旁可以刻字。这都没有关系。

舍渥德·安德生写了一系列关于温涅斯堡的小说。据说温涅斯堡是没有的，这是安德生自己想出来的，造出来的。林斤澜的矮凳桥也有点是这样。矮凳桥可能有这么一个地方，有一点影子，但未必像斤澜所写的一样。斤澜把他自己的生活阅历倾入了这个地方，造了一座桥，一个小镇。斤澜在北京住了三十多年，对北京，特别是北京郊区相当熟悉。"文化大革命"以前他写过不少表现"社会主义新人"的小说，红了一阵。但是我总觉得那个时候，相当多的作家，都有点像是说着别人的话，用别人也用的方法写作。斤澜只是写得新鲜一点，聪明一点，俏皮一点。我们都好像在"为人作客"。这回，我觉得斤澜找到了老家。林斤澜有了自己的思想，自己的感情，自己的语言，自己的叙述方式，于是有了真正的林斤澜的小说。每一个作家都应当找到自己的老家，有自己的矮凳桥。

斤澜的老家在温州，他写的是温州。但是他写的不是乡土文学。乡土文学是一个恍恍惚惚的概念。但是目前某些标榜乡土文学的同志，他们在心目中排斥的实际上是两种东西，一是哲学意蕴，一是现代意识。林斤澜不是这样。

林斤澜对他想出来的矮凳桥是很熟悉的。过去、现在都很熟悉。他没有写一部矮凳桥的编年史。他把矮凳桥零切了。这样的写法有它的方便处。他可以从不同角度来审视。横写、竖写都行。他对矮凳桥的男女老少可以呼之即来，挥之则去。需要有人写几个字，随时拉出了袁相舟；需要来一碗鱼丸面，就把溪鳗提了出来。而且这个矮凳桥是活的。矮凳桥还会存在下去，笑翼、笑耳、笑杉都会有他们的未来。官不知会"娶"进一个什么样的后生。这样，林斤澜的矮凳桥可以源源不竭地写下去。这是个巧法子。

幔

世界好比叫幔幔着，千奇百怪，你当是看清了，其实雾腾腾……（《小贩们》）

幔就是雾。温州人叫"幔"，贵州人叫"罩子"，——"今天下罩子"，意思都差不多。北京人说人说话东一句西一句，摸不清头绪，云里雾里的，写成文章，说是"云山雾沼"。照我看，其实应该写成"云苫雾罩"。林斤澜的小说正是这样：云苫雾罩。看不明白。

看不明白有两方面的原因。

一个是作者自己就不明白。斤澜在南京曾说："我自己都不明白，怎么能让你明白呢？"斤澜说："比如李地，她的一生，她一生的意义，我就不明白。"我当时在旁边，说："我倒明白。这就是一个人不明不白的一生。"有的作家自以为对生活已经吃透，什么事都明白，他可以把一个人的一生，来龙去脉，前因后果，源源本本地告诉读者，而且还能清清楚楚地告诉你一大篇生活的道理。其实人为什么活着，是怎么活过来的，真不是那样容易明白的。"君子于其所不知，盖阙如也"，只能是这样。这是老实态度。不明

254

白，想弄明白。作者在想，读者也随之而在想。这个作品就有点想头。

另一方面，是作者故意不让读者明白。作者写的是什么，他心里是明白的，但是说得闪烁其辞，含糊其辞，扑朔迷离，云苫雾罩。比如《溪鳗》，还有《李地》里的《爱》，到底说的是什么？

在林斤澜作品讨论会上，有两位青年评论家指出：这里写的是性。我完全同意他们的说法。

写性，有几种方法。一种是赤裸裸地描写性行为，往丑里写。一种办法是避开正面描写，用隐喻，目的是引起读者对于性行为的诗意的、美的联想。孙犁写的一个碧绿的蝈蝈爬在白色的瓠子花上，就用的是这种办法。还有一种办法，就是林斤澜所用的办法，是把性象征化起来。他写得好像全然与性无关，但是读起来又会引起读者隐隐约约的生理感觉。

林斤澜屡次写鱼、鳗、泥鳅。闻一多先生曾著文指出：中国从《诗经》到现代民歌里的"鱼"都是"廋辞"。"鱼水交欢"嘛。不但是鱼，水，也是性的廋辞。

"袁相舟端着杯子，转脸去看窗外，那汪汪溪水漾漾流过晒烫了的石头滩，好像抚摸亲人的热身子。到了吊脚楼下边，再过去一点，进了桥洞。在桥洞那里不老实起来，撒点娇，抱点怨，发点梦呓似的呜噜呜噜……"（《溪鳗》）这写的是什么？

《爱》写得更为露骨：

> 三更半夜糊里糊涂，有一个什么——说不清是什么压到身上，想叫，叫不出声音。觉得滑溜溜的在身上又扭又袅袅的，手脚也动不得。仿佛"袅"到自己身体里去了。自己的身体也滑溜了，接着，软瘫热化了。

《溪鳗》最后写那个男人瘫痪了，这说的是什么？这说的是性的枯萎。

《溪鳗》的情况更复杂一些。这篇小说同时存在两个主题，性主题和道德主题。溪鳗最后把一个瘫痪男人养在家里，伺候他，这是一种心甘情愿也心安理得的牺牲，一种东方式的道德的自我完成。既是高贵的，又是悲剧性的。这两个主题交织在一起。性和道德的关系，这是一个既复杂而又深邃的问题。这个问题还很少有作家碰过。

这个问题林斤澜也还没有弄明白，他也还在想。弄明白了，就没有什么意思了。有意思的不是明白，是想。弄明白，是心理学家的事；想，是作家的事。

斤澜的小说一下子看不明白，让人觉得陌生。这是他有意为之的。他就是要叫读者陌生，不希望似曾相识。这种作法不但是出于苦心，而且确实是"孤诣"。

使读者陌生，很大程度上和他的叙述方法有关系。有些篇写得比较平实，近乎常规；有些篇则是反众人之道而行之。他常常是虚则实之，实则虚之；无话则长，有话则短。一般该实写的地方，只是虚虚写过，似该虚写处，又往往写得很翔实。人都是有话则长，无话则短。斤澜常于无话处死乞白赖地说，说了许多闲篇，许多废话；而到了有话（有事，有情节）的地方，三言两语。比如《溪鳗》，"有话"处只在溪鳗收留照料了一个瘫子，但是着墨不多，连溪鳗和这个男人究竟有过什么事都不让人明白（其实稍想一下还不明白么）；但是前面好几页说了鳗鱼的种类，鱼丸面的做法，袁相舟的诗兴大发，怎么想出"鱼非鱼小酒家"的店名……比如《小贩们》，"事儿"只是几个孩子比别的纽扣小贩抢先了一步，在船不靠码头的情况下跳到水里上岸，赶到电镀厂去镀了纽扣；但是前面写了一大堆这几个小贩子和女舵工之间的漫谈，写了馒，写了"火雾"（对于火雾的描写来自斤澜和我们同到吐鲁番看火焰山的印象，这一点我知道），写了三兄弟往北走的故事，写了北方撒尿用棍子敲，打豆浆往绳子上一浇就拎回家去了……这么写，不是喧宾夺主么？不。读完全篇。再回过头来看看，就会觉得前面的闲文都是必要的，有用的。《溪鳗》没有那些云苫雾罩的，不着边际的闲文，就无法知道这篇小说究竟说的是什么。花非花，鱼非鱼，人非人，性非性。或者可以反过来：人是人，性是性。袁相舟的诗："今日春梦非春时"，实在是点了这篇小说的题。《小贩们》如果不写这几个孩子的闲谈，不写出他们的活跃的想象，他们对于生活的充满青春气息的情趣，就无法了解他们脱了鞋袜跳到冰冷的水里的劲儿是从哪里来的，他们就成了心灵手快的名副其实的小商贩，他们就俗了，不可爱了。

"无话则长，有话则短"，这个话我当面跟斤澜说过。他承认了。拆穿了西洋景，有点煞风景，他倒还没有不高兴。他说："有话的地方，大家都可以说，我就少说一点；没有话的地方，别人不说，我就多说说。"

斤澜是很讲究结构的。我曾在一篇文章里写过：小说结构的特点是"随便"。斤澜很不以为然。后来我在前面加了一句状语：苦心经营的随便。他算是拟予同意了。其实林斤澜的小说结构的精义，我看也只有一句：打破结构的常规。

斤澜近年小说还有一个特点，是搞文字游戏。"文字游戏"大家都以为是一个贬辞。为什么是贬辞呢？没有道理。斤澜常常凭借语言来构思。一句什么好的话，在他琢磨一团生活的时候，老是在他的思维里闪动，这句话推动着他，怂恿着他，蛊惑着他，他就由着这句话把自己飘浮起来，一篇小说终于受孕、成形了。蚱蜢舟、蚱蜢周、做蚱蜢舟的木匠姓周、老蚱蜢周、小蚱蜢周、李清照的"只恐双溪蚱蜢舟，载不动许多愁……"这许多音同形似的字儿老是在他面前晃，于是这篇小说就有了一种特殊的音响和色调。他构思的契机，我看很可能就是李清照的词。《溪鳗》的契机大概就是白居易的诗：花非花，雾非雾。这篇小说写得特别迷离，整个调子就是受了白居易的诗的暗示。白居易的"花非花，雾非雾"是一个到现在还没有解破的谜，《溪鳗》也好像是一个谜。

林斤澜把小说语言的作用提到很多人所未意识到的高度。写小说，就是写语言。

人

我这样说，不是说林斤澜是一个形式主义者。矮凳桥系列小说有没有一个贯串性的主题？我以为是有的。那就是："人"。或者：人的价值。这其实是一个大家都用的，并不新鲜的主题。不过林斤澜把它具体到一点："皮实"。什么是"皮实"？斤澜解释得清楚，就是生命的韧性。

"石头缝里钻出一点绿来，那里有土吗？只能说落下点灰尘。有水吗？下雨湿一湿，风吹吹就干了。谁也不相信，谁也不知觉，这样的不幸，怎么会钻出一片两片绿叶，又钻出紫色的又朴素又新鲜的花朵。人惊叫道：'皮实'。单单活着不算数，还活出花朵叫世界看看，这是'皮实'的极致。"（《蚱蜢舟》）

他们当中有人意识到，并且努力要证实自己的存在的价值的。车钻冒着危险"破"掉矮凳桥下"碧沃"两个字，"什么也不为，就为叫大家晓得晓得我"。笑杉在坎肩上钉了大家都没有的古式的铜扣子，徜徉过市，又要一锤砸毁了，也是"我什么也不为，就为叫你们晓得晓得我"。有些人并不那样意识到自己的价值，但是她们各各儿用自己的所作所为证实了自己的价值，如溪鳗，如李地。

李地是一位母亲的形象。《惊》是一篇带有寓言性质的小说。很平淡，但是发人深思。当一群人因为莫须有的尾巴无故自惊，炸了营的时候，李地能够比较镇静。她并没有泰然自若，极其理智，但是她慌乱得不那么厉害，清醒得比较早。她所以能这样，是因为她经历的忧患较多，有一点曾经沧海了。这点相对的镇静是美丽的。长期的动乱，造就了这样一位沉着的母亲。李地到供销社卖了一个鸡蛋，六分钱。她胸有成竹地花了这六分钱：两分盐；两分线——一分黑线一分白线;一分石笔;一分冰糖(冰糖是给笑翼买的)。这本是很悲惨的事(林斤澜在小说一开头就提明这是六十年代初期的故事,我们都是从六十年代初期活过来的人,知道那年代是怎么回事),但是林斤澜没有把这件事写得很悲惨,李地也没有觉得悲惨。她计划着这六分钱,似乎觉得很有意思。这一分冰糖让她快乐。这就是"皮实"。能够度过困苦的、卑微的生活,这还不算;能于困苦卑微的生活觉得快乐,在没有意思的生活中觉出生活的意思,这才是真正的"皮实",这才是生命的韧性。矮凳桥是不幸的。中国是不幸的。但是林斤澜并没有用一种悲怆的或是嘲弄的感情来看矮凳桥,我们时时从林斤澜的眼睛里看到一点温暖的微笑。林斤澜你笑什么?因为他看到绿叶,看到一朵一朵朴素的紫色的小花,看到了"皮实",看到了生命的韧性。"皮实"是我们这个民族的普遍的品德。林斤澜对我们的民族是肯定的,有信心的。因此我说:《矮凳桥》是爱国主义的作品。——爱国主义不等于就是打鬼子!

林斤澜写人,已经超越了"性格"。他不大写一般意义上的、外部的性格。他甚至连人的外貌都写得很少,几笔。他写的是人的内在的东西,人的气质,人的"品"。得其精而遗其粗。他不是写人,写的是一首一首的诗。溪鳗、李地、笑翼、笑耳、笑杉……都是诗，朴素无华的，淡紫色的诗。

涩

斤澜的语言原来并不是这样的。他的语言原来以北京话为基础（写的是京郊），流畅，轻快，跳跃，有点法国式的俏皮。我觉得他不但受了老舍，还受了李健吾的影响。后来他改了，变得涩起来，大概是觉得北京话用得太多，有点"贫"。《矮凳桥》则是基本上用了温州方言。这是很自然的，因为写的是温州的事。斤澜有一个很大的优势，他一直能说很地道的温州话。一个人的"母舌"总会或多或少地存在在他的作品里的。在方言的基础上调理自己的文学语言，是八十年代相当多的作家清楚地意识到的。语言是一种文化现象。语言的背景是文化。一个作家对传统文化和某一特定地区的文化了解得愈深切，他的语言便愈有特点。所谓语言有味、无味，其实是说这种语言有没有文化（这跟读书多少没有直接的关系。有人读书甚多，条理清楚，仍然一辈子语言无味）。每一种方言都有特殊的表现力，特殊的美。这种美不是另一种方言所能代替，更不是

"普通话"所能代替的。"普通话"是语言的最大公约数，是没有性格的。斤澜不但能说温州话，且能深知温州话的美。他把温州话熔入文学语言，我以为是成功的。但也带来一定的麻烦，即一般读者读起来费事。斤澜的语言越来越涩了。我觉得斤澜不妨把他的语言稍为往回拉一点，更顺一点。这样会使读者觉得更亲切。顺和涩我觉得是可以统一起来的，斤澜有意使读者陌生，但还不是拒人于千里之外。陌生与亲切也是可以统一起来的。让读者觉得更亲切一些，不好么？

董解元云："冷淡清虚最难做"。斤澜珍重！

一九八七年一月九日

漫评《烟壶》

叫我来评介邓友梅的《烟壶》，其实是不合适的。我很少写评论。记得好像是柯罗连科对高尔基说过，一个作家在谈到别人的作品时，只要说：这一篇写得不错，就够了，不需要更多的话。评论家可不能这样。一个评论家，要能一眼就看出一篇作品的历史地位。而我只能就小说论小说，谈一点读后的印象和感想。

友梅最初跟我谈起他要写一个关于鼻烟壶的小说的时候，我只是听着，没有表示什么。说老实话，我对鼻烟壶是没有什么好感的。这大概是受了鲁迅先生反对小摆设和"象牙微雕"的影响。我对内画尤其不感兴趣，特别是内画戏装人物，我觉得这是一种恶劣的趣味。读了《烟壶》，我的看法有些改变。友梅这篇小说的写法有点特别，开头一节是发了一大篇议论。他的那一番鼻烟优越论我是不相信的。闻鼻烟代替不了抽烟。蒙古人是现在还闻鼻烟的，但是他们同时也还要抽关东烟。这只能是游戏笔墨。但是他对作为工艺品的鼻烟壶的论赞，我却是拟同意的，因为这说的是真话，正经话。友梅好奇，到一个地方，总喜欢到处闲遛，收集一些具有民族特色、地方特色的工艺品。这表现了一个作家对于生活的广博的兴趣，对精美的工艺的赏悦，和对于制造工艺的匠师的敬爱。我想这是友梅写作《烟壶》的动机。他写这样的题材并不是找什么冷门。即使是找冷门，如果不是平日就有对于工艺美术的嗜爱，这样的冷门也是找不到的。

《烟壶》里的聂小轩师傅有一段关于他所从事的行业的具有哲理性的谈话：

"打个比方，这世界好比个客店，人生如同过客。我们吃的用的多是以前的客人留下的。要从咱们这儿起，你也住我也住，谁都取点什么，谁也不添什么，久而久之，我们留给后人的不就成了一堆瓦砾了？反之，来往客商，不论多少，每人都留点什么，你栽棵树，我种棵草，这店可就越来越兴旺，越过越富裕。后来的人也不枉称你们一声先辈。辈辈人如此，这世界不就更有个恋头了？"

乍一听，这一番话的境界似乎太高了。一个手艺人，能说得出来么？然而这却是真实的，可信的。手工艺人我不太熟悉。我比较熟悉戏曲演员。戏曲演员到了晚年，往往十分热衷于授徒传艺。他们常说："我不能把我从前辈人学到的这点玩艺带走，我得留下点东西。""文化大革命"中冤死了一些艺人，同行们也总是叹惜："他身上有东西呀！"

"给后人留下点东西"，这是朴素的哲理，是他们的职业道德，也是他们立身做人的准则。从这种朴素的思想可能通向社会主义，通向爱国主义。许多艺人，往往是由于爱本行的那点"玩艺"，爱"中国人勤劳才智的结晶"，因而更爱咱们这个国家的。聂小轩的这一思想是贯串全篇的思想。内画也好，古月轩也好，这是咱们中国的玩艺，不能叫它从我这儿绝了。这才引出一大篇曲曲折折的故事。我想，这篇小说真正的爱国主义的"核"，应该在这里。

《烟壶》写的是庚子年间的事，距现在已经八十多年，邓友梅今年五十多岁，当然没有赶上。友梅不是北京人，然而他竟然写出一篇反映八十年前北京生活的小说，这简直有点不可思议！这还不比写历史小说（《烟壶》虽写历史，但在一般概念里是不把它划在历史小说范围里的）。历史小说，写唐朝、汉朝的事，死无对证，谁也不能指出这写得对还是不对。庚子年的事，说近不近，说远也不远。这最不好写。八十多岁的人现在还有健在的，七十多岁的也赶上那个时期的后尾。笔下稍稍粗疏，就会有人说："不像。"然而友梅竟写了那个时期的那样多的生活场景，写得详尽而真切，使人如同身临其境。友梅小说的材料，是靠平时积累的，不是临时现抓的。临时现抓的小说也有，看得出来，不会有这样厚实。友梅有个特点，喜欢听人谈掌故，聊闲篇。三十多年前，我认识友梅时，他是从部队上下来的革命干部、党员，年纪轻轻的，可是却和一些八旗子弟、没落王孙厮混在一起。当时是有人颇不以为然的。然而友梅我行我素。友梅对他们不鄙视、不歧视，也不存什么功利主义。他和所有人的关系都是平等的。也正因为这样，许多老北京才乐于把他所知的掌故轶闻、人情风俗毫无保留地说给他听。他把听来的材料和童年印象相印证，再加之以灵活的想象，于是八十多年前的旧北京就在他心里活了起来。

《烟壶》是中篇小说，中篇总得有曲折的、富于戏剧性的情节、故事。情节，总要编。世界上没有一块天生就富于情节的生活的矿石。我相信《烟壶》的情节大部分也是编出来的。编和编不一样。有的离奇怪诞，破绽百出；有的顺理成章，若有其事。友梅能把一堆零散的生活素材，团巴团巴，编成一个完完整整的故事，虽然还不能说是天衣无缝，无可挑剔，但是不使人觉得如北京人所说的："老虎闻鼻烟——没有那宗事。"这真是一宗本事。我是不会编故事的，也不赞成编故事。但是故事编圆了，我也佩服。因此，我认为友梅的《烟壶》是一篇"力作"。

友梅写人物，我以为好处是能掌握分寸。乌世保知道聂小轩轧断了手，"他望着聂小轩那血淋淋的衣袖和没有血色的、微闭双眼的面容惊呆了，吓傻了。从屋里走到院子，从院子又回到屋里。想做什么又不知该做什么。想说话又找不到话可说"。这写得非常真实。这就是乌世保，一个由"它撒勒哈番"转成手工艺人的心地善良而又窝窝囊囊的八旗子弟活生生的写照。乌世保蒙冤出狱，家破人亡，走投无路，朋友寿明给他谋划了生计，建议他画内画烟壶，给他找了蒜市口小客店安身，给他办了铺盖，还给他留下几两银子先垫补用，可谓周到之至。乌世保过意不去，连忙拦着说："这就够麻烦您的了，这银子可万万不敢收。"寿明说："您别拦，听我说。这银子连同我给您办铺盖，都不是我白给你的，我给不起。咱们不是搭伙作生意吗？我替你买材料卖烟壶，照理有我一份回扣，这份回扣我是要拿的。替你办铺盖、留零花，这算垫本，我以后也是要从您卖货的款子里收回来的，不光收回，还要收息，这是规矩。交朋友是交朋友，作生意是作生意，送人情是送人情，放垫本是放垫本，都要分清。您刚作这行生意，多有不懂的地方，我不能不点拨明白了。"好！这真是一个靠为人长眼跑合为生的穷旗人的口吻，不是一个为朋友两肋插刀的侠客。他也仗义，也爱财。既重友情，也深明世故。这一番话真是小葱拌豆腐，如刀切，如水洗，清楚明白，嘎嘣爽脆。这才叫通过对话写人物。邓友梅有两下子！

友梅很会写妇女。他的几篇写北京市井的小说里总有一个出身卑微，不是旗人，却支撑了一个败落的旗人家庭的劳动妇女。她们刚强正直，善良明理，坦荡磊落。《那五》里那位庶母，《烟壶》里的刘奶妈，都是这样。《烟壶》写得最成功的人物，我以为是柳娘（我这样说友梅也许会觉得伤心）。她俊俏而不俗气，能干而不咋唬，光彩照人，英气勃勃，有心胸，有作为，有决断，拿得起，放得下，掰得开，踢得动，不论遇到什么事都能沉着镇定，头脑清醒，方寸不乱，举措从容。这真是市井中难得的一方碧玉，挺立在水边的一株雪白雪白的马蹄莲，她的出场就不凡：

　　……这时外边大门响了两声，脆脆朗朗响起女人的声音："爹，我买了蒿子回来了。"寿明和乌世保知道是柳娘回来，忙站起身。聂小轩掀开竹帘说道："快来见客人，乌大爷和寿爷来了。"柳娘应了一声，把买的蒿子、线香、嫩藕等东西送进西间，整理一下衣服，进到南屋，向寿明和乌世保道了万福说："我爹打回来就打听乌大爷来过没有，今儿可算到了。寿爷您坐！哟，我们老爷子这是怎么了？大热的天让客人干着，连茶也没沏呀！您说话，我沏茶去！"这柳娘干嘣楞脆说完一串话，提起提梁宜兴大壶，挑帘走了出去。乌世保只觉着泛着光彩，散着香气的一个人影像阵清清爽爽的小旋风在屋内打了个旋又转了出去，使他耳目繁忙，应接不暇，竟没看仔细是什么模样。

寿明为乌世保做媒，聂小轩征求柳娘的意思，问她："咱们还按祖上的规矩，连收徒带择婿一起办好不好呢？"柳娘的回答是："哟，住了一场牢我们老爷子学开通了！可是晚了，这话该在乌大爷搬咱们家来以前问我。如今人已经住进来，饭已经同桌吃了，活儿已经挨肩做了，我要说不愿意，您这台阶怎么下？我这风言风语怎么听呢？唉！"

这里柳娘有点"放刁"了，当初把师哥接到家里来住，是谁的主意呀？你可事前也没跟老爷子商量过就说出口了！

友梅这篇小说基本上用的是叙述，极少描写。偶尔描写，也是插在叙述之间，不把叙述停顿下来，作静止的描写。这是史笔，这是自有《史记》以来中国文学的悠久的传统。但是不完全是直叙，时有补叙、倒叙，这也是《史记》笔法。因为叙述方法多变化，故质朴而不呆板，流畅而不浮滑，舒卷自如，起止自在。有时洋洋洒洒，下笔千言；有时戛然收住，多一句也不说。友梅是很注意语言的。近年功力大见长进。他的语言所以生动，除了下字准确，词达意显，我觉得还因为起落多姿，富于"语态"。"语态"的来源，我想是：一、作者把自己摆了进去了，在描述人物事件时带着叙述者的感情色彩，如梁任公所说："笔锋常带感情"；同时作者又置身事外，保持冷静和客观，不跳出来抒愤懑，发感慨。二、是作者在叙述时随时不忘记对面有个读者，随时要观察读者的反应，他是不是感兴趣，有没有厌烦？有的时候还要征求读者的意见，问问他对斯人斯事有何感想。写小说，是跟人聊天，而且得相信听你聊天的人是个聪明解事，通情达理，欣赏趣味很高的人，而且，他自己就会写小说，写小说的人要诚恳，谦虚，不矜持，不卖弄，对读者十分地尊重。否则，读者会觉得你侮辱了他！

这篇小说的不足之处，我觉得有这些：

一、对聂小轩以及乌世保、柳娘对古月轩的感情写得不够。小说较多写了古月轩烧制之难，而较少写这种瓷器之美。如果聂小轩的爱国主义感情是由对于这门工艺的深爱出发的，那么，应该花一点笔墨写一写他们烧制出一批成品之后的如醉如痴的喜悦，他们应该欣赏、兴奋、爱不释手，笑，流泪，相对如梦寐，忘乎所以。这篇小说一般只描叙人物的外部动作，不作心理描写。但是在写聂小轩想要砍去自己的右手时，应该写一写他的"广陵散从此绝矣"的悲怆沉痛的心情。因为聂小轩的这一行动不是正面描写的，而是通过柳娘和乌世保的眼睛来写的，不能直接写他的心理活动，但是事后如果有一两句揪肝抉胆、血泪交加的话也好。

二、乌世保应该写得更聪明，更有才气一些。这个人百无一用，但是应该聪明过人，他在旗人所玩的玩艺中，应该是不玩则已，一玩则精绝。这个人应该琴棋书画什么都能来两下。否则聂小轩就不会相中他当徒弟，柳娘也不会无缘无故地爱这样一个比棒槌多两个耳朵的凡庸的人了。柳娘爱他什么呢？无非是他身上这点才吧。

三、九爷写得有点漫画化。

一九八四年二月七日

从哀愁到沉郁

——何立伟小说集《小城无故事》序

　　我最初读到的何立伟的小说是《小城无故事》，发表在《人民文学》上的。当时就觉得很新鲜。这样的小说我好像曾经很熟悉，但又似乎生疏了多年了。接着就有点担心。担心作者会受到批评，也担心《人民文学》因为发表这样的作品而受到批评。我担心某些读者和评论家会看不惯这样的小说，担心他们对看不惯的小说会提出非议。然而我的担心是多余了。看来我的思想还是相当保守的，对读者和评论家的估计过低了。何立伟和《人民文学》全都太平无事。——也许有一点"事"，但是我不知道。我放心了。何立伟接着发表了不少小说，有的小说还得了奖。我听到一些关于何立伟小说的议论，都是称赞的，都说何立伟是一个值得注意的，有自己的特点的青年作家。何立伟得到社会的承认，他在文艺界站住脚了，我很高兴。为立伟本人高兴，也为中国多了一个真正的作家而高兴。何立伟现在的情况可以说是"崭露头角"，他的作品也预示出他会有很远大的前程。从何立伟以及其他一些破土而出、显露不同的才华的青年作家身上，我们看到中国文学的一片勃勃的生机，这真是太好了。

但是我以前看过立伟的小说很少，——我近年来不大看小说，好像只有《小城无故事》这一篇。

蒋子丹告诉我，何立伟要出小说集，要我写序。有一次见到王蒙，我告诉他何立伟要我写序（我知道立伟的小说有一些是经他的手发出去的）。王蒙说："你写吧！"我说我看过他的小说很少，王蒙说："看看吧，你会喜欢的。"我心想：好吧。

何立伟把他的小说的复印件寄来给我了，写序就由一句话变成了真事。复印件寄到时，我在香港。回来后知道他的小说发稿在即，就连日看他的小说。这样突击式地看小说，囫囵吞枣，能够品出多少滋味来呢？我于是感到为人写序是一件冒险的事。如果序里所说的话，全无是处，是会叫作者很难过的。但是我还是愿意来写这篇序。理由就是：我愿意。

子丹后来曾陪了立伟和另外一位湖南青年作家徐晓鹤

到我在北京的住处来看过我。他们全都才华熠熠，挥斥方遒，都很快活。我很喜欢他们的年轻气盛的谈吐。因为时间匆促，未暇深谈。谈了些什么，我已经不记得了。只记得我大概谈起过废名。为什么谈起废名，大概是我觉得立伟的小说与废名有某些相似处。

立伟最近来信，说："上回在北京您同我谈起废名，我回来后找到他的书细细读，发觉我与他有很多内在的东西颇接近，便极喜欢。"

那么何立伟过去是没有细读过废名的小说的，然而他又发觉他与废名有很多内在的东西颇接近，这是很耐人深思的。正如废名，有人告诉他，他的小说与英国女作家弗金尼·沃尔芙很相似，废名说："我没有看过她的小说"，后来找了弗金尼·沃尔芙的小说来看了，说："果然很相似"。一个作家，没有读过另一作家的作品，却彼此相似，这是很奇怪的。

但是何立伟是何立伟，废名是废名。我看了立伟的全部小说，特别是后来的几篇，觉得立伟和废名很不一样。我的这篇序恐怕将写成一篇何立伟、废名异同论，这真是始料所不及。

废名是一位被忽视的作家。在中国被忽视，在世界上也被忽视了。废名作品数量不多，但是影响很大，很深，很远。我的老师沈从文承认他受过废名的影响。他曾写评论，把自己的几篇小说和废名的几篇对比。沈先生当时已经成名。一个成名的作家这样坦率而谦逊的态度是令人感动的。虽然沈先生对废名后期的小说十分不以为然。何其芳在《给艾青先生的一封信》提到刘西渭（李健吾）非常认真地读了《画梦录》，但"主要地只看出了我受了废名影响的那一点"。那么受了废名影响的这一点，何其芳是承认的。我还可以开出一系列受过废名影响的作家的名单，只是因为本人没有公开表态，我也只好为尊者讳了。"但开风气不为师"，废名是开了一代文学风气的，至少在北方。这样一个影响深远的作家，生前死后都很寂寞，令人怃然。

我读过废名的小说，《桃园》、《竹林的故事》、《桥》、《枣》……都很喜欢。在昆明（也许在上海）读过周作人写的《怀废名》。他说废名的小说的一个特点是注重文章之美。说他的小说如一湾溪水，遇到一片草叶都要抚摸一下，然后再汪汪地向前流去（大意），这其实就是意识流，只是当时在中国，"意识流"的理论和小说介绍进来的还不多。这也是很有意思的事。西方的意识流的理论和小说还没有介绍进来，中国已经有用意识流的方法写的小说，并且比之西方毫无逊色，说明意识流并非是外来的。人类生活发展到一定阶段，对意识的认识发展到一定阶段，就会产生意识流的作品。这是不能反对，无法反对的。废名也许并不知道"意识流"，正像他以前不知道弗金尼·沃尔芙。他只是想真切地反映生活，他发现生活，意识是流动的，于是找到了一种新的对于生活的写法，于是开了一代风气。这种写法没有什么奥秘，只是追求：更像生活。

周作人的文章还说废名之貌奇古，其额如螳螂。一九四八年我住在北京大学红楼，时常可以看到废名，他其时已经写了《莫须有先生坐飞机以后》，潜心于佛学。我只是看到他穿了灰色的长衫，在北大的路上缓慢地独行，面色平静，推了一个平头。我注意了他的相貌，没有发现其额如螳螂，也不见有什么奇古——一个人额如螳螂，是什么样子呢？实在想象不出。

何立伟与废名的相似处是哀愁。

立伟一部分小说所写的生活是湖南小城镇的封闭的生活，一种古铜色的生活。他的小说有一些写的是长沙，但仍是封闭着的长沙的一个角隅。这种古铜有如宣德炉，因为熔入了椎碎了的乌斯藏佛之类的贵重金属，所以呈现出斑斓的光泽。有些小说写了封闭生活中的古朴的人情。《小城无故事》里的吴婆婆每次看到癫姑娘，总要摸两个冷了的荷叶粑粑走出凉棚喊拢来那癫子。"莫发癫！快快同我吃了！"萧七罗锅侧边喊："癫子，癫子，你拢来！""癫子，癫子，把碗葱花米豆腐你吃！"霍霍霍霍喝下肚，将那蓝花瓷碗往地上一撂，啪地碗碎了。萧七罗锅呢也不发火，只摇着他精光的脑壳蹲身下去一片一片拣碎瓷。还有用，回去拿它做得甄片子，刨得芋头同南瓜。这实在写得非常好。拣了碎瓷，回去做得甄片子，刨得芋头同南瓜，这是一种非常美的感情，很真实的感情。

但是这种封闭的古铜色的生活是存留不住的，它正在被打破，被铃木牌摩托车，被邓丽君的歌唱所打破。姚笃正老裁缝终于不得不学着做喇叭裤、牛仔裤（《砚坪那个地方》）。这是有点可笑的。然而，有什么办法呢？

面对这种行将消逝的古朴的生活，何立伟的感情是复杂的。这种感情大体上可以名之为"哀愁"。鲁迅在评论废名的小说时说："……在一九二五年出版的《竹林的故事》里，才见以冲淡为衣，而如著者所说，仍能'从他们当中理出我的哀愁'的作品。"从立伟的一些前期的小说中，我们都可觉察到这种哀愁。如《荷灯》，如《好清好清的杉木河》……。这种哀愁出于对生存于古朴世界的人的关心。这种哀愁像《小城无故事》里癫子姑娘手捏的栀子花，"香得并不酽，只淡淡有些幽远"。"满街满巷都是那栀子花淡远的香。然而用力一闻，竟又并没有。"何立伟的不少篇小说都散发着栀子花的香味，栀子花一样的哀愁。

鲁迅论废名："可惜的是大约作者过于珍惜他有限的'哀愁'，不久就不欲像先前一般的内露，于是从率直的读者看来，就只见其有意低徊，顾影自怜之态了。"老实说，看了一些立伟的短篇，我是有点担心的。一个作者如果停留在自己的哀愁中，是很容易流于有意低徊的。

立伟是珍惜自己的哀愁的。他有意把作品写得很淡。他凝眸看世界，但把自己的深情掩藏着，不露声色。他像一个坐在发紫发黑的小竹凳上看风景的人，虽然在他的心上流过很多东西。有些小说在最易使人动情的节骨眼上往往轻轻带过，甚至写得模模糊糊的，使人得捉摸一下才明白是怎么回事。如《搬家》，如《雪霁》。但是他后来的作品，感情的色彩就渐渐强烈了起来。他对那种封闭的生活表现了一种忧愤。他的两个中篇，《苍狗》和《花非花》都是这样。像《花非花》那样窒息生机的生活，是叫人会喊叫出来的。但是何立伟并没有喊叫，他竭力控制着自己的激情，他的忧愤是没有成焰的火，于是便形为沉郁。他仍然是不动声色的，但这样的不动声色而写出的貌似平淡的生活却有了强烈的现实感。

我很高兴何立伟在小说里写了希望。谁是改造这个封闭世界的力量？像刘虹（《花非花》）这样追求美好，爱生活的纯净的人（刘虹写得一点都不概念化，是很难得的）。

"那世界，正一天天地、无可抗拒地新鲜起来，富于活力与弹性"，是这样！

对立伟的这种变化，有人有不同意见，但我以为是好的。也许因为立伟所走过来的路和我有点像。

废名说过："我写小说同唐人写绝句一样"，立伟很欣赏他这句话。立伟的一些小说也是用绝句的方法写的，他和废名不谋而合。所谓唐人绝句，其实主要指中晚唐的绝句，尤其是晚唐绝句。晚唐绝句的特点，说穿了，就是重感觉，重意境。"小城无故事"，立伟的小说不重故事，有些篇简直无故事可言，他追求的是一种诗的境界，一种淡雅的，有些朦胧的可以意会的气氛，"烟笼寒水月笼纱"。与其说他用写诗的方法写小说，不如说他用小说的形式写诗。这是何立伟赢得读者，受到好评的主要原因。我也是喜欢晚唐绝句的。最近看到一本书，说是诗以五古为最难写，一个诗人不善于写五古，是不能算做大诗人的。我想想，这有道理。诗至五古，堂庑始大，才厚重。杜甫的《北征》，我是到中年以后才感到其中的苍凉悲壮的。我觉得，立伟的《苍狗》和《花非花》，其实已经不是绝句，而是接近五古了。何立伟正在成熟。

何立伟的语言是有特色的。他写直觉，没有经过理智筛滤的，或者超越理智的直觉，故多奇句。这一点和日本的新感觉派相似，和废名也很相似。废名的名句："万寿宫丁丁响"，即略去万寿宫有铃铛，风吹铃铛，直接写万寿宫丁丁响。这在一群孩子的感觉中是非常真切的。立伟的造句奇峭似废名，甚至一些虚词也相似，如爱用"遂"、"乃"。立伟还爱用"抑且"，这也有废名的味道。立伟以前没有细读过废名的作品，相似乃尔，真是奇怪！我觉得文章不可无奇句，但不宜多。龚定庵论人："某公端端，酒后露轻狂，乃真狂。"奇句和狂态一样，偶露，才可爱。立伟初期的小说，我就觉得奇句过多。奇句如江瑶柱，多吃，是会使人"发风动气"的。立伟后来的小说，语言渐多平实，偶有奇句。我以为这也是好的。

立伟要我写序，尽两日之功写成，可能说了一些杀风景的话，不知道立伟会不会难过。

一九八五年十一月一日序于北京

人之所以为人

——读《棋王》笔记

> 脑袋在肩上，
>
> 文章靠自己。
>
> ——阿城《孩子王》

读了阿城的小说，我觉得：这样的小说我写不出来。我相信，不但是我，很多人都写不出来。这样就很好。这样就增加了一篇新的小说，给小说这个概念带进了一点新的东西。否则，多写一篇，少写一篇，写，或不写，差不多。

提笔想写一点读了阿城小说之后的感想，煞费踌躇。因为我不认识他。我很少写评论。我评论过的极少的作家都是我很熟的人。这样我说起话来心里才比较有底。我认为写评论最好联系到所评的作家这个人，不能只是就作品谈作品。就作品谈作品，只论文，不论人，我认为这是目前文学评论的一个缺点。我不认识阿城，没有见过。他的父亲我是见过的。那是他倒了楣的时候，似乎还在生着病。我无端地觉得阿城像他的父亲。这很好。

阿城曾是"知青"。现有的辞书里还没有"知青"这个词条。这一条很难写。绝不能简单地解释为"有知识的青年"。这是一个特定的历史时期的产物，一个很特殊的社会现象，一个经历坎坷、别具风貌的阶层。

知青并不都是一样。正如阿城在《一些话》中所说："知青上山下乡是一种特殊情况下的扭曲现象，它使有的人狂妄，有的人消沉，有的人投机，有的人安静。"这样的知青我大都见过。但是大多数知青，都有一个共同的特点，如阿城所说："老老实实地面对人生，在中国诚实地生活。"大多数知青看问题比我们这一代现实得多。他们是很清醒的现实主义者。

大多数知青是从温情脉脉的纱幕中被放逐到中国的干硬的土地上去的。我小的时候唱过一支带有感伤主义色彩的歌："离开父，离开母，离开兄弟姊妹们，独自行千里……"知青正是这样。他们不再是老师的学生，父母的儿女，姊妹的兄弟，赤条条地被掷到"广阔天地"之中去了。他们要用自己的双手谋食。于是，他们开始用自己的眼睛去看世界。棋呆子王一生说："你们这些人好日子过惯了，世上不明白的事儿多着呢！"多数知青从"好日子"里被甩出来了，于是他们明白许多他们原来不明白的事。

我发现，知青和我们年轻时不同。他们不软弱，较少不着边际的幻想，几乎没有感伤主义。他们的心不是水蜜桃，不是香白杏。他们的心是坚果，是山核桃。

知青和老一代的最大的不同，是他们较少教条主义。我们这一代，多多少少都带有教条主义色彩。

我很庆幸地看到（也从阿城的小说里）这一代没有被生活打倒。知青里自杀的极少、极少。他们大都不怨天尤人。彷徨、幻灭，都已经过去了。他们怀疑过，但是通过怀疑得到了信念。他们没有流于愤世嫉俗，玩世不恭。他们是看透了许多东西，但是也看到了一些东西。这就是中国和人。中国人。他们的眼睛从自己的脚下移向远方的地平线。他们是一些悲壮的乐观主义者。有了他们，地球就可修理得较为整齐，历史就可以源源不绝地默默地延伸。

他们是有希望的一代，有作为的一代。阿城的小说给我们传达了一个非常可喜的信息。我想，这是阿城的小说赢得广大的读者，在青年的心灵中产生共鸣的原因。

《棋王》写的是什么？我以为写的就是关于吃和下棋的故事。先说吃，再说下棋。

文学作品描写吃的很少（弗吉尼亚·伍尔芙曾提出过为什么小说里写宴会，很少描写那些食物的）。大概古今中外的作家都有点清高，认为吃是很俗的事。其实吃是人生第一需要。阿城是一个认识吃的意义、并且把吃当作小说的重要情节的作家（陆文夫的《美食家》写的是一个馋人的故事，不是关于吃的）。他对吃的态度是虔诚的。《棋王》有两处写吃，都很精彩。一处是王一生在火车上吃饭，一处是吃蛇。一处写对吃的需求，一处写吃的快乐——一种神圣的快乐。写得那样精细深刻，不厌其烦，以至读了之后，会引起读者肠胃的生理感觉。正面写吃，我以为是阿城对生活的极其现实的态度。对于吃的这样的刻画，非经身受，不能道出。这使阿城的小说显得非常真实，不假。《棋王》的情节按说是很奇，但是奇而不假。

我不会下棋，不解棋道，但我相信有像王一生那样的棋呆子。我欣赏王一生对下棋的看法："我迷象棋。一下棋，就什么都忘了。呆在棋里舒服。"人总要呆在一种什么东西里，沉溺其中。苟有所得，才能实证自己的存在，切实地掂出自己的价值。王一生一个人和几个人赛棋，连环大战，在胜利后，呜呜地哭着说："妈，儿今天明白事儿了。人还要有点儿东西，才叫活着。"是的，人总要有点东西，活着才有意义。人总要把自己生命的精华都调动出来，倾力一搏，像干将、莫邪一样，把自己炼进自己的剑里，这，才叫活着。

"不有博弈者乎？为之犹胜乎己。"弈虽小道，可以喻大。"用志不分，乃凝于神"，古今成事业者都需要有这么一点精神。这是我们这个时代需要的精神。

我这样说，阿城也许不高兴。作者的立意，不宜说破。说破便煞风景。说得太实，尤其令人扫兴。

阿城的小说的结尾都是胜利。人的胜利。《棋王》的结尾，王一生胜了。《孩子王》的结尾，"我"被解除了职务，重回生产队劳动去了。但是他胜利了。他教的学生王福写出了这样的好文章："……早上出的白太阳，父亲在山上走，走进白太阳里去。我想，父亲有力气啦。"教的学生写出这样的好文章，这是胜利，是对一切陈规的胜利。

《树王》的结尾，萧疙瘩死了，但是他死得很悲壮。

因此，我说阿城是一个乐观主义者。

有人告诉我，阿城把道家思想糅进了小说。《棋王》里的确有一些道家的话。但那是拣烂纸的老头的思想。甚至也可以说是王一生的思想，不一定就是阿城的思想。阿城大概是看过一些道家的书。他的思想难免受到一些影响。《树王》好像就涉及一点"天"和"人"的关系（这篇东西我还没太看懂，捉不准他究竟想说什么，容我再看看，再想想）。但是我不希望把阿城和道家纠在一起。他最近的小说《孩子王》，我就看不出有什么道家的痕迹。我不希望阿城一头扎进道家里出不来。

阿城是有师承的。他看过不少古今中外的书。外国的，我觉得他大概受过海明威的影响，还有陀思妥也夫斯基。中国的，他受鲁迅的影响是很明显的。他似乎还受过废名的影响。他有些造句光秃秃的，不求规整，有点像《莫须有先生传》。但这都是瞎猜。他的叙述方法和语言是他自己的。司空图《二十四诗品》云："俯拾即是，不取诸邻。俱道适往，着手成春。"说得很好。阿城的文体的可贵处正在："不取诸邻"。"脑袋在肩上，文章靠自己。"

阿城是敏感的。他对生活的观察很精细，能够从平常的生活现象中看出别人视若无睹的特殊的情趣。他的观察是伴随了思索的。否则他就不会在生活中看到生活的底蕴。这样，他才能积蓄了各样的生活的印象，可以俯拾，形成作品。

然而在摄取到生活印象的当时，即在十年动乱期间，在他下放劳动的时候，没有写出小说。这是可以理解的，正常的。

只有在今天，现在，阿城才能更清晰地回顾那一段极不正常时期的生活，那个时期的人，写下来。因为他有了成熟的、冷静的、理直气壮的、不必左顾右盼的思想。一下笔，就都对了。

他的信心和笔力来自党的十一届三中全会以后中国生活的现实。十一届三中全会救了中国，救了一代青年人，也救了现实主义。

阿城业已成为有自己独特风格的青年作家，循此而进，精益求精，如王一生之于棋艺，必将成为中国小说的大家。

一九八五年三月三日

《年关六赋》序

"家贫难办蔬食，忙中不及作草"。我很想杜门谢客，排除杂事，花十天半个月时间，好好地读读阿成的小说，写一篇读后记。但是办不到。岁尾年关，索稿人不断。刚把材料摊开，就有人敲门。好容易想到一点什么，只好打断。杨德华同志已经把阿成的小说编好，等着我这篇序。看来我到明年第一季度也不会消停。只好想到一点说一点。

我是很愿意给阿成写一篇序的。我不觉得这是一件苦事。这是一种享受。并且，我觉得这也是我的一种责任。

我这几年很少看小说。

阿成的小说我没有看过。我听说有个阿成。连他的名噪一时的获奖作品《年关六赋》我也没有看过。我偶然看到的他的第一篇作品是《活树》（和另外两个短篇）。我大吃一惊。这篇小说的生活太真实了！接着我就很担心，为阿成担心，也为出版社担心。现在，这样的小说能出版么？我知道有那么一些人，对于真实是痛恨的。

我把阿成的小说选稿通读了一遍（有些篇重读过），慨然叹曰：他有扎扎实实的生活！我很羡慕。

我曾经在哈尔滨呆过几天。我只知道哈尔滨有条松花江，有一些俄式住宅、东正教的教堂，有个秋林公司，哈尔滨人非常能喝啤酒，爱吃冰棍……

看了阿成的小说，我才知道圈儿里，漂漂女，灰菜屯……我才知道哈尔滨一带是怎么回事。阿成所写的哈尔滨是那样的真实，真实到近乎离奇，好像这是奇风异俗。然而这才是真实的哈尔滨。可以这样说：自有阿成，而后世人始识哈尔滨——至少对我说起来是这样。

一个小说家第一应该有生活，第二是敢写生活，第三是会写生活。

阿成的小说里屡次出现一个人物：作家阿成。这个阿成就是阿成自己。这在别人的小说里是没有见过的。为什么要自称"作家阿成"？这说明阿成是十分意识到自己是一个作家，意识到自己作为一个作家的责任的：要告诉人真实的生活，不说谎。这是一种严肃的，痛苦入骨的责任感。

阿成说作家阿成作得很苦，我相信。

《年关六赋》赢得声誉是应该的。这篇小说写得很完整、很匀称，起止自在，顾盼生姿，几乎无懈可击。这标志着作者的写作技巧已经很成熟，不止是崭露头角而已了。现在的青年作家不但起步高，而且成熟得很快。这是五十年代的作家所不能及的。

但是这一集里我最喜欢的两篇是《良娼》和《空坟》。这两篇小说写得很美，是两首抒情诗，读了使人觉得十分温暖（冰天雪地里的温暖）。这是两个多美的女性呀。这是中国的，北国的名姝，是我们这个民族的无价的珠玉。这两个妇女的生活遭遇很不相同，但其心地的光明澄澈则一。

这两篇小说都是散发着浪漫主义的芳香的。关于浪漫主义有一种分切法，叫作积极的浪漫主义和消极的浪漫主义，这种分切法很怪。还有一种说法，叫作"革命的浪漫主义"。那么，是不是还有"不革命的浪漫主义"？"不革命的浪漫主义"是有的。沈从文的《边城》，在有些人看来就是"不革命"的。其实我看浪漫主义只有"为政治的"和"为人的"两种。或者，说谎的浪漫主义和不说谎的浪漫主义。有没有说谎的浪漫主义？我的《羊舍一夕》、《寂寞与温暖》就多多少少说了一点谎。一个人说了谎还是没有说谎，以及为什么要说谎，自己还能不知道么？阿成的小说是有浪漫主义的，因为他对这两个妇女（以及其他一些人物）怀着很深的爱，他看到她们身上全部的诗意，全部的美，但是阿成没有说谎。这些诗意，这些美，是她们本有的，不是阿成外加到她们身上的。这是人物的素质，不是作者的愿望。

一个作家能不能算是一个作家，能不能在作家之林中立足，首先决定于他有没有自己的语言，能不能找到一种只属于他自己，和别人迥不相同的语言。阿成追求自己的语言的意识是十分强烈的。

阿成的句子出奇的短。他是我所见到的中国作家里最爱用短句子的，句子短，影响到分段也比较短。这样，就会形成文体的干净，无拖泥带水之病，且能跳荡活泼，富律动，有生气。

谁都看得出来，阿成的语言杂糅了普通话、哈尔滨方言、古语。他在作品中大量地穿插了旧诗词、古文和民歌。有一个问题我还没有捉摸清楚：阿成写的是东北平原，这里有些人唱的却是西北民歌，晋北的、陕北的。阿成大概很喜欢《走西口》这样的西北民歌，读过很多西北民歌。让西北民歌在东北平原上唱，似乎没有不合适。民歌是地域性很强的，但是又有超地域性。这很值得捉摸。

阿成有点"语不惊人死不休"，他用了一些不常见的奇特的字句。这在年轻人是不可避免的，无可厚非。但有一种意见值得参考。宋人范晞文《对床夜话》云：

> 诗用生字，自是一病。苟欲用之，要使一句之意，尽于此字上见功，方为稳贴。

他举出一些唐人诗句中的用字，说：

> ……皆生字也，自下得不觉。

诗文可用奇字生字，但要使人不觉得这是奇字生字，好像这是常见的熟字一样。

阿成的叙述态度可以说是冷峻。他尽量控制自己的感情，不动声色。但有时会喷发出遏止不住的热情。如：

> 宋孝慈上了船，隔着雨，两人都摆着手。
>
> 母亲想喊：我怀孕了——
>
> 汽笛一鸣，雨也颤，江也颤，泪就下来了。

冷和热错综交替，在阿成的很多小说中都能见到。这使他的小说和一些西方现代作家（如海明威）的彻底冷静有所不同。这形成一种特殊的感人力量。这使他的小说具有北方文学的雄劲之气。我觉得这和阿成的热爱民歌是有关系的。

阿成很有幽默感。

《年关六赋》老三的父亲年轻时曾和一个日本少女相爱。

解放后若干年，这事被红色造反派们知道了。说老三的父亲是民族的败类，是狗操的日本翻译，一定是日本潜伏特务。来调查老三的母亲时，母亲说："怎么，干了日本娘们不行？我看干日本娘们是革命的，大方向是正确的。"

看到这里，没有人不哈哈大笑的。

老三是诗人，爱谈性，以为"无性与中性，阴性与阳性，阳性与阴性，阴阳二者构成宇宙，宇宇宙宙，阴阴阳阳，公公母母，雄雄雌雌，如此而已"。

老三的阴性，在机关工作，是党员，极讨厌老三把业余作家引到家里大谈其性。骂他没出息，不要脸，是流氓教唆犯："准有一天被公安局抓了去，送到玉泉采石场，活活累死你！看你还性不性！操你个妈的！"这句"操你个妈的"实在太绝了！

我最近读了几位青年作家（阿成我估计大概四十上下，也还算青年作家），包括我带的三个鲁迅文学院的研究生的作品。他们的作品的写法有的我是熟悉的，有的比较新，我还不大习惯。这提醒我：我已经老了。我渴望再年轻一次。

有一种说法："十年文学"或"新时期文学"已经结束了，从一九八九年开始了另外一个时期。这个时期好像还没有定名。读了几位青年作家的作品，我觉得"新时期文学"并没有结束。虽然由于大家都知道的原因，文学创作有些沉寂，但是并未中断。我相信文学是要发展的，并且这种发展还是十一届三中全会后的"新时期文学"的延续，不会横插进一个尚未定名的什么时期。

我对青年作家的评价也许常常会溢美。前年我为一个初露头角的青年作家的小说写了一篇读后感，有一位老作家就说："有这么好么？"老了，就是老了。文学的希望难道不在青年作家的身上，倒在六七十岁的老人身上么？"君有奇才我不贫"，老作家对年轻人的态度不止是应该爱护，首先应该是折服。有人不是这样。

在读着阿成和另几位青年作家的作品的过程中，一天清晨，迷迷糊糊地做了一个梦，梦见一头骆驼在吃一大堆玫瑰花。

一个荒唐的梦。

一九九〇年十二月二十四日

《到黑夜我想你没办法》读后

这几篇小说我是在一个讨论会开始的时候抓时间看的。一口气看完了，脱口说："好！"

这是非常真实的生活。这种生活是荒谬的，但又是真实的。曹乃谦说："我写的都是真事儿。"我相信。荒谬得可信。

这是苦寒、封闭、吃莜面的雁北农村的生活。只有这样的地方，才有这样的生活。这样的苦寒，形成人的价值观念，明明白白，毫无遮掩的价值观念。"人家少要一千块，就顶把个女儿白给了咱儿"，黑旦就同意把老婆送到亲家家里"做那个啥"，而且"横竖一年才一个月"，觉得公平合理。温孩在女人身上做那个啥的时候，就说："日你妈你当爷闹你呢，爷是闹爷那两千块钱儿。"温孩女人也认为应该叫他闹。丑哥的情人就要嫁给别人了，她说"丑哥保险可恨我"，丑哥说"不恨"，理由是"窑黑子比我有钱"。由于有这种明明白白的，十分肯定的价值观念，温家窑的人有自己的牢不可破的道德标准。黑旦的女人不想跟亲家去，而且"真的来了"，黑旦说："那能行？中国人说话得算话。"他把女人送走，边走边想，还要重复一遍他的信条："中国人说话得算话。"丑哥的情人提出："要不今儿我就先跟你做那个啥吧"，丑哥不同意，说："这样是不可以的。咱温家窑的姑娘是不可以这样的。"为什么不可以？温家窑的人就这样被自己的观念钉实、封死在这一片苦寒苦寒小小天地里，封了几千年，无法冲破，也不想冲破。

但是温家窑的人终究也还是人。他们不是木石。黑旦送走了女人，忍不住扭头再瞭瞭，瞭见女人那两只萝卜脚吊在驴肚下，一悠一悠地打悠悠，他的心也一悠一悠地打悠悠。《莜麦秸窝里》是一首很美的，极其独特的抒情诗。这种爱情真是特别：

"有钱我也不花，悄悄儿攒上给丑哥娶女人。"

"我不要。"

"我要攒。"

"我不要。"

"你要要。"

这真是金子一样的心。最后他们还是归结到这是命。"她哭了，黑旦听她真的哭了，他也滚下热的泪蛋蛋，'扑腾扑腾'滴在她的脸蛋蛋上。"也许，他们的眼泪能把那些陈年的习俗浇湿了，浇破了，把这片苦寒苦寒的土地浇得温暖一点。

作者的态度是极其冷静的，好像完全无动于衷。当然不是的。曹乃谦在会上问："我写东西常常自己激动得不行，这样好不好？"我说：要激动。但是，想的时候激动，写的时候要很冷静。曹乃谦做到了这一点。他的小说看来不动声色，只是当一些平平常常的事情叙述一回，但是他是经过痛苦的思索的。他的小说贯串了一个痛苦的思想：无可奈何。对这样的生活真是"没办法"。曹乃谦说：问题是他们觉得这样的生活很好。他们不觉得这样的生活是可悲的。然而我们从曹乃谦对这样的荒谬的生活作平平常常的叙述时，听到一声沉闷的喊叫：不行！不能这样生活！作者对这样的生活既未作为奇风异俗来着意渲染，没有作轻浮的调侃，也没有粉饰，只是恰如其分地作如实的叙述，而如实地叙述中抑制着悲痛。这种悲痛来自对这样的生活，这里的人的严重的关切。我想这是这一组作品的深层内涵，也是作品所以动人之处。

小说的形式已经不是一般意义上的朴素，一般意义上的单纯，简直就是简单。像北方过年庙会上卖的泥人一样的简单。形体不成比例，着色不均匀，但在似乎草草率率画出的眉眼间自有一种天真的意趣，比无锡的制作得过于精致的泥人要强，比塑料制成的花仙子更要强得多。我想这不是作者有意追求一种稚拙的美，他只是照生活那样写生活。作品的形式就是生活的形式。天生浑成，并非"返朴"。小说不乏幽默感，比如黑旦陪亲家喝酒时说："下个月你还给送过来，我这儿借不出毛驴。"读到这里，不禁使人失声一笑。但作者丝毫没有逗笑的意思，这对黑旦实在是极其现实的问题。

语言很好。好处在用老百姓的话说老百姓的事。这才是善于学习群众语言。学习群众语言不在吸收一些词汇，首先在学会群众的"叙述方式"。群众的叙述方式是很有意思的，和知识分子绝对不一样。他们的叙述方式本身是精致的，有感情色彩，有幽默感的。赵树理的语言并不过多地用农民字眼，但是他很能掌握农民的叙述方式，所以他的基本上是用普通话的语言中有特殊的韵味。曹乃谦的语言带有莜麦味，因为他用的是雁北人的叙述方式。这种叙述方式是简练的，但是有时运用重复的句子，或近似的句式，这种重复、近似造成一种重叠的音律，增加叙述的力度。比如：

温孩女人不跟好好儿过，把红裤带绾成死疙瘩硬是不给解，还一个劲儿哭，哭了整整一黑夜。

……温孩从地里受回来，她硬是不给做饭，还是一个劲儿哭，哭了整整儿一白天。（《女人》）

比如：

愣二妈跨在锅台边瞪着愣二出神地想。想一会撩起大襟揉揉眼，想一会撩起大襟揉揉眼。

……愣二妈跨在锅台边就看愣二裱炕席就想。想一会儿撩起大襟揉揉眼，想一会儿撩起大襟揉揉眼。

（《愣二疯了》）

对话也写得好。短得不能再短，简单到不能再简单，但是非常有味道：

"丑哥。"

"嗯。"

"这是命。"

"命。"

"咱俩命不好。"

"我不好，你好。"

"不好。"

"好。"

"不好。"

"好。"

"就不好。"

我觉得有些土话最好加点注解。比如"不搛扁她要她挠"，这个"挠"字可能是古汉语的"那"。

曹乃谦说他还有很多这样的题材，他准备写两年。我觉得照这样，最多写两年。一个人不能老是照一种模式写。曹乃谦已经意识到自己的写法，别人又指出了一些，他是很可能重复一种写法的。写两年吧，以后得换换别样的题材，别样的写法。

一九八八年四月廿二日急就

红豆相思

——读陈寅恪《柳如是别传·缘起》

陈寅恪先生学贯中西，才兼文史，是现代的大学问家，何以别出心裁，撰写《柳如是别传》？其缘起乃在常熟白茆港钱氏故园中红豆一粒，则其用意可知矣。

寅恪先生对于钱谦益的态度不苛刻，不是简单的用"汉奸"二字将其骂倒，而是去理解他的以著书修史自解的情事。而对柳如是则推崇有加。先生感赋之诗有句"谁使英雄休入彀"，注云"明南都倾覆，牧斋随例北迁，河东君独留金陵。未几牧斋南归，然则河东君之志可知也。"是以为柳如是的品格在钱谦益之上的，钱谦益身上的污泥，沾不到柳如是的身上。

寅恪先生淹博绝伦，而极谦虚，自谓"匪独牧翁之高文雅什，多不得其解，即河东君之清词丽句，亦有瞠目结舌，不知所云者"。怀笺释钱柳因缘诗之意，后二十年，始克属草。爬梳史实，寻绎诗意，貌其神韵，探得心源，又不知历若干寒暑。寅恪先生之于柳如是，可谓一往情深。《别传》是传记，又是一个长篇的抒情散文，既是真实的，又是诗意的。至于文章的潇洒从容，姿态横生，尤其余事。

一九九三年三月六日

精辟的常谈

——读朱自清《论雅俗共赏》

朱先生这篇文章的好处，一是通，二是常。

朱先生以为"雅俗共赏"这句成语，"从语气看来，似乎雅人多少得理会到甚至迁就着俗人的样子，这大概是在宋朝或者更后罢"。这说出了"雅俗共赏"的实质，抓住了中国文学发展的一个关键。

朱先生首先找出"雅俗共赏"的社会原因，那就是从唐朝安史之乱之后，"门第迅速地垮了台，社会的等级不像先前那样固定了，'士'和'民'这两个等级的分界不像先前的严格和清楚了，彼此的分子在流通着，上下着，而上去的比下来的多"，上来的士人"多少保留着民间的生活方式和生活态度"，他们"要重新估定价值，至少也得调整那旧来的标准与尺度。'雅俗共赏'似乎就是新提出的尺度或标准"。这是非常精辟的，唯物主义的分析。

朱先生提出语录、笔记对"雅俗共赏"所起的作用。

朱先生对文体的由雅入俗作了简明的历史回顾，从韩愈、欧阳修、苏东坡到黄山谷，是一脉相承的。黄山谷提出"以俗为雅"，可以说是纲领性的理论。

从诗到词，从词到曲，到杂剧、诸宫调，到平话、章回小说，到皮黄戏，文学一步比一步更加俗化了。我们还可以举出"打枣竿"、"挂枝儿"之类的俗曲。这是文学发展的必然趋势，任何人也奈何不得。

这样，"有了白话正宗的新文学"就是水到渠成、顺理成章的事。

其后便有"通俗化"和"大众化"。

朱先生把好几百年的纷纭复杂的文学现象绺出了一个头绪，清清楚楚，一目了然。一通百通。朱先生把一部文学史真正读通了。

朱先生写过一本《经典常谈》。"常谈"是"老生常谈"的意思。这是朱先生客气，但也符合实际情况：深入浅出，把很大的问题，很深的道理，用不多的篇幅，浅近的话说出来。"常谈"，谈何容易！朱先生早年写抒情散文，笔致清秀，中年以后写谈人生、谈文学的散文，渐归简淡，朴素无华，显出阅历、学问都已成熟。用口语化的语言写学术文章，并世似无第二人。

　　《论雅俗共赏》是一篇标准的"学者散文"，一篇地地道道的 Essay。

阿索林是古怪的

——读阿索林《塞万提斯的未婚妻》

阿索林是我终生膜拜的作家。

阿索林是古怪的。

《塞万提斯的未婚妻》是一篇古怪的散文，一篇完全不按常规写作的，结构极不匀称的散文。

这是一篇游记么？

就说是吧。

文章分为一、二两截。

一用颇为滑稽的笔调写我——一个肥胖，快乐，做父亲了的小资产阶级的"我"，在乘火车旅行的途中的满足、快活、安逸的心情。这个"我"难道会是阿索林本人？

二写阿索林在古色古香的西班牙——塞万提斯的故乡爱思基维阿斯的见闻。充满了回忆，怀旧，甚至有点感伤的调子。这里到处是塞万提斯痕迹，塞万提斯的气息。塞万提斯每天在他的睡眠中听过的悦耳的钟声。"塞万提斯广场"。一个小小的狭窄的厅，有一条小走廊通到一个铁栏杆，塞万提斯曾经倚在那里眺望那辽阔、孤独、静默、单调、幽暗的田野。最后是塞万提斯的未婚妻。一个俏丽而温文的少女。一只手拿着一盘糕饼，一只手拿着一个小盘子，上面放着一只斟满爱思基维阿斯美酒的杯子，笑容满面，柔目低垂。这个活生生的现实中的少女使阿索林从她的身上看出费尔襄多·沙拉若莱思的女儿，米古爱尔特·塞万提斯的未婚妻本人。夜来临了，阿索林想起了在黄昏时分，在忧郁的平原间，那位讽刺家对他的爱人所说的话——简单的话，平凡的话，比他的书中一切的话更伟大的话。这就是塞万提斯，真正的塞万提斯。

我们见过许多堂·吉诃德的画像，钢笔画、铜版蚀刻、毕加索的墨笔画。这些画惊人地相似。我们把塞万提斯和堂·吉诃德混同起来，以为塞万提斯就是这个样子。可笑的误会。阿索林笔下的塞万提斯才是真正的塞万提斯，一个和他的未婚妻说着简单，平凡，比他的书中一切话更伟大的话的温柔的诗人。

于是我们可以说《塞万提斯的未婚妻》是一篇对塞万提斯的小小的研究。只是阿索林所采取的角度和一般塞万提斯的研究者完全不同。

一九九三年三月七日

要面子

——读威廉·科贝特①《射手》

　　律师威廉·伊文爱打猎，是个神枪手。有一次科贝特和伊文结伴去打鹧鸪。打了一天，到天黑之前伊文打的鹧鸪已经有九十九只，他还要再打第一百只，凑个整数。被惊散的鹧鸪在四周叫唤着，一只鹧鸪从伊文脚下飞起，伊文立即开枪，没有打中。伊文说："好了"，边说边跑，像是要拾起那只鹧鸪。科贝特说："那只鹧鸪不但没有死，还在叫呢，就在树林子里。"伊文一口咬定说是打中了，而且是亲眼看见它落地的。伊文一定要找到这只鹧鸪，难道可以放弃百发百中，名垂不朽的大好机会吗？这可是太严重了。科贝特只好陪他找，在不到二十平米的地方，眼睛看

---

　　①　科贝特（一七六三——一八三五），英国散文作家。

着地，走了许多个来回，寻找他们彼此都心里明白是根本不存在的东西。有一次科贝特走到伊文前面，恰好回头一看，只见伊文伸手从背后的袋里拿出一只鹧鸪，扔在地上。科贝特不愿戳穿他，装做没看见，装做还在到处寻找。果然，伊文回到他刚扔鹧鸪的地方，异常得意的大叫："这儿！这儿！快看！"伊文指着鹧鸪，说："这是我对你的忠告，以后不要太任性！"他们到了一家农舍里，伊文把事情的经过告诉大家，还拿科贝特取笑了半天。

我看过一篇保加利亚的短篇小说《兔子》。三位先生下乡打兔子，一只也没有打着，不免有点沮丧，在一个乡下小酒馆里喝酒解闷。这时候进来另一位先生，手里提着三只兔子，往桌上一掼："拿酒！"那三位先生很羡慕，说："你运气好！"——"'运气'？不，是本事！"于是讲开了猎兔经，正讲得得意洋洋，进来一个农民，提着一只兔子，对这位先生说："先生，您把这只也买去吧，我少算点钱。"

《钓鱼》是高英培常说的相声段子。这是相声里的精品。有一个人见人家钓鱼，瞧着眼馋，他也想钓，——干嘛老拿钱买鱼吃！他跟老婆说："二他妈，给我烙一个糖饼，我钓鱼去。"钓了一天，一条没钓着。第二天还去钓："二他妈，给我烙两个糖饼，我钓鱼去。"还是没钓着。老婆说："没钓着？"——"去晚了，今天这一拨过去了。明

要面子

311

儿还来一拨。——这拨都是咸带鱼。"街坊有个老太太，爱多嘴，说："大哥，人家钓鱼，人家会呀，你啦——"——"大妈，你这是怎么说话？人家会，我不会？明儿我钓几条，你啦瞧瞧！"第三天，"二他妈，给我烙三个糖饼！"——"二他爸，你这鱼没钓着，饭量可见长呀！"第三天，回来了，进门就嚷嚷："二他妈，拿盆！装鱼！"二他妈把盆拿出来，把鱼倒在盆里："啊呀，真不少哇！"街坊老太太又过来了，看看这鱼："大哥呀，人家钓的鱼，大的大，小的小，你啦这鱼怎么都是一般大呀，别是买的吧？"——"这怎么是买的呢？这怎么是买的呢？你啦是怎么说话呢！"他老婆瞧瞧鱼，说："真不老少，横有三斤多！"——"嘛？三斤多，四斤还高高儿的！"

这三个故事很相似。三个人物的共同处是死要面子，输心不输嘴。《射手》写得较为尖锐。《兔子》和《钓鱼》则较温和，有喜剧色彩。科贝特文章的结尾说："我一直不忍心让他知道：我完全明白一个通情达理的高尚的人怎样在可笑的虚荣心的勾引下，干出了骗人的下流事情。"这说得也过于严重，这种小伎俩很难说是"下流"。这种事与人无害，而且这是很多人的共有的弱点，不妨以善意的幽默对待之。

一九九三年四月五日

美在众人反映中

用文字来为人物画像，是吃力不讨好的事情。中外小说里的人物肖像都不精彩。中国通俗演义的"美人赞"都是套话。即《红楼梦》亦不能免。《红楼梦》写凤姐，极生动，但写其出场时之相貌："一双丹凤三角眼，两弯柳叶吊梢眉"，实在不美。一种办法是写其神情意态。《古诗为焦仲卿妻作》具体地写了焦仲卿妻的容貌装饰，给人印象不深，但"珊珊作细步，精妙世无双"却使人不忘。"行到中庭数花朵，蜻蜓飞上玉搔头"，不写容貌如何，而其人之美自见。另一种办法，是不直接写本人，而写别人看到后的反映，使观者产生无边的想象。希腊史诗《伊里亚特》里的海伦王后是一个绝世的美人，她的美貌甚至引起一场战争，但这样的绝色是无法用语言描绘的，荷马在叙述时没有形容她的面貌肢体，只是用相当多的篇幅描述了看到海伦的几位老人的惊愕。用的就是这种办法。汉代乐府《陌上桑》写罗敷之美：

> 行者见罗敷，下担捋髭须。
>
> 少者见罗敷，脱帽著帩头。
>
> 耕者忘其犁，锄者忘其锄。
>
> 来归相怨怒，但坐观罗敷。

用的也是这种办法，虽然这不免有点喜剧化，不那么诚实（《陌上桑》本身是一个喜剧，是娱乐性的唱段）。

释迦牟尼是一个美男子，威仪具足，非常能摄人。诸经都载他具三十二"相"，七十（或八十）"种"好，《释迦谱》对三十二"相"有详细具体的记载，从他的脚后跟一直写到眼睛的颜色。但是只觉其繁琐，不让人产生美感。七十"种"好我还未见到都是什么，如有，只有更加繁琐。《佛本行经·瓶沙王问事品》（朱凉州沙门释宝云译），写释迦牟尼入王舍城，写得很铺张（佛经描叙往往不厌其烦），没有用这种开清单的办法，正是从众人的反映中写出释迦牟尼之美，摘引如下：

> 见太子体相，功德耀巍巍。
>
> 所服寂灭衣，色应清净行。
>
> 人民皆愕然，扰动怀欢喜。
>
> 熟视菩萨行，眼睛如显著。

聚观是菩萨，其心无厌极。

宿界功德备，众相悉具足。

犹如妙芙蓉，杂色千种藕。

众人往自观，如蜂集莲表。

…………

抱上婴孩儿，口皆放母乳。

熟视观菩萨，忘不还求乳。

举城中人民，皆共竟欢喜。

这写得实在很生动。"众人往自观，如蜂集莲表
（花）"，比喻极新鲜。尤其动人的是："抱上婴孩儿，口皆
放母乳。熟视观菩萨，忘不还求乳"，真是亏他想得出！这
不但是美，而且有神秘感。在世界文学中，我还没见到过
写婴孩对于美的感应有如此者！

这种方法至少已有两千年的历史，是一个老方法了。
但是方法无新旧，问题是一要运用得巧妙自然，不落痕迹，
不能让人一眼就看出这是从什么地方学来的；二是方法，要
以生活和想象做基础的。上述婴儿为美所吸引，没有生活
中得来的印象和活泼的想象，是写不出来的。我们在当代
作品中还时常可以看到这种方法的灵活运用，不绝如缕。

一九九一年三月二十六日

觅我游踪五十年

将去云南，临行前的晚上，写了三首旧体诗。怕到了那里，有朋友叫写字，临时想不出合适词句。一九八七年去云南，一路写了不少字，平地抠饼，现想词儿，深以为苦。其中一首是：

　　羁旅天南久未还，

　　故乡无此好湖山。

　　长堤柳色浓如许，

　　觅我游踪五十年。

我在西南联大读书时，曾两度租了房子住在校外。一度在若园巷二号，一度在民强巷五号一位姓王的老先生家的东屋。民强巷五号的大门上刻着一副对联：

　　圣代即今多雨露

故乡无此好湖山

　　我每天进出，都要看到这副对子，印象很深。这副对联是集句。上联我到现在还没有查到出处，意思我也不喜欢。我们在昆明的时候，算什么"圣代"呢！下联是苏东坡的诗。王老先生原籍大概不是昆明，这里只是他的寓庐。他在门上刻了这样的对联，是借前人旧句，抒自己情怀。我在昆明呆了七年。除了高邮、北京，在这里的时间最长，按居留次序说，昆明是我的第二故乡。少年羁旅，想走也走不开，并不真的是留恋湖山，写诗（应是偷诗）时不得不那样说而已。但是，昆明的湖山是很可留恋的。

　　我在民强巷时的生活，真是落拓到了极点。一贫如洗。我们交给房东的房租只是象征性的一点，而且常常拖欠。昆明有些人家也真是怪，愿意把闲房租给穷大学生住，不计较房租。这似乎是出于对知识的怜惜心理。白天，无所事事，看书，或者搬一个小板凳，坐在廊檐下胡思乱想。有时看到庭前寂然的海棠树有一小枝轻轻地弹动，知道是一只小鸟离枝飞去了。或是无目的地到处游逛，联大的学生称这种游逛为 Wandering。晚上，写作，记录一些印象、感觉、思绪，片片段段，近似 A.纪德的《地粮》。毛笔，用晋人小楷，写在自己订成的一个很大的棉纸本子上。这种习作是不准备发表的，也没有地方发表。不停地抽烟，扔得满地都是烟蒂，有时烟抽完了，就在地下找找，拣起较长的烟蒂，点了火再抽两口。睡得很晚。没有床，我就睡在一个高高的条几上，这条几也就是一尺多宽。被窝的里面都已不知去向，只剩下一条棉絮。我无论冬夏，都是拥絮而眠。条几临窗，窗外是隔壁邻居的鸭圈，每天都到这些鸭子呷呷叫起来，天已薄亮时，才睡。有时没钱吃饭，就坚卧不起。同学朱德熙见我到十一点钟还没有露面，——我每天都要到他那里聊一会的，就夹了一本字典来，叫："起来，去吃饭！"把字典卖掉，吃了饭，Wandering，或到"英国花园"（英国领事馆的花园）的草地上躺着，看天上的云，说一些"没有两片树叶长在一个空间"之类的虚无飘渺的胡话。

有一次替一个小报约稿，去看闻一多先生。闻先生看了我的颓废的精神状态，把我痛斥了一顿。我对他的参与政治活动也不以为然，直率地提出了意见。回来后，我给他写了一封短信，说他对我俯冲了一通。闻先生回信说："你也对我高射了一通。今天晚上你不要出去，我来看你。"当天，闻先生来看了我。他那天说了什么，我已经不记得了。看了我，他就去闻家驷先生家了，——闻家驷先生也住在民强巷。闻先生是很喜欢我的。

若园巷二号的房东是一个上了年纪的寡妇，她没有儿女，只和一个又像养女又像使女的女孩子同住楼下的正屋，其余两进房屋都租给联大学生。我和王道乾同住一屋，他当时正在读蓝波的诗，写波特莱尔式的小散文，用粉笔到处画着普希金的侧面头像，把宝珠梨切成小块用线穿成一串喂养果蝇。后来到了法国，在法国入了党，成了专译马克思主义文艺理论的翻译家。他的转折，我一直不了解。若园巷的房客还有何炳棣、吴讷孙，他们现在都在美国，是美籍华人了，一个是历史学家，一个是美学和美术史专家。有一年春节，吴讷孙写了一副春联，贴在大门上：

　　　　人斗南唐金叶子

　　　　街飞北宋闹蛾儿

　　这副对联很有点富贵气，字也写得很好。闹蛾儿自然是没有的，昆明过年也只是放鞭炮。"金叶子"是指扑克牌。联大师生打桥牌成风，这位 Nelson 先生就是一个桥牌迷。吴讷孙写了一本反映联大生活的长篇小说《未央歌》，在台湾多次再版。一九八七年我在美国见到他，他送了我一本。

　　若园巷二号院里有一棵很大的缅桂花（即白兰花）树，枝叶繁茂，坐在屋里，人面一绿。花时，香出巷外。房东老太太隔两三天就搭了短梯，叫那个女孩子爬上去，摘下很多半开的花苞，裹在绿叶里，拿到花市上去卖。她怕我们乱摘她的花，就主动用白瓷盘码了一盘花，洒一点清水，给各屋送去。这些缅桂花，我们大都转送了出去。曾给萧珊、王树藏送了两次。今萧珊、树藏都已去世多年，思之怅怅。

我们这次到昆明，当天就要到玉溪去，哪里也顾不上去看看，只和冯牧陪凌力去找了找逼死坡。路，我还认得，从青莲街上去，拐个弯就是。一九三九年，我到昆明考大学，在青莲街的同济大学附中寄住过。青莲街是一个相当陡的坡，原来铺的是麻石板；急雨时雨水从五华山奔泻而下，经陡坡注入翠湖，水流石上，哗哗作响，很有气势。现在改成了沥青路面。昆明城里再找一条麻石板路，大概没有了。逼死坡还是那样。路边立有一碑："明永历帝殉国处"，我记得以前是没有的，大概是后来立的。凌力将写南明历史，自然要来看看遗迹。我无感触，只想起坡下原来有一家铺子卖核桃糖，装在一个玻璃匣子里，很好吃，也很便宜。

我们一行的目标是滇西，原以为回昆明后可以到处走走，不想到了玉溪第二天就崴了脚，脚上敷了草药，缠了绷带，拄杖跛行了瑞丽、芒市、保山等地，人很累了。脚伤未愈，来访客人又多，懒得行动。翠湖近在咫尺，也没有进去，只在宾馆门前，眺望了几回。

即目可见的风景，一是湖中的多孔石桥，一是近西岸的圆圆的小岛。

这座桥架在纵贯翠湖的通路上，是我们往来市区必经的。我在昆明七年，在这座桥上走过多少次，真是无法计算了。我记得这条道路的两侧原来是有很高大的柳树的。人行路上，柳条拂肩，溶溶柳色，似乎透入体内。我诗中所说"长堤柳色浓如许"，主要即指的是这条通路上的垂柳。柳树是有的，但是似乎矮小，也稀疏，想来是重栽的了。

那座圆形的小岛，实是个半岛，对面是有小径通到陆上的。我曾在一个月夜和两个女同学到岛上去玩。岛上别无景点，平常极少游客，夜间更是阒无一人，十分安静。不料幽赏未已，来了一队警备司令部的巡逻兵，一个班长，把我们骂了一顿："半夜三更，你们到这里来整哪样？你们呐校长，就是这样教育你们呐！"语气非常粗野。这不但是煞风景，而且身为男子，受到这样的侮辱，却还不出一句话来，实在是窝囊。我送她们回南院（女生宿舍），一路沉默。这两个女学生现在大概都已经当了祖母，她们大概已经不记得那晚上的事了。隔岸看小岛，杂树蓊郁，还似当年。

本想陪凌力去看看莲花池，传说这是陈圆圆自沉的地方。凌力要到图书馆去抄资料，听说莲花池已经没有水（一说有水，但很小），我就没有单独去的兴致。

《滇池》编辑部的三位同志来看我，再三问我想到哪里看看，我说脚疼，哪里也不想去。他们最后建议：有一个花鸟市场，不远，乘车去，一会就到，去看看。盛情难却，去了。看了出售的花、鸟、猫、松鼠、小猴子、新旧银器……我问："这条街原来是什么街？"——"甬道街。"甬道街！我太熟了，我告诉他们，这里原来有一家馆子，鸡枞做得很好，昆明人想吃鸡枞，都上这家来。这家饭馆还有个特点，用大锅熬了一锅苦菜汤，苦菜汤是不收钱的，可以用大碗自己去舀。现在已经看不出痕迹了。

甬道街的隔壁，是文明街，过去都叫"文明新街"。一眼就看出来，两边的店铺都是两层楼木结构，楼上临街是栏杆，里面是隔扇。这些房子竟还没有坏！文明新街是卖旧货的地方。街两边都是旧货摊。一到晚上，点了电石灯，满街都是电石臭气。什么旧货都有，玛瑙翡翠、铜佛瓷瓶、破铜烂铁。沿街浏览，蹲下来挑选问价，也是个乐趣。我们有个同班的四川同学，姓李，家里寄来一件棉袍，他从邮局取出来，拆开包裹线，到了文明街，把棉袍搭在胳膊上："哪个要这件棉袍！"当时就卖掉了，伙同几个同学，吃喝了一顿。街右有几家旧书店，收集中外古今旧书。联大学生常来光顾，买书，也卖书。最吃香的是工具书。有一个同学，发现一家旧书店收购《辞源》的收价，比定价要高不少。出街口往西不远，就是商务印书馆。这位老兄于是到商务印书馆以原价买出一套崭新的《辞源》，拿到旧书店卖掉。文明街有三家瓷器店，都是桐城人开的。昆明的操瓷器业者多为桐城帮。朱德熙的丈人家所开的瓷器店即在街的南头。德熙婚后，我常随他到他丈人家去玩，和孔敬（德熙的夫人）到后面仓库里去挑好玩的小酒壶、小花瓶。桐城人请客，每个菜都带汤，谓之"水碗"，桐城人说："我们吃菜，就是这样汤汤水水的。"美国在广岛扔了原子弹后，一天，有两个美国兵来买瓷器，德熙伏在柜台上和他们谈了一会。这两个美国兵一定很奇怪：瓷器店里怎么会有一个能说英语的伙计，而且还懂原子物理！

这文明街为文庙西街，再西，即为正义路。这条路我走过多次，现在也还认得出来。

我十九岁到昆明，今年七十一岁，说游踪五十年，是不错的。但我这次并没有去寻觅。朋友建议我到民强巷和若园巷看看，已经到了跟前，不知道为什么，我不怎么想去。

昆明我还是要来的！昆明是可依恋的。当然，可依恋的不止是五十年前的旧迹。

记住：下次再到云南，不要崴脚！

一九九一年五月十一日，北京

沽源

    沙岭子农业科学研究所派我到沽源的马铃薯研究站去画马铃薯图谱。我从张家口一清早坐上长途汽车，近晌午时到沽源县城。

    沽源原是一个军台。军台是清代在新疆和蒙古西北两路专为传递军报和文书而设置的邮驿。官员犯了罪，就会被皇上命令"发往军台效力"。我对清代官制不熟悉，不知道什么品级的官员，犯了什么样的罪名，就会受到这种处分，但总是很严厉的处分，和一般的贬谪不同。然而据龚定庵说，发往军台效力的官员并不到任，只是住在张家口，花钱雇人去代为效力。我这回来，是来画画的，不是来看驿站送情报的，但也可以说是"效力"来了，我后来在带来的一本《梦溪笔谈》的扉页上画了一方图章："效力军台"，这只是跟自己开开玩笑而已，并无很深的感触。我戴了右派分子的帽子，只身到塞外——这地方在外长城北侧，可真正是"塞外"了——来画山药（这一带人都把马铃薯叫作"山药"），想想也怪有意思。

沽源在清代一度曾叫"独石口厅"。龚定庵说他"北行不过独石口"，在他看来，这是很北的地方了。这地方冬天很冷。经常到口外揽工的人说："冷不过独石口。"据说去年下了一场大雪，西门外的积雪和城墙一般高。我看了看城墙，这城墙也实在太矮了点，像我这样的个子，一伸手就能摸到城墙顶了。不过话说回来，一人多高的雪，真够大的。

这城真够小的。城里只有一条大街。从南门慢慢地溜达着，不到十分钟就出北门了。北门外一边是一片草地，有人在套马；一边是一个水塘，有一群野鸭子自自在在地浮游。城门口游着野鸭子，城中安静可知。城里大街两侧隔不远种一棵树——杨树，都用土墼围了高高的一圈，为的是怕牛羊啃吃，也为了遮风，但都极瘦弱，不一定能活。在一处墙角竟发现了几丛波斯菊，这使我大为惊异了。波斯菊昆明是很常见的。每到夏秋之际，总是开出很多浅紫色的花。波斯菊花瓣单薄，叶细碎如小茴香，茎细长，微风吹拂，姗姗可爱。我原以为这种花只宜在土肥雨足的昆明生长，没想到它在这少雨多风的绝塞孤城也活下来了。当然，花小了，更单薄了，叶子稀疏了，它，伶仃萧瑟了。虽则是伶仃萧瑟，它还是竭力地放出浅紫浅紫的花来，为这座绝塞孤城增加了一分颜色，一点生气。谢谢你，波斯菊！

我坐了牛车到研究站去。人说世间"三大慢"：等人、钓鱼、坐牛车。这种车实在太原始了，车轱辘是两个木头饼子，本地人就叫它"二饼子车"。真叫一个慢。好在我没有什么急事，就躺着看看蓝天；看看平如案板一样的大地——这真是"大地"，大得无边无沿。

我在这里的日子真是逍遥自在之极。既不开会，也不学习，也没人领导我。就我自己，每天一早蹚着露水，掐两丛马铃薯的花，两把叶子，插在玻璃杯里，对着它一笔一笔地画。上午画花，下午画叶子——花到下午就蔫了。到马铃薯陆续成熟时，就画薯块，画完了，就把薯块放到牛粪火里烤熟了，吃掉。我大概吃过几十种不同样的马铃薯。据我的品评，以"男爵"为最大，大的一个可达两斤；以"紫土豆"味道最佳，皮色深紫，薯肉黄如蒸栗，味道也似蒸栗；有一种马铃薯可当水果生吃，很甜，只是太小，比一个鸡蛋大不了多少。

沽源盛产莜麦。那一年在这里开全国性的马铃薯学术讨论会，与会专家提出吃一次莜面。研究站从一个叫"四家子"的地方买来坝上最好的莜面，比白面还细，还白；请来几位出名的做莜面的媳妇来做。做出了十几种花样，除了"搓窝窝"，"搓鱼鱼"，"猫耳朵"，还有最常见的"压饸饹"，其余的我都叫不出名堂。蘸莜面的汤汁也极精彩，羊肉口蘑潲（这个字我始终不知道怎么写）子。这一顿莜面吃得我终生难忘。

夜雨初晴，草原发亮，空气闷闷的，这是出蘑菇的时候。我们去采蘑菇。一两个小时，可以采一网兜。回来，用线穿好，晾在房檐下。蘑菇采得，马上就得晾，否则极易生蛆。口蘑干了才有香味，鲜口蘑并不好吃，不知是什么道理。我曾经采到一个白蘑。一般蘑菇都是"黑片蘑"，菌盖是白的，菌褶是紫黑色的。白蘑则菌盖菌褶都是雪白的，是很珍贵的，不易遇到。年底探亲，我把这只亲手采的白蘑带到北京，一个白蘑做了一碗汤，孩子们喝了，都说比鸡汤还鲜。

一天，一个干部骑马来办事，他把马拴在办公室前的柱子上。我走过去看看这匹马，是一匹枣红马，膘头很好，鞍鞴很整齐。我忽然意动，把马解下来，跨了上去。本想走一小圈就下来，没想到这平平的细沙地上骑马是那样舒服。于是一抖缰绳，让马快跑起来。这马很稳，我原来难免的一点畏怯消失了，只觉得非常痛快。我十几岁时在昆明骑过马，不想人到中年，忽然作此豪举，是可一记。这以后，我再也没有骑过马。

有一次，我一个人走出去，走得很远，忽然变天了，天一下子黑了下来，云头在天上翻滚，堆着，挤着，绞着，拧着。闪电熠熠，不时把云层照透。雷声訇訇，接连不断，声音不大，不是劈雷，但是浑厚沉雄，威力无边。我仰天看看凶恶奇怪的云头，觉得这真是天神发怒了。我感觉到一种从未体验过的恐惧。我一个人站在广漠无垠的大草原上，觉得自己非常的小，小得只有一点。

我快步往回走。刚到研究站，大雨下来了，还夹有雹子。雨住了，却又是一个很蓝很蓝的天，阳光灿烂。草原的天气，真是变化莫测。

天凉了，我没有带换季的衣裳，就离开了沽源。剩下一些没有来得及画的薯块，是带回沙岭子完成的。

我这辈子大概不会再有机会到沽源去了。

初访福建

漳州

　　漳州多三角梅。我们所住的漳州宾馆内到处都是。栽在路边大石盆里，种在花圃里。三角梅别处也有。云南谓之叶子花，因为花与叶形状无殊，只是颜色不同。昆明全种之墙头。楚雄叶子花有一层楼那样高，鲜丽夺目，但只有紫色的一种。漳州三角梅则有很多种颜色，除了紫的，有大红的、桃红的、浅红的，还有紫铜色的。紫铜色的花我还没有见过。有白色的，微带浅绿。三角梅花形不大好看，但是蓬勃旺盛，热热闹闹。这种花好像是不凋谢的。

我没有看到枝头有枯败的花，地下也没有落瓣。

到处都是卖水仙花的。店铺中装在纸箱里成箱出售，标明二十粒、三十粒，谓一箱装二十头、三十头也。二十粒者是上品。胜利路、延安北路人行道上摆了一溜水仙花头，装在花篮状的竹篓里。卖水仙的多是小姑娘。天很晚了，她们提着空篓，有的篓里还有几个没有卖掉的花头，结伴归去。她们一天能卖多少钱？

一个修钟表的小店当门的桌边放了两小盆水仙。修表的是一个年轻人。两盆水仙开得很好，已经冒出好几个花骨朵。修表的桌边放两盆水仙，很合适。

参观漳州八宝印泥厂。印泥是朱砂和蓖麻油调制的（加了少量金箔、珠粉、冰片），而其底料则为艾绒。漳州出艾绒。浙江、上海等地的印泥厂每年都要到漳州采买艾绒。漳州出印泥，跟出艾绒有关。印泥厂备好纸墨，请写字留念。纸很好，六尺夹宣。写了几句顺口溜："天外霞，石榴花，古艳流千载，清芬入万家。"漳州八宝印泥颜色很正，很像石榴花。

凡到漳州者总要去看看百花村，因为很近便。百花村所培植的主要是榕树盆景。榕树是不材之材，不能做梁柱、打家具，烧火也不燃，却是制作盆景的极好材料。榕树盆景较大，不能置之客厅书室，但是公园、宾馆、大会

330

堂、大餐厅，则只有这样大的盆景才相称，因此行销各地，"创汇"颇多。榕树盆景并不是栽到盆子里就算完事，须经相材、取势、锯截、修整，方能欹侧横斜，偃仰矫矢，这也是一门学问。百花村有一个兰圃，种建兰甚多，可惜我们去时管理员不在，门锁着，未能参观。

木棉庵在漳州市外。这个地方的出名，是因为贾似道是在这里被杀的。贾似道是历史上少见的专权误国、荒唐透顶的奸相。元军沿江南下，他被迫出兵，在鲁港大败，不久被革职放逐，至漳州木棉庵为押送人郑虎臣所杀。今木棉庵外土坡上立有石碑两通，大字深刻"郑虎臣诛贾似道于此"，两碑文字一样。贾似道被放逐，是从什么地方起解的呢？为什么走了这条路线？原本是要把他押到什么地方去的呢？郑虎臣为什么选了这么个地方诛了贾似道？郑虎臣的下落如何？他事后向上边复命了没有？按说一个押送人是没有权力把一个犯罪的大臣私自杀了的，尽管郑虎臣说他是"为天下诛贾似道"。想来南宋末年乱得一塌胡涂，没有人追究这件事，也就不了了之了。贾似道下场如此，在"太师"级的大员里是少见的。土坡后有一小庵，当是后建的，但还叫做木棉庵。庵中香火冷落，壁上有当代人题歪诗一首。

云霄

云霄是果乡。到下畈山上看了看，遍山是果树：芦柑、荔枝、枇杷。枇杷树很大，树冠开张如伞盖，著花极繁。我没有见过枇杷树开这样多的花。明年结果，会是怎样一个奇观？一个承包山头的果农新摘了一篮芦柑，看见县委书记，交谈了几句，把一篮芦柑全倒在我们的汽车里了。在车上剥开新摘芦柑，吃了一路。芦柑瓣大，味甜，无渣。

云霄出蜜柚，因为产量少，不外销，外地人知道的不多。蜜柚甜而多汁，如其名。

在云霄吃海鲜，难忘。除了闽南到处都有的"蚝煎"——海蛎子裹鸡蛋油煎之外，有西施舌、泥蚶。西施舌细嫩无比。我吃海鲜，总觉得味道过于浓重，西施舌则味极鲜而汤极清，极爽口。泥蚶亦名血蚶，肉玉红色，极嫩。张岱谓不施油盐而五味俱足者唯蟹与蚶，他所吃的不知是不是泥蚶。我吃泥蚶，正是不加任何作料，剥开壳就进嘴的。我吃菜不多，每样只是夹几块尝尝味道，吃泥蚶则胃口大开，一大盘泥蚶叫我一个人吃了一小半，面前蚶壳堆成一座小丘,意犹未尽。吃泥蚶,饮热黄酒,人生难得。举杯敬谢主人,曰:"这才叫海味!"

云霄出矿泉水。矿泉水,深井水耳。有一位南京大学的水文专家,看了看将军山的地形,说:"这样的地形,下面肯定有矿泉水。"凿井深至一千四百米,水出。矿泉水是高级饮料,现已在中国流行,时髦青年皆以饮矿泉水为"有分"。

东山

听说东山的海滩是全国最大的海滩。果然很大。砂是硅砂,晶莹洁白。冬天,海滩上没有人。接待游客的旅馆、卖旅游纪念品的铺子、冷饮小店、更衣的棚屋,都锁着门。冬天的海滩显得很荒凉。问我有什么印象,只能说:我到过全国最大的海滩了。我对海没有记忆,因此也不易有感情。

东山城上有风动石。一块很大的浑圆的石头,上负一块很大的石头蛋。有大风,上面的石头能动。有个小伙子奔上去,仰卧,双脚蹬石头蛋,果然能动。这两块石头摞在一起,不知有多少年了。这是大自然的游戏。

厦门

庙总要有些古。南普陀几乎是一座全新的庙。到处都是金碧辉煌。屋檐石柱、彩画油漆、香炉烛台、幡幢供果，都像是新的。佛像大概是新装了金，锃亮锃亮。

大雄宝殿里，百余僧众在做功课。他们的黄色袈裟也都很新，折线分明。一个年轻的和尚敲木鱼以齐节奏。木鱼槌颇大。他敲得很有技巧，利用木鱼槌反弹的力量连续地敲着。这样连续地敲很久，腕臂得有点功夫。节奏是快板——有板无眼：卜、卜、卜、卜……这个年轻和尚相貌清秀，样子极聪明。我觉得他会升成和尚里的干部的。

到后山逛了一圈，回到大殿外面，诵佛的节奏变成了原板——一板一眼：卜——卜——卜……

往鼓浪屿访舒婷。舒婷家在一山坡上，是一座石筑的楼房。看起来很舒服，但并不宽敞。她上有公婆，下有幼子，她需要料理家务，有客人来，还要下厨做饭。她住的地方，鼓浪屿，名声在外，一定时常有些省内外作家，不速而来，像我们几个，来吃她一顿菜包春卷。她的书房不大，满壁图书，她和爱人写字的桌子却只是两张并排放着的小三屉桌，于是经常发生彼此的稿纸越界的纠纷。我看这两张小三屉桌，不禁想起弗金尼·沃尔芙的《一间自己的屋子》。舒婷在这样的条件下还能写得出朦胧诗么？听说她的诗要变，会变成什么样子？

有人为铁凝、王安忆失去早期作品的优美而惋惜。无可奈何花落去，谁也没有办法。

福州

鼓山顶有大石如鼓，故名。或云有大风雨则发出鼓声，恐是附会。山在福州市东，汽车可以一直开到涌泉寺山门，往返甚便，故游人多。福州附近山都不大，鼓山算是大山了。山不雄而甚秀，树虽古而仍荣，滋滋润润，郁郁葱葱。福州之山，与他处不同。

涌泉寺始建于唐代，是座古刹了，但现在殿宇精整，想是经过几次重建了。涌泉寺不像南普陀那样华丽，但是规模很大，有气派。大殿很高，只供三世佛。十八罗汉则分坐在殿外两边的廊子上，一边九位。这种布局我在别处庙里还没有见过。

寺里和尚很多，大都很年轻，十八九岁。这里的和尚穿了一种特别的僧鞋，黑灯芯绒鞋面，有鼻，厚胶皮底，看来很结实，也很舒服。一个小和尚发现我在看他的鞋，说："这种鞋很贵，比社会上的鞋要贵得多。"他用的这个词很有意思："社会上的"。这大概是寺庙中特有的用词。这个小和尚会说普通话。

涌泉寺有几口大锅，据说能供一千人吃饭，凡到寺的香客游人都要去看一看。锅大而深，为铜铁合铸，表面漆黑光滑，如涂了油。这样大的锅如何能把饭煮熟？

寺东山上多摩崖石刻。有蔡襄大字题名两处。一处题蔡襄；一处与苏才翁辈同来，则书"蔡君谟"。题名称字，或是一时风气。蔡襄登鼓山，大概有两次，一次与苏才翁等同来，一次是自来。蔡襄至和三年以枢密直学士知福州，登鼓山或当在此时。然襄是仙游人，到福州甚近便，是否至和间登鼓山，也不能肯定。我很喜欢蔡襄的字。有人以为"宋四家"（苏黄米蔡），实应以蔡为首。这两处题名，字大如斗，端重沉着，与三希堂所刻诸帖的行书不相似。盖摩崖题名别是一体。

西禅寺是新盖的，还没有最后完工，正在进行扫尾工程，石匠在敲錾石板石柱，但已经提前使用，和尚开始工作了。一家在追荐亡灵。八个和尚敲着木鱼铙钹，念着经，走着，走得很快。到一个偏殿里，分两边站下，继续敲打唱念，节奏仍然很快，好像要草草了事的样子。两个妇女在殿外，从一个相框里取出一张八寸放大照片，照片上是个中年男人，放进铁炉的火里焚化了。这两个妇女当然是死者的亲属，但看不出是什么关系。她们既没有跪拜，也没有悲泣，脸上是严肃的，但也有些平淡。焚化照片，祈求亡灵升天，此风为别处所未见，大概是华侨兴出来的。但兴起得不会太早，总在有了照相术以后。

后殿有一家在还愿。当初许的愿我也没听说过：三天三夜香烛不断。一个大红的绸制横标上缀着这样的金字。也没有人念经，只是香烟袅绕，烛光烨烨。

寺北正在建造一座宝塔，十三层，快要完工了，已经在封顶。这是座钢筋水泥结构的塔。看看这座用现代材料建成的灰白色的塔（塔尚未装饰，装饰后会是彩色的），不知人间何世。

寺、塔，都是华侨捐资所建。

福建人食不厌精，福州尤甚。鱼丸、肉丸、牛肉丸皆如小桂圆大，不是用刀斩剁，而是用棒捶之如泥制成的。入口不觉有纤维，极细，而有弹性。鱼饺的皮是用鱼肉捶成的。用纯精瘦肉加茹粉以木槌捶至如纸薄，以包馄饨（福州叫做"扁肉"），谓之燕皮。街巷的小铺小摊卖各种小吃。我们去一家吃了一"套"风味小吃，十道，每道一小碗带汤的，一小碟各样蒸的炸的点心，计二十样矣。吃了一个荸荠大的小包子，我忽然想起东北人。应该请东北人吃一顿这样的小吃。东北人太应该了解一下这种难以想象的饮食文化了。当然，我也建议福州人去吃吃李连贵大饼。

武夷山

武夷山的好处是景点集中。范围不算大，处处有景，在任何地方，从任何角度，都有可看的，不似有些风景区，走半天，才有一处可看，其余各处皆平平。山水对人都很亲切，很和善，迎面走来，似欲与人相就，欲把臂，欲款语，不高傲，不冷漠，不严峻。武夷属低山，游程"有惊无险"。自山麓至天游峰皆石级，走起来不累。我已经近七十，上天游峰不感到心脏有负担。

玉女峰亭亭而立，大王峰虎虎而蹲。晒布岩直挂而下，石色微红，寸草不生，壮观而耐看。天游是绝顶，一览众山，使人有出尘之想。

武夷的好处是有山有水。九曲溪是天造奇境。溪随山宛曲，水极清，溪底皆黑色大卵石。现在是枯水期，水浅，竹筏与卵石相摩，格格有声。坐在筏上，左顾右盼，应接不暇。

船棺不知是何代物。那时候的人是用什么办法把棺材弄到这样无路可通的悬崖绝壁的山洞里的？为什么要把死人葬在这样高的地方？这是无法解释的谜。

水帘洞不是像《西游记》所写的那样洞口有瀑布悬挂如帘，而是从峭壁上挂下一条很长的草绳，山上水沿草绳流注，被风吹散，如烟如雾，飘飘忽忽，如一片透明的薄帘。水帘洞下有田地人家，种植炊煮，皆赖山水。泉下有茶馆，有人在饮茶。

天车是一列巨大的木制绞车，因为嵌置在峭壁极高处的山缝间，如在天上，当地人谓之"天车"。据传，太平天国时有财主数姓，避乱入岩洞中，设此天车，把财物和食物绞上去，在洞中藏匿甚久，太平天国军仰攻之，竟不得上。峭壁有碑记其事。这块碑的措词很尴尬，当然要说太平天国是革命的，地主是反动的，但是游人仰看天车，则只有为天车感到惊奇，碑文想发一点感慨，可不知说什么好。

武夷山是道教山，入山处原有武夷宫，已毁，现在正在重建，结构存其旧制，而规模较小。看了檐口的大斗拱，知道这是宋式建筑。宫前有两棵桂花树，云是当年所植，数百年物也。宫外有荣观，亦宋式。

我们所住的银河饭店门前是崇安溪；屋后亦有小溪，溪水小有落差，入夜水声淙淙不绝。现在是旅游淡季，整个旅馆只住了我们五个人。经理为我们的饭菜颇费张罗，有炒新鲜冬笋，有武夷山的山珍石鳞，即石鸡，山间所产的大蛙也，有狗肉，有蛇汤。

临行，经理嘱写字留念，写了一副对联：

四周山色临窗秀，一夜溪声入梦清。

庚午年正月初四

初识楠溪江

　　楠溪江在浙江温州永嘉县。永嘉的出名是因为谢灵运。谢灵运曾为永嘉太守，于永嘉山水，游历殆遍。谢灵运是中国山水诗的鼻祖，那么永嘉可以说是山水诗的摇篮，永嘉山水之美可以想见。永嘉山水之美在楠溪江。然而世人知永嘉，知楠溪江者甚少。楠溪江一九八八年经国务院批准为国家级风景名胜区。此次列入国家级风景区者共四十二处①，楠溪江是其中之一。然而楠溪江之名犹不彰，养在深闺人未识。

　　我们应温州市、永嘉县之邀，到永嘉去了一趟。游楠溪江，实只三天。匆匆半面，很难得其仿佛。但是我可以

――――――――

　　①　实为四十处。――编者注

负责地向全世界宣告：楠溪江是很美的。

九级瀑

　　九级瀑在大若岩景区。大若岩旧写作大箬岩，"箬"不知道什么时候省写成"若"，我觉得还是恢复原字为好，何必省去不多的笔画呢。箬是矮棵的竹子，叶片甚大，可以包粽子，衬斗笠。我在井冈山看到过这种箬竹，很好看的。既名为大箬岩，可以有意识地多种一点这种竹子。

　　九级瀑不像黄果树和镜泊湖瀑布，以其雄壮宏伟慑人心魄；不像大龙湫一样因为飞流直下三千尺而使人目眩。九级瀑之奇在瀑有九级。我在云南腾冲看过"三跌水"，瀑水三叠，已经叹为观止。像这样九级瀑布，实为平生所未见。九级瀑不是一瀑九级，是九条瀑布。九瀑源流，当是一脉，但是一瀑一形，一瀑一景，段落分明，自成首尾。在二三公里、一二小时的游程中，能连续看到九瀑，全世界大概再也找不出来。

　　九级瀑景点还没有定名。导游的同志希望作家起个名字，永嘉籍作家陈惠方征求我的意见，我想了想，说："就叫'九叠飞㵄'吧。"本地人把瀑布叫做"㵄"。"㵄"字一般字典上没有，但是朱自清先生的《白水漈》一文中已经用过这个字。用"漈"，有点地方特点。温州籍作家林斤澜稍一沉吟，说："挺好。"有人提出为每个漈取个名字。我和斤澜商量了一下，觉得以漈形取名，把游客的想象框死了，不如就照本地习惯，叫做"一漈"、"二漈"、"三漈"……斤澜深以为然。下山吃饭的时候，旁边的桌上已经摆好了笔墨，叫把这四个字写下来。横竖各写了一条。

作九漈歌：

　　　漈水来天上，

　　　依山为九叠。

　　　源流一脉通，

　　　风景各异域。

　　　或如匹练垂，

　　　万古流日夕。

　　　或分如燕尾，

　　　左右各一撇。

　　　或轻如雾縠，

　　　随风自摇曳。

　　　或泻入深潭，

　　　潭水湛然碧。

　　　或落石坝上，

飣然喷玉屑。

　　或藏岩隙中，

　　窅如云中月。

　　信哉永嘉美，

　　九漈皆奇绝。

　　出九级瀑，右折，为陶公洞，传是陶弘景隐居著书处。

　　陶弘景是中国道教史上的一个重要人物。他的思想很复杂，其源出于老庄，又受葛洪的神仙道教影响。他本是读书人，是儒家，做过官，仕齐拜左卫殿中将军，入梁，隐居不仕。他又吸取了佛教的某些观点。从他身上可以看出儒、释、道思想的互相渗透。他是药物学家，所著《本草经集注》收药物七百三十种。他是书法家，擅长草隶行书。他还是个诗人。他的《诏问山中何所有》是中国诗歌史上杰出的名篇：

　　山中何所有？

　　岭上多白云。

　　只可自怡悦，

　　不堪持赠君。

　　这四句诗毫无齐梁诗的绮靡习气，实开初唐五言绝句的先河。一个人一生留下这样四句诗，也就可以不朽了。

　　陶公洞是个可以引人低徊向往的地方。陶弘景是值得纪念的人物，陶公洞内部应该收拾得更像样一些。现在洞里的情形实在不大好，有点乌烟瘴气。

永恒的船桅

石桅岩在鹤盛乡下岙村北。

下汽车，沿卵石路往下，上船。水不深，很平静，很清，而颜色绿如碧玉。夹岸皆削壁，回环曲折。群峰倒影映入水中，毫发不爽。船行影上，倒影稍稍晃动。船过后，即又平静无痕。是为"小三峡"。有人以为"小三峡"这个名字不好，叫做"小三峡"的地方太多了，而且也不像三峡。提出改一个名字。中国的"小三峡"确实不少，都不怎么像。"小三峡"嘛，哪能跟三峡一样呢，有那么一点三峡的意思就行了。一定要改一个名字，可以叫做"三峡小样"。但我看可以不必费那个事。"小三峡"，挺好，大家已经叫惯了。

小三峡两边山上树木葱茏，无隙处。偶见红树，鲜红鲜红，不是枫树，也不是乌桕，问问本地人，说这是野漆树。

我们坐的船，轻轻巧巧，一头尖翘。问林斤澜："这也是舴艋舟么？"斤澜说："也算。"幼年读李清照词："闻说双溪春尚好，也拟泛轻舟。只恐双溪舴艋舟，载不动许多愁"，以为"舴艋"只是个比喻。斤澜小说中也提到舴艋舟，我以为是承袭了李清照的词句。没想到这是一个实体，永嘉把这种船就叫做舴艋舟。一般的舴艋舟比我们所坐的要小得多，只能容三四人（我们的船能坐二十人），样子很像蚱蜢。永嘉人所说的蚱蜢是尖头，绿色鞘翅，鞘翅下有桃红色膜翅的那一种，北京人把这种蚱蜢叫做"挂大扁儿"。我以为可以选一处舴艋舟较多的水边立一块不很大的石碑，把李清照的这首《武陵春》刻在上面（李清照曾流寓温州，可能到过永嘉）。字最好请一个女书法家来写，能填词的更好。

出小三峡，走一段卵石纵横的路（实是在卵石滩上踏出一条似有若无的路），又遇一片水，渡水至岸，有钢梯，蹑梯而上，至水仙洞。稍憩，出洞沿石级至峰顶。峰顶有野树一株，向内欹偃，极似盆景。树干不粗，而甚遒劲，树根深深扎进岩石中，真可谓"咬定青山"。迈过这棵大盆景，抚树一望，对面诸峰，争先恐后，奔奔沓沓，皆来相就。

首当其冲的山峰，状如巨兽，曰"麒麟送子"。或以为"麒麟送子"，名不雅驯，拟改之为"驼峰"，以其形状更像一头奔跑而来的骆驼，我觉得也不必。天下山峰似骆驼而名为驼峰者多矣。山名与其求其形似，不如求其神似。"麒麟送子"好处在一"送"字。

沿石级而下，复至水仙洞略坐。洞不很大，可容二三十人。洞之末端渐狭小，有一个歪歪斜斜的铁烛架，算是敬奉水仙之处了。

据传，水仙是一少女，生前为人施药治病，后仙去，乡人为纪念她，名此洞曰水仙洞。水仙洞不在水边，却在山顶。既在山顶，仍叫水仙，这是很有意思的。

我建议把水仙洞稍稍整治一下，在洞之末端凿出一个拱顶的小龛，内供水仙像。水仙像可向福建德化订制，白瓷，如"滴水观音"瓷像那样，形貌亦可略似观音，亦可持瓶滴水，但宜风鬟雾鬓，萧萧飒飒，不似观音那样庄肃。像不必大，二三尺即可。

作水仙洞歌：

往寻水仙洞，

却在山之巅。

想是仙人慕虚静，

幽居不欲近人寰。

朝出白云漫浩浩，

暮归星月已皎然。

不识仙人真面目，

只闻轻唱秋水篇。

在水仙洞口待渡（船工回家吃饭去了），至对岸，稍左，即石桅岩。"石"与"桅"本不相干，但据说多年来就是这样叫的，是老百姓起的名字。起名字的百姓，有点禅机。听说从某一角度看，是像船桅的，但从我们立足处，看不出，只觉得一尊巨岩，拔地而起。岩是火成花岗岩，岩面浅红色，正似中国山水画里的"浅绛"。岩净高三百零六米，巍然独立。四面诸峰不敢与之比高（诸峰皆只二百米左右），只能退避，但于远处遥望，尽其仰慕惶恐之忱。石桅岩通体皆石，岩顶石隙，亦生草木，远视之，但如毛发瘊痣而已。曾经有小伙子攀到山顶，伐倒几棵大树，没法运下岩，就心生一计，把树解为几段，用力推下。下岩一看，都已摔成碎片。

石桅岩之南，有一片很大的草坪，地极平，草很干净。在高岩乱石之间有这么一片天然草坪，也很奇怪。我们几个上了岁数的，在草坪上野餐了一次（年轻人都爬过后山到农民家去吃饭了）。煮芋头，炖番薯，炒米粉，红烧山鸡（山里养的鸡），饮农家自制的老酒，陶然醉饱。

作石桅铭：

石桅停泊，

历千万载。

阅几沧桑，

青颜不改。

传家耕读古村庄

参观苍坡村。楠溪多古村，苍坡是其一。这是一个"宋村"，原名苍墩，绍熙间为避光宗赵惇之讳而改。现在的木结构的寨门建于建炎二年，有志可查。国师李时日题寨门的对联"四壁青山藏虎豹，双池碧水贮蛟龙"至今犹在。苍坡建村，是有一个总体设计的，其构思是：文房四宝。村中有长方形的水池，是砚。池边有长石条，是墨（石条想是为了便于村民憩歇）。石条外有一条横贯全村的笔直的砖街，是笔，——一个村里有这样一条笔直笔直的街，我还从未见过。可以说，这是我所见过的最直的街。整个村子是方的，是为纸。这样的设计，关涉到"风水"，无非是希望村里多出达官文人。红卫兵小将如果知道，一定会大骂一声："封建！"但是整个村却因此而变得整齐爽朗，使人眼目明快。这个村没有遭到红卫兵的破坏，也许就因为风水好。

我见过一些古村民居，比如皖南的黟县。这里的民居设计和黟县大不相同。黟县古民居多是连院、高墙、小天井、小房间、小窗。窗楣雕刻精细，涂朱漆，勾金边，但采光很不好，卧房里黑洞洞的。所有建筑显得很拘谨，很局促。苍坡村的民居多木石结构，木构暴露，多为本色，薄墙充填，屋顶出檐大，显得很自由，很开阔，很豁达。这反映出两种不同的文化心理。黟县民居反映了商业社会文化。我在黟县一家的堂屋里看到一副木制朱地金字对联，上联是"为官好做商好能守业便好"（下联已忘），黟县民居格局，正与此种守成思想一致。苍坡民居则表现出一种耕读社会的文化。楠溪江畔一些村落宗谱族规都有类似词句："读可荣身，耕可致富。勿游手好闲，自弃取辱。少壮荡废，老悔莫及。"永嘉文风极盛，志称"王右军导以文教，谢康乐继之，乃知向方"。因为长时期的熏陶，永嘉人的文化素质是比较高的。"人生其地者皆慧中而秀外，温文而尔雅"。这种秀外慧中，温文尔雅的风度，到今天，我们还能在楠溪江人身上感受得到。想要了解中国耕读社会文化形态，楠溪江古村，是仍然具有生命力的标本。

楠溪江村外多有路亭。路亭是村民歇脚、纳凉、闲谈、听剧曲道情的地方，形制各异，而皆幽雅舒畅。路亭是楠溪江沿岸风光的很有特点的点缀。

楠溪江村头常有一两棵木芙蓉。永嘉土壤气候于木芙蓉也许特别适宜。我在上塘街边看到一棵芙蓉，主干有大碗口粗，有二屋楼高，满树繁花，浅白殷红，衬着巴掌大的绿叶，十分热闹。芙蓉是灌木，永嘉的芙蓉却长成了大树，真是岂有此理！听永嘉人说，永嘉过去种芙蓉，是为了取其树皮打草鞋，现在穿草鞋的少了，芙蓉也种得少了。应该多种。我向永嘉县领导建议，可考虑以芙蓉为永嘉县花。听说温州已定芙蓉为市花，不禁怃然。后到温州，闻温州市花是茶花，不是芙蓉，那么芙蓉定为永嘉县花还是有希望的。但愿我的希望能成为现实。

赞苍坡村：

村古民朴，

天然不俗。

秀外慧中，

渔樵耕读。

清清楠溪水

嘉陵江被污染了，漓江被污染了，即武夷山九曲溪也不能幸免，全国唯一的一条真正没有被污染的江，只有楠溪江了。永嘉人呀，你们千万要把楠溪江保护好，为了全国人民的眼睛，拜托了！

楠溪江水质纯净，经化验，符合国家一级标准。无论在哪里，舀起一杯楠溪水，你可以放心地喝下去，绝不会闹肚子。水是透明的。水中含沙量很少，即使是下了暴雨，江水微浑，过两三天，又复透明如初。透明到一眼可以看到江底。江底卵石，历历可数。江宽而浅。浅处只有一米。偶有深潭，也只有几米。江水平静，流速不大，但很活泼，不呆板。江水下滩，也有浪花，但不汹涌。过滩时竹筏工并不警告乘客"小心"。偶有大块卵石阻碍航路，筏工卷裤过膝，跳进水中，搬开石头，水即畅流，他即一步上筏，继续撑篙，若无其事。他很泰然，你也不必紧张，尽管踏踏实实地在竹椅上坐着。

乘坐竹筏，在楠溪江上漂上个把小时，真是绝妙的享受。我在武夷山九曲溪坐过竹筏。一来，九曲溪和武夷山互为宾主，人在竹筏上，注意力常在岸上的景点，仙人晒布、石虾蟆……，左顾右盼，应接不暇，不能全心感受九曲溪。二来，九曲溪航程太短，有点像南宋瓦子里的"唱赚"，正堪美听，已到煞尾，不过瘾。楠溪江两岸都是滩林。滩林很美，但很谦虚，但将一片绿，迎送往来人，甘心作为楠溪江的陪衬，绝不突出自己。似乎总在对人说："别看我，看江！"楠溪水程很长，有一百多公里。我们在江上漂了三个小时，如果不是因天黑了，还能再漂一个多小时。真是尽兴。在楠溪竹筏上漂着，你会觉得非常轻松，无忧无虑，一切烦恼委屈，油盐柴米，全都抛得远远的。你会不大感觉到自己的体重。大胖子也会感到自己不胖。来吧，到楠溪江上来漂一漂，把你的全身、全心都交给这条温柔美丽的江。来吧，来解脱一次，溶化一次，当一回神仙。来吧！来！

作楠溪之水清：

> 楠溪之水清，
>
> 欲濯我无缨。
>
> 虽则我无缨，
>
> 亦不负尔清。
>
> 手持碧玉杓，
>
> 分江入夜瓶。
>
> 三年开瓶看，
>
> 化作青水晶。

一九九一年十一月二十日

初识楠溪江

四川杂忆

四川是个好地方

四川的气候好，多雾，雾养百谷；土好，不需要怎么施肥。在一块岩石上甩几坨泥巴，硬是能长出一片胡豆。这不是夸张想象，是亲眼所见。我们剧团的一个演员在汽车里看到这奇特情景，招呼大家："快来看！石头上长蚕豆！"

成都

在我到过的城市里，成都是最安静，最干净的。在宽平的街上走走，使人觉得很轻松，很自由。成都人的举止言谈都透着悠闲。这种悠闲似乎脱离了时代。以致何其芳在抗日战争时期觉得这和抗战很不协调，写了一首长诗：《成都，让我来把你摇醒》。

成都并不总是似睡不醒的。"文化大革命"中也很折腾了一气。我六十年代初、七十年代、八十年代，都到过成都。最后一次到成都，成都似乎变化不大，但也留下一些"文化大革命"的痕迹。最明显的原来市中心的皇城叫刘结挺、张西挺炸掉了。当时写了一首诗：

> 柳眠花重雨丝丝，
>
> 劫后成都似旧时。
>
> 独有皇城今不见，
>
> 刘张霸业使人思。

武侯祠大概不是杜甫曾到过的武侯祠了，似乎也不见霜皮溜雨、黛色参天的古柏树，但我还是很喜欢现在的武侯祠。武侯祠气象森然，很能表现武侯的气度。这是我所到过的祠堂中最好的。这是一个祠，不是庙，也不是观，没有和尚气、道士气。武侯塑像端肃，面带深思。两廊配享的蜀之文武大臣，武将并不剑拔弩张，故作威猛，文臣也不那么飘逸有神仙气，只是一些公忠谨慎的国之干城，一些平常的"人"。武侯祠的楹联多为治蜀的封疆大员所撰写，不是吟风弄月的名士所写，这增加了祠的典重。毛主席十分欣赏的那副长联："能攻心则反侧自消，从古知兵非好战；不审势即宽严皆误，后来治蜀要深思"，确实写得很得体，既表现了武侯的思想，也说出撰联大臣的见识。在祠堂对联中，可算得是写得最好的。

我不喜欢杜甫草堂，杜甫的遗迹一点也没有，为秋风所破的茅屋在哪里？老妻画纸，稚子敲针在什么地方？杜甫在何处看见细雨鱼儿出，微风燕子斜？都无从想象。没有楷木，也没有大邑青瓷。

眉山

三苏祠即旧宅为祠。东坡文云："家有五亩之园"，今略广，占地约八亩。房屋疏朗，三径空阔，树木秀润，因为是以宅为祠，使人有更多的向往。廊子上有一口井，云是苏氏旧物，现在还能打得上水来。井以红砂石为栏，尚完好。大概苏家也不常用这口井，否则，红砂石石质疏松，是会叫井绳磨出道道的。园之右侧有花坛，种荔枝一棵。据说东坡离家时，乡人栽了一棵荔枝，要等他回来吃。苏东坡流谪在外，终于没有吃到家乡的荔枝。东坡酷嗜荔枝，日啖三百颗，但那是广东荔枝。从海南望四川，连"青山一发"也看不见。"不辞长作岭南人"，其言其实是酸苦的。当年乡人所种的荔枝，早已枯死，后来补种了几次，现存的这一棵据说是明代补种的，也已经半枯了，正在设法抢救。祠中有个陈列室，搜集了苏东坡集的历代版本，平放在玻璃橱里。这一设计很能表现四川人的文化素质。

离眉山，往乐山，车中得诗：

当日家园有五亩，

至今文字重三苏。

红栏旧井犹堪汲，

丹荔重栽第几株？

乐山

大佛的一只手断掉了，后来补了一只。补得不好，手太长，比例不对。又耷拉着，似乎没有筋骨。一时设计不到，造成永久的遗憾。现在没有办法了，又不能给他做一次断手再植的手术，只好就这样吧。

走尽石级，将登山路，迎面有摩崖一方，是司马光的字。司马光的字我见过他写给修《资治通鉴》的局中同人的信，字方方的，笔画颇细瘦。他的大字我还没有见过，字大约七八寸，健劲近似颜体。文曰：

　　登山亦有道徐行则不踬　　司马光

我每逢登山，总要想起司马光的摩崖大字。这是见道之言，所说的当然不只是登山。

洪椿坪

峨嵋山风景最好的地方我以为是由清音阁到洪椿坪的一段山路。一边是山，竹树层叠，蒙蒙茸茸。一边是农田。下面是一条溪，溪水从大大小小黑的、白的、灰色的石块间夺路而下，有时潴为浅潭，有时只是弯弯曲曲的涓涓细流，听不到声音。时时飞来一只鸟，在石块上落定，不停地撅起尾巴。撅起，垂下，又撅起……它为什么要这样？鸟黑身白颊，黑得像墨，不叫。我觉得这就是鲁迅小说里写的张飞鸟。

洪椿坪的寺名我已经忘记了。

入寺后，各处看看。两个五台山来的和尚在后殿拜佛。

这两个和尚我们在清音阁已经认识，交谈过。一个较高，清瘦清瘦的。他是保定人，原来是做生意的，娶过妻，夫妻感情很好。妻子病故，他万念俱灰，四处漫游，到了五台山，就出了家。另一个黑胖结实，完全像一个农民，他原来大概也就是五台山下的农民。他们发愿朝四大名山。已经朝过普陀，朝过峨嵋之后，还要去朝九华山。五台山是本山，早晚可以拜佛，不需跋山涉水。他们的食宿旅费是自筹的。和尚每月有一点生活费，积攒了几年，才能完成夙愿。

进庙先拜佛，得拜一百八十拜。那样五体投地地拜一百八十拜，要叫我拜，非拜晕了不可。正在拜着，黑胖和尚忽然站起来飞跑出殿。原来他一时内急，憋不住了，要去如厕。排便之后，整顿衣裤，又接着拜。

晚饭后，在走廊上和一个本庙的和尚闲聊。我问他和尚进庙是不是都要拜一百八十拜。他说都要拜的。"我们到人家庙里，还不是一样要拜！"同时聊天的有几个小青年。一个小青年问："你吃不吃肉？"他说："肉还是要吃的。"

"喝不喝酒？""酒还是要喝的。"我没想到他如此坦率，他说，"文化大革命"把他们赶下山去，结了婚，生了孩子，什么规矩也没有了。不过庙里的小和尚是不许的。这个和尚四十多岁。天热，他褪下一只僧鞋，把不著鞋的脚在膝上架成二郎腿。他穿的是黄色僧鞋，袜子却是葡萄灰的尼龙丝袜。

两个五台山的和尚天不亮去朝金顶，等我们吃罢早餐，他们已经下来了。保定和尚说他们看到普贤的法相了，在金顶山路转弯处，普贤骑在白象上，前面有两行天女。起先只他一个人看见，他（那个黑胖和尚）看不见，他心里很着急。后来他也看见了。他告诉我们他们在普陀也看到了观音的法相，前面一队白孔雀。保定和尚说："你们是唯物主义者，我们是唯心主义者，我们的话你们不会相信。不过我们干吗要骗你们？"

下清音阁，我们要去宾馆，两位和尚要去九华山，遂分手。

北温泉

为了改《红岩》剧本，我们在北温泉住了十来天。住数帆楼。数帆楼是一个小宾馆，只两层，房间不多，全楼住客就是我们几个人。数帆楼廊子上一坐，真是安逸。楼外是竹丛，如张岱所常说的："人面一绿"。竹外即嘉陵江。那时嘉陵江还没有被污染，水是碧绿的。昔人诗云："嘉陵江水女儿肤，比似春莼碧不殊"，写出了江水的感觉。听罗广斌说："艾芜同志在廊上坐下，说：'我就是这里了！'"不知怎么这句话传成了是我说的，"文化大革命"中我曾因为这句话而挨过斗。我没有分辩，因为这也是我的感受。

北温泉游人极少，花木欣荣，凫鸟自乐。温泉浴池门开着，随时可以洗。

引温泉水为渠，渠中养非洲鲫鱼。这是个好主意。非洲鲫鱼肉细嫩，唯恨刺多。每顿饭几乎都有非洲鲫鱼，于是我们每顿饭都带酒去。

住数帆楼，洗温泉浴，饮泸州大曲或五粮液，吃非洲鲫鱼，"文化大革命"不斗这样的人，斗谁？

新都

新都有桂湖，湖不大，环湖皆植桂，开花时想必香得不得了。

桂湖上有杨升庵祠。祠不大，砖墙瓦顶，无藻饰，很朴素。祠内有当地文物数件。壁上嵌黑石，刻黄氏夫人"雁飞曾不到衡阳"诗，不知是不是手迹。

祠中正准备为杨升庵立像，管理处的负责同志让我们看了不少塑像小样，征求我们的意见。我没有说什么。我是不大赞成给古代的文人造像的。都差不多。屈原、李白、杜甫，都是一个样。在三苏祠后面看了苏东坡倚坐饮酒的石像，我实在不能断定这是苏东坡还是李白。杨升庵是什么长相？曾见陈老莲绘升庵醉后图，插花满头，是个相当魁伟的胖子。陈老莲的画未见得有什么根据。即使有一点根据，在桂湖之侧树一胖人的像，也不大好看。

我倒觉得升庵祠可以像三苏祠一样辟一间陈列室，搜集升庵著作的各种版本放在里面。

杨升庵著作甚多，有七十几种。有人以为升庵考证粗疏，有些地方是臆断。我觉得这毕竟是个很有才华，很有学问的人，而且遭遇很不幸，值得纪念。

曾有题升庵祠诗：

　　桂湖老桂弄新姿，

　　湖上升庵旧有祠。

　　一种风流谁得似，

362

状元词曲罪臣诗。

大足

云冈石刻古朴浑厚，龙门石刻精神饱满。云冈、龙门的颜色是灰黑色，石质比较粗疏，易风化。云冈风化得很厉害，龙门石佛的衣纹也不那么清晰了。云冈是北魏的，龙门是唐代的。大足石刻年代较晚，主要是宋刻。石质洁白坚致，极少磨损，刻工风格也与云冈、龙门迥异，其特点是清秀潇洒，很美，一种人间的美，人的美。

有人说佛像都是没有性别的，是中性的，分不出是男是女。也许是这样吧。更恰切地说，佛有点女性美。大足普贤像被称为"东方的维纳斯"，其实是不准确的。维纳斯就是西方的，她的美是西方的美。普贤是东方的，他的美是东方的美。普贤是男性（不像观音似的曾化为女身），咋会是维纳斯呢？不过普贤确实有点女性，眉目恬静，如好女子。他戴着花冠，尤易让人误会。

"媚态观音"像一个腰肢婀娜的舞女。不过"媚态"二字不大好，说得太露了。

"十二圆觉"衣带静垂，但让人觉得圆觉之间，有清风流动。这组群像的构思有点特别，强调同，而不强调异。十二尊像的相貌、衣着、坐态几乎是一样的。他们都在沉思，但仔细看看，觉得他们各有会心，神情微异。唯此小异，乃成大同，形成一个整体。十二圆觉的门的上面凿出横方窗洞，以受日光，故室内并不昏暗。流泉一道，涓涓下注，流出室外，使空气长新。当初设计，极具匠心。

我见过很多千手观音，都不觉得怎么美。一个人肩背上长出许多胳臂和手，总是不自然。我见过最大的也是最好的千手观音，是承德外八庙的有三层楼高的那一尊。这尊很高的千手观音的好处是胳臂安得比较自然。大足的千手观音我以为是个奇迹。那么多只手（共一千零七只），可是非常自然。这些手是怎样从观音身上长出来的，完全没有交待，只见观音身后有很多手。因为没法交待，所以干脆不交待，这办法太聪明了！但是，你又觉得这确实都是观音的手，菩萨的手。这些手各具表情，有的似在召唤，有的似在指点，有的似在给人安慰……这是富于人性的手。这具千手观音的美学特点是把规整性和随意性结合了起来。石刻，当然是要经过周密的设计的，但是错落参差，不作呆板的对称。手共一千零七只，是个单数，即此可见其随意性。

释迦牟尼涅槃像（俗谓卧佛），佛的面部极为平静，目微睁（常见卧佛合目如甜睡），无爱无欲，无死无生，已寂灭一切烦恼，圆满一切功德，至最高境界。佛像很大，长三十余米，但只刻了佛的头部和胸部，肩和手无交待，下肢伸入岩石，不知所终。佛前刻了佛弟子约十人，不是站成一排，而是有前有后，有的向左，有的向右，弟子服饰皆如中土产；有一个科头鬌发的，似西方人。弟子面微悲戚，但不像有些通俗佛经上所说的号啕躄踊。弟子也只露出半身，腹部以下，在石头里，也不知所终。于有限的空间造无限的境界，大足的佛涅槃像是一个杰作！

川菜

昆明护国路和文明新街有几家四川人开的小饭馆，卖"豆花素饭"和毛肚火锅。卖毛肚的饭馆早起开门后即在门口竖出一块牌子，上写"毛肚开堂"，或简单地写两个字："开堂"。晚上封了火，又竖出一块牌子，只写一个字："毕"，简练之至！这大概是从四川带过来的规矩。后来我几次到四川，都不见饭馆门口这样的牌子，此风想已消失。也许乡坝头还能看到。

上海有一家相当大的饭馆，叫做"绿杨邨"，以"川菜扬点"为号召。四川菜、扬州包点，确有特色。不过"绿杨邨"的川味已经淡化了。那样强烈的"正宗川味"上海人是吃不消的。

一九四八年我在北京沙滩北京大学宿舍里寄住了半年，常去吃一家四川小馆子，就是李一氓同志在《川菜在北京的发展》一文中提到的蒲伯英回川以后留下的他家里的厨师所开的，许倩云和陈书舫都去吃过的那一家。这家馆子实在很小，只有三四张小方桌，但是菜味很纯正。李一氓同志以为有的菜比成都的还要做得好。我其时还没有去过成都，无从比较。我们去时点的菜只是回锅肉、鱼香肉丝之类的大路菜。这家的泡菜很好吃。

川菜尚辣。我六十年代住在成都一家招待所里，巷口有一个饭摊。一大桶热腾腾的白米饭，长案上有七八样用海椒拌得通红的辣咸菜。一个进城卖柴的汉子坐下来，要了两碟咸菜，几筷子就扒进了三碗"帽儿头"。我们剧团到重庆体验生活，天天吃辣，辣得大家骇怕了，有几个年轻的女演员去吃汤圆，进门就大声说："不要辣椒！"幺师父冷冷地说："汤圆没有放辣椒的！"川味辣，且麻。重庆卖面的小馆子的白粉墙上大都用黑漆写三个大字："麻、辣、烫"。川花椒，即名为"大红袍"者确实很香，非山西、河北花椒所可及。吴祖光曾请黄永玉夫妇吃毛肚火锅。永玉的夫人张梅溪吃了一筷，问："这个东西吃下去会不会死的哟？"川菜麻辣之最者大概要数水煮牛肉。川剧名丑李文杰曾请我们在政协所办的餐厅吃饭，水煮牛肉上来，我吃了一大口，把我噎得透不过气来。

四川人很会做牛肉。赵循伯曾对我说："有一盘干煸牛肉丝，我能吃三碗饭！"灯影牛肉是一绝。为什么叫"灯影牛肉"？有人说是肉片薄而透明，隔着牛肉薄片，可以照见灯影。我觉得"灯影"即皮影戏的人形，言其轻薄如皮影人也。《东京梦华录》有"影戏犯"，就是这样的东西。宋人所说的"犯"，都是干的或半干的肉的薄片。此说如可成立，则灯影牛肉已经有好几百年的历史了。

成都小吃谁都知道，不说了。"小吃"者不能当饭，如四川人所说，是"吃着玩的"。有几个北方籍的剧人去吃红油水饺，每人要了十碗，幺师父听了，鼓起眼睛。

川剧

有一位影剧才人说过一句话："你要知道一个人的欣赏水平高低，只要问他喜欢川剧还是喜欢越剧。"有一次我在青年艺术剧院看川剧，台上正在演《做文章》，池座的薄暗光线中悄悄进来两个人，一看，是陈老总和贺老总。那是夏天，老哥儿俩都穿了纺绸衬衫，一人手里一把芭蕉扇。坐定之后，陈老总一看邻座是范瑞娟，就大声说："范瑞娟，你看我们的川剧怎么样啊？"范瑞娟小声说："好！"这二位老师看来是以家乡戏自豪的——虽然贺老总不是四川人。

川剧文学性高，像"月明如水浸楼台"这样的唱词在别的剧种里是找不出来的。

川剧有些戏很美，比如《秋江》、《踏伞》。

有些戏悲剧性强，感情强烈。如《放裴》、《刁窗》、《打神告庙》。《马踏箭射》写女人的嫉妒令人震颤。我看过阳友鹤和曾荣华的《铁笼山》，戏剧冲突如此强烈，我当时觉得这是莎士比亚！

川剧喜剧多，而且品味极高，是真正的喜剧。像《评雪辨踪》这样带抒情性的喜剧，我在别的剧种里还没有见过。别的剧种移植这出戏就失去了原来的诗意。同样，改编的《秋江》也只保存了身段动作，诗意少了。川剧喜剧的诗意跟语言密不可分。四川话是中国最生动的方言之一。比如《秋江》的对话：

　　陈姑：嗳！

　　艄翁：那么高了，还矮呀！

陈姑：唵！

艄翁：飞远了，按不到了！

不懂四川话就体会不到妙处。

川丑都有书卷气。李文杰告诉我，进科班学丑，先得学三年小生。这是非常有道理的。川丑不像京剧小丑那样粗俗，如北京人所说"胳肢人"或上海人所说的"硬滑稽"，往往是闲中作色，轻轻一笔，使人越想越觉得好笑。比如《拉郎配》的太监对地方官宣读圣旨之后，说："你们各自回衙理事"，他以为这是在他的府第里，完全忘了这是人家的衙门。老公的颠颠糊涂真令人忍俊不禁。川剧许多丑戏并不热闹，倒是"冷淡清灵"的。像《做文章》这样的戏，京剧的丑是没法演的。《文武打》，京剧丑角会以为这不叫个戏。

川剧有些手法非常奇特，非常新鲜。《梵王宫》耶律含嫣和花云一见钟情，久久注视，目不稍瞬，耶律含嫣的妹妹（？）把他们两人的视线拉在一起，拴了个扣儿，还用手指在这根"线"上嘣嘣嘣弹三下。这位小妹捏着这根"线"向前推一推，耶律含嫣和花云的身子就随着向前倾，把"线"向后拢一拢，两人就朝后仰。这根"线"如此结实，实是奇绝！耶律含嫣坐车，她觉得推车的是花云，回头一看，不是！是个老头子，上唇有一撮黑胡子。等她扭过头，是花云！车夫是演花云的同一演员扮的。这撮小胡子可以一会出现，一会消失（胡子消失是演员含进嘴里了）。用这样的方法表现耶律含嫣爱花云爱得精神恍惚，瞧谁都像花云。耶律含嫣的心理状态不通过旦角的唱念来表现，却通过车夫的小胡子变化来表现，化抽象为具象，这种手法，除了川剧，我还没有见过，而且绝对想不出来。想出这种手法的，能不说他是个天才么？

有人说中国戏曲比较接近布莱希特体系，主要指中国戏曲的"间离效果"。我觉得真正有意识地运用"间离效果"的是川剧。川剧不要求观众完全"入戏"，保持清醒，和剧情保持距离。川剧的帮腔在制造"间离效果"上起了很大作用。帮腔者常常是置身局外的旁观者。我曾在重庆看过一出戏（剧名已忘），两个奸臣在台上对骂，一个说："你混蛋！"另一个说："你混蛋！"帮腔的高声唱道："你两个都混蛋喏……"他把观众对俩人的评论唱出来了！

一九九二年四月六日

隆中游记

往桑植，途经襄樊，勾留一日，少不得到隆中去看看。

诸葛亮选的（也许是他的父亲诸葛玄选的）这块地方很好，在一个山窝窝里，三面环山，背风而向阳。岗上高爽，可以结庐居住；山下有田，可以躬耕。草庐在哪里？半山有一砖亭，颜曰"草庐旧址"，但是究竟是不是这里，谁也说不清。草庐原来是什么样子，更是想象不出了。诸葛亮住在这里时是十七岁至二十七岁，这样年轻的后生，山上山下，一天走几个来回，应该不当一回事。他所躬耕的田是哪一块呢？知不道。没有人在一块田边立一块碑："诸葛亮躬耕处"，这样倒好！另外还有"抱膝亭"，当是诸葛亮抱膝而为《梁父吟》的地方了。不过诸葛亮好为"梁父吟"，恐怕初无定处，山下不拘哪块石头上，他都可坐下来抱膝而吟一会的。这些"古迹"也如同大多数的古迹一样，只可作为纪念，难于坐实。

隆中的主体建筑是武侯祠。这座武侯祠和成都的不能比，只是一门庑，一享堂，一正殿，都不大。正殿塑武侯像，像太大，与殿不成比例。诸葛亮不是正襟危坐，而是曲右膝，伸左腿那样稍稍偏侧着身子。面上颧骨颇高，下巴突出，与常见诸葛亮画像的面如满月者不同。他穿了一件戏台上员外常穿的宝蓝色的"披"，上面用泥金画了好些八卦。不知道从什么时候起，诸葛亮和八卦搞得难解难分，这真是令人哭笑不得，无可奈何的事！

正殿和享堂都挂了很多楹联，佳者绝少。大概诸葛亮的一生功业已经叫杜甫写尽了，后人只能在"三顾"、"两表"上做文章，翻不出新花样了。最好的一副，还是根据成都武侯祠复制的："能攻心则反侧自消，从古知兵非好战；不审时即宽严皆误，后来治蜀要深思"，不即不离，意义深远。有一副的下联是"气周瑜，辱司马，擒孟获，古今流传"，把《三国演义》上的虚构故事也写了进来，堂而皇之地挂在那里，未免笑话。郭老为武侯祠写了一幅中堂，大意说：诸葛亮和陶渊明都曾躬耕，陶渊明成了诗人，诸葛亮成就了功业。如果诸葛亮不出山，他大概也会像陶渊明一样成为诗人的吧？联想得颇为新奇。不过诸葛亮年轻时即自比于管仲、乐毅，恐怕不会愿抛心力做诗人。

武侯祠一侧为"三义殿"，祀刘、关、张。三义殿与武侯祠相通，但本是"各自为政"，不相统属的。导游说明中说以刘、关、张"配享"诸葛亮，实在有乖君臣大体！三义殿中塑三人像，是泥胎涂金而"做旧"了的。刘备端坐。关、张一个是豹头环眼，一个是蚕眉凤目，都拿着架子，用戏台上的"子午相"坐着。老是这样拿着架子，——尤其是关羽，右手还高高地挑起他的美髯，不累得慌么？其实可以让他们松弛下来，舒舒服服地坐着，这样也比较近似真人，而不像戏曲里的角色。——中国很多神像都受了戏曲的影响。

三义殿前为"三顾堂"，楹联之外，空无一物。

隆中是值得看看的。董老为三顾堂书联，上联用杜甫句"诸葛大名垂宇宙"，下联是"隆中胜迹永清幽"。隆中景色，用"清幽"二字，足以尽之。所以使人觉得清幽，是因为隆中多树。树除松、柏、桐、乌桕外，多桂花和枇杷。枇杷晚翠，桂花不落叶。所以我们往游时，虽已近初冬，山上还是郁郁葱葱的。三顾堂前大枇杷树，树荫遮满一庭。据说花时可收干花数百斤，数百年物也。

下山，走到隆中入口处，有一石牌坊（我们上山走的是旁边的小路），牌坊背面的横额上刻了五个大字："三代下一人"，觉得这对诸葛亮的推崇未免过甚了。"三代下一人"，恐怕谁也当不起，除非孔夫子。

一九八四年十一月七日

故乡的野菜

荠菜。荠菜是野菜，但在我的家乡却是可以上席的。我们那里，一般的酒席，开头都有八个凉碟，在客人入席前即已摆好。通常是火腿、变蛋（松花蛋）、风鸡、酱鸭、油爆虾（或呛虾）、蚶子（是从外面运来的，我们那里不产）、咸鸭蛋之类。若是春天，就会有两样应时凉拌小菜：杨花萝卜（即北京的小水萝卜）切细丝拌海蜇，和拌荠菜。荠菜焯过，碎切，和香干细丁同拌，加姜米，浇以麻油酱醋，或用虾米，或不用，均可。这道菜常抟成宝塔形，临吃推倒，拌匀。拌荠菜总是受欢迎的，吃个新鲜。凡野菜，都有一种园种的蔬菜所缺少的清香。

荠菜大都是凉拌，炒荠菜很少人吃。荠菜可包春卷，包圆子（汤团）。江南人用荠菜包馄饨，称为菜肉馄饨，亦称"大馄饨"。我们那里没有用荠菜包馄饨的。我们那里的面店中所卖的馄饨都是纯肉馅的馄饨，即江南所说的"小馄饨"。没有"大馄饨"。我在北京的一家有名的家庭餐馆吃过这一家的一道名菜：翡翠蛋羹。一个汤碗里一边是蛋羹，一边是荠菜，一边嫩黄，一边碧绿，绝不混淆，吃时搅在一起。这种讲究的吃法，我们家乡没有。

枸杞头。春天的早晨，尤其是下了一场小雨之后，就可听到叫卖枸杞头的声音。卖枸杞头的多是附郭近村的女孩子，声音很脆，极能传远："卖枸杞头来！"枸杞头放在一个竹篮子里，一种长圆形的竹篮，叫做元宝篮子。枸杞头带着雨水，女孩子的声音也带着雨水。枸杞头不值什么钱，也从不用秤约，给几个钱，她们就能把整篮子倒给你。女孩子也不把这当做正经买卖，卖一点钱，够打一瓶梳头油就行了。

自己去摘，也不费事。一会儿工夫，就能摘一堆。枸杞到处都是。我的小学的操场原是祭天地的空地，叫做"天地坛"。天地坛的四边围墙的墙根，长的都是这东西。枸杞夏天开小白花，秋天结很多小果子，即枸杞子，我们小时候叫它"狗奶子"，因为很像狗的奶子。

枸杞头也都是凉拌，清香似尤甚于荠菜。

蒌蒿。小说《大淖记事》："春初水暖，沙洲上冒出很多紫红色的芦芽和灰绿色的蒌蒿，很快就是一片翠绿了。"我在书页下面加了一条注："蒌蒿是生于水边的野草，粗如笔管，有节，生狭长的小叶，初生二寸来高，叫做'蒌蒿薹子'，加肉炒食极清香。……"蒌蒿，字典上都注"蒌"音楼，蒿之一种，即白蒿。我以为蒌蒿不是蒿之一种，蒌蒿掐断，没有那种蒿子气，倒是有一种水草气。苏东坡诗："蒌蒿满地芦芽短"，以蒌蒿与芦芽并举，证明是水边的植物，就是我的家乡所说"蒌蒿薹子"。"蒌"字我的家乡不读楼，读吕。蒌蒿好像都是和瘦猪肉同炒，素炒好像没有。我小时候非常爱吃炒蒌蒿薹子。桌上有一盘炒蒌蒿薹子，我就非常兴奋，胃口大开。蒌蒿薹子除了清香，还有就是很脆，嚼之有声。

荠菜、枸杞我在外地偶尔吃过，蒌蒿薹子自十九岁离乡后从未吃过，非常想念。去年我的家乡有人开了汽车到北京来办事，我的弟妹托他们带了一塑料袋蒌蒿薹子来，因为路上耽搁，到北京时已经焐坏了。我挑了一些还不太烂的，炒了一盘，还有那么一点意思。

马齿苋。中国古代吃马齿苋是很普遍的，马苋与人苋（即红白苋菜）并提。后来不知怎么吃的人少了。我的祖母每年夏天都要摘一些马齿苋，晾干了，过年包包子。我的家乡普通人家平常是不包包子的，只有过年才包，自己家里人吃，有客人来蒸一盘待客。不是家里人包的，一般的家庭妇女不会包，都是备了面、馅，请包子店里的师傅到家里做，做一上午，就够正月里吃了。我的祖母吃长斋，她的马齿苋包子只有她自己吃。我尝过一个，马齿苋有点酸酸的味道，不难吃，也不好吃。

马齿苋南北皆有。我在北京的甘家口住过，离玉渊潭很近，玉渊潭马齿苋极多。北京人叫做马苋儿菜，吃的人很少。养鸟的拔了喂画眉。据说画眉吃了能清火。画眉还会有"火"么？

莼菜。第一次喝莼菜汤是在杭州西湖的楼外楼，一九四八年四月。这以前我没吃过莼菜，也没有见过。我的家乡人大都不知莼菜为何物。但是秦少游有《寄莼姜法鱼糟蟹寄子瞻》诗，则高邮原来是有莼菜的。诗最后一句是"泽居备礼无麋鹿"，秦少游当时盖在高邮居住，送给苏东坡的是高邮的土产。高邮现在还有没有莼菜，什么时候回高邮，我得调查调查。

明朝的时候，我的家乡出过一个散曲作家王磐。王磐字鸿渐，号西楼，散曲作品有《西楼乐府》。王磐当时名声很大，与散曲大家陈大声并称为"南曲之冠"。王西楼还是画家。高邮现在还有一句歇后语："王西楼嫁女儿——画（话）多银子少"。王西楼有一本有点特别的著作：《野菜谱》。《野菜谱》收野菜五十二种。五十二种中有些我是认识的，如白鼓钉（蒲公英）、蒲儿根、马拦头、青蒿儿（即茵陈蒿）、枸杞头、野菉豆、娄蒿、荠菜儿、马齿苋、灰条。江南人重马拦头。小时读周作人的《故乡的野菜》，提到儿歌："荠菜马兰头，姐姐嫁在后门头"，很是向往，但是我的家乡是不大有人吃的。灰条的"条"字，正字应是"藋"，通称灰菜。这东西我的家乡不吃。我第一次吃灰菜是在一个山东同学的家里，蘸了稀面，蒸熟，就烂蒜，别具滋味。后来在昆明黄土坡一中学教书，学校发不出薪水，我们时常断炊，就掳了灰菜来炒了吃。在北京我也摘过灰菜炒食。有一次发现钓鱼台国宾馆的墙外长了很多灰菜，极肥嫩，就弯下腰来摘了好些，装在书包里。门卫发现，走过来问："你干什么？"他大概以为我在埋定时炸弹。我把书包里的灰菜抓出来给他看，他没有再说什么，走开了。灰菜有点碱味，我很喜欢这种味道。王西楼《野菜谱》中有一些，我不但没有吃过，见过，连听都没听说过，如："燕子不来香"、"油灼灼"……。

《野菜谱》上图下文。图画的是这种野菜的样子，文则简单地说这种野菜的生长季节，吃法。文后皆系以一诗，一首近似谣曲的小乐府，都是借题发挥，以野菜名起兴，写人民疾苦。如：

眼子菜

眼子菜，如张目，年年盼春怀布谷，犹向秋来望时熟。何事频年倦不开，愁看四野波漂屋。

猫耳朵

猫耳朵，听我歌，今年水患伤田禾，仓廪空虚鼠弃窠，猫兮猫兮将奈何！

江荠

江荠青青江水绿，江边挑菜女儿哭。爷娘新死兄趁熟，止存我与妹看屋。

抱娘蒿

抱娘蒿，结根牢，解不散，如漆胶。君不见昨朝儿卖客船上，儿抱娘哭不肯放。

这些诗的感情都很真挚，读之令人酸鼻。我的家乡本是个穷地方，灾荒很多，主要是水灾，家破人亡，卖儿卖女的事是常有的。我小时就见过。现在水利大有改进，去年那样的特大洪水，也没死一个人，王西楼所写的悲惨景象不复存在了。想到这一点，我为我的家乡感到欣慰。过去，我的家乡人吃野菜主要是为了度荒，现在吃野菜则是为了尝新了。喔，我的家乡的野菜！

一九九二年四月十四日

昆明的吃食

几家老饭馆

东月楼。东月楼在护国路，这是一家地道的云南饭馆。其名菜是锅贴乌鱼。乌鱼两片，去其边皮，大小如云片糕，中夹宣威火腿一片，于平铛上文火熁熟，极香美。宜酒宜饭，也可作点心。我在别处未吃过，在昆明别家饭馆也未吃过，信是人间至味。

东月楼另一名菜是酱鸡腿。入味，而鸡肉不"柴"。

映时春。映时春在武成路东口，这是一家不大不小的饭馆。最受欢迎的菜是油淋鸡。生鸡剁为大块，以热油反复浇灼，至熟，盛以一尺二寸的大盘，蘸花椒盐吃，皮酥肉嫩。一盘上桌，顷刻无余。

映时春还有两道菜为别家所无。一是雪花蛋。乃以温油慢炒鸡蛋清，上洒火腿细末。雪花蛋比北方饭馆的芙蓉鸡片更为细嫩。然无宣腿细末则无以发其香味。如用蛋黄，以同法炒之，则名桂花蛋。

这是一个两层楼的饭馆。楼下散座，卖冷荤小菜，楼上卖热炒。楼上有两张圆桌，六张大八仙桌，座位经常总是满的。招呼那么多客人，却只有一个堂倌。这位堂倌真是能干。客人点了菜，他记得清清楚楚（从前的饭馆是不记菜单的），随即向厨房里大声报出菜名。如果两桌先后点了同一样菜，就大声追加一句："番茄炒鸡蛋一作二"（一锅炒两盘）。听到厨房里锅铲敲炒的声音。知道什么菜已经起锅，就飞快下楼（厨房在楼下，在店堂之里，菜炒得了，由墙上一方窗口递出），转眼之间，又一手托一盘菜，飞快上楼，脚踩楼梯，登登登登，麻溜之至。他这一天上楼下楼，不知道有多少趟。累计起来，他一天所走的路怕有几十里。客人吃完了，他早已在心里把账算好，大声向楼下账桌报出钱数：下来几位，几十元几角。他的手、脚、嘴、眼一刻不停，而头脑清晰灵敏，从不出错，这真是个有过人精力的堂倌。看到一个精力旺盛的人，是叫人高兴的。

过桥米线·汽锅鸡

这似乎是昆明菜的代表作，但是今不如昔了。

原来卖过桥米线最有名的一家，在正义路近文庙街拐角处，一个牌楼的西边。这一家的字号不大有人知道，但只要说去吃过桥米线，就知道指的是这一家，好像"过桥米线"成了这家的店名。这一家所以有名，一是汤好。汤面一层鸡油，看似毫无热气，而汤温在一百度以上。据说有一个"下江人"司机不懂吃过桥米线的规矩，汤上来了，他咕咚喝下去，竟烫死了。二是片料讲究，鸡片、鱼片、腰片、火腿片，都切得极薄，而又完整无残缺，推入汤碗，即时便熟，不生不老，恰到好处。

专营汽锅鸡的店铺在正义路近金碧路处。这家的字号也不大有人知道，但店堂里有一块匾，写的是"培养正气"，昆明人碰在一起，想吃汽锅鸡，就说："我们去培养一下正气。"中国人吃鸡之法有多种，其最著者有广州盐焗鸡、常熟叫花鸡，而我以为应数昆明汽锅鸡为第一。汽锅鸡的好处在哪里？曰：最存鸡之本味。汽锅鸡须少放几片宣威火腿，一小块三七，则鸡味越"发"。走进"培养正气"，不似走进别家饭馆，五味混杂，只是清清纯纯，一片鸡香。

为什么现在的汽锅鸡和过桥米线不如从前了？从前用的鸡不是一般的鸡，是"武定壮鸡"。"壮"不只是肥壮而已，这是经过一种特殊的技术处理的鸡。据说是把母鸡骟了。我只听说过公鸡有骟了的，没有听说母鸡也能骟。母鸡骟了，就使劲长肉，"壮"了。这种手术只有武定人会做。武定现在会做的人也不多了，如不注意保存，可能会失传的。我对母鸡能骟，始终有点将信将疑。不过武定鸡确实很好。前年在昆明，佤伍族女作家董秀英的爱人，特意买到一只武定壮鸡，做出汽锅鸡来，跟我五十年前在昆明吃的还是一样。

甬道街鸡㙡。鸡㙡之名甚怪。为什么叫"鸡㙡"，到现在还没有人解释清楚。这是一种菌子，它生长的地方也怪，长在田野间的白蚁窝上。为什么专在白蚁窝上生长，到现在也还没有人解释清楚。鸡㙡的菌盖不大，而下面的菌把甚长而粗。一般菌子中吃的部分多在菌盖，而鸡㙡好吃的地方正在菌把。鸡㙡可称菌中之王。鸡㙡的味道无法比方。不得已，可以说这是"植物鸡"。味似鸡，而细嫩过之，入口无渣，甚滑，且有一股清香。如果用一个字形容鸡圳的口感，可以说是：腴。甬道街有一家中等本地饭馆，善做鸡圳，极有名。

这家还有一个特别处，用大锅煮了一锅苦菜汤。这苦菜汤是奉送的，顾客可以自己拿了大碗去盛。汤甚美，因为加了一些洗净的小肠同煮。

昆明是菌类之乡。除鸡圳外，干巴菌、牛肝菌、青头菌，都好吃。

小西门马家牛肉馆。马家牛肉馆只卖牛肉一种，亦无煎炒烹炸，所有牛肉都是头天夜里蒸煮熟了的，但分部位卖。净瘦肉切薄片，整齐地在盘子里码成两溜，谓之"冷片"，蘸甜酱油吃。甜酱油我只在云南见过，别处没有。冷片盛在碗里浇以热汤，则为"汤片"，也叫"汤冷片"。牛肉切成骨牌大的块，带点筋头巴脑，以红曲染过，亦带汤，为"红烧"。有的名目很奇怪，外地人往往不知道这是什么部位的。牛肚叫做"领肝"，牛舌叫"撩青"。"撩青"之名甚为形象。牛舌头的用处可不是撩起青草往嘴里送么？不大容易吃到的是"大筋"，即牛鞭也。有一次我陪一位女同学上马家牛肉馆，她问："这是什么东西？"我真没法回答她。

马家隔壁是一家酱园。不时有人托了一个大搪瓷盘，摆七八样酱菜，放在小碟子里，藠头、韭菜花、腌姜……供人下饭（马家是卖白米饭的）。看中哪几样，即可点要，所费不多。这颇让人想起《东京梦华录》之类的书上所记的南宋遗风。

护国路白汤羊肉。昆明一般饭馆里是不卖羊肉的。专卖羊肉的只有不多的几家，也是按部位卖，如"拐骨"（带骨腿肉）、"油腰"（整羊腰，不切）、"灯笼"（羊眼）……都是用红曲染了的。只有护国路一家卖白汤羊肉，带皮，汤白如牛乳，蘸花椒盐吃。

奎光阁面点。奎光阁在正义路，不卖炒菜米饭，只卖面点，昆明似只此一家。卖葱油饼（直径五寸，葱甚多，猪油煎，两面焦黄）、锅贴、片儿汤（白菜丝、蛋花、下面片）。

玉溪街蒸菜。玉溪街有一家玉溪人开的饭馆，只卖蒸菜，不卖别的。好几摞小笼，一屋子热气腾腾。蒸鸡、蒸骨、蒸肉……"瓤（读去声）小瓜"甚佳。小南瓜挖去瓤（此读平声），塞入切碎的猪肉，蒸熟去笼盖，瓜香扑鼻。

这家蒸菜的特点是衬底不用洋芋、白薯，而用皂角仁。皂角仁这东西，我的家乡女人绣花时用来"光"（去声）绒，绒沾皂仁黏液，则易入针，且绣出的花有光泽。云南人却拿来吃，真是闻所未闻。皂仁吃起来细腻软糯，很有意思。皂角仁不可多吃。我们过腾冲时，宴会上有一道皂角仁做的甜菜，一位河北老兄一勺又一勺地往下灌。我警告他：这样吃法不行。他不信。结果是这位老兄才离座席，就上厕所。皂角仁太滑了，到了肠子里会飞流直下。

米线饵块

米线属米粉一类。湖南米粉、广东的沙河粉，都是带状，扁而薄。云南的米线是圆的，粗细如线香，是用压饸饹似的办法压出来的。这东西本来就是熟的，临吃加汤及配料，煮两开即可。昆明讲究"小锅米线"。小铜锅，置炭火上，一锅煮两三碗，甚至只煮一碗。

米线的配料最常见的是"闷鸡"。闷鸡其实不是鸡，而是加酱油花椒大料煮出的小块净瘦肉（可能过油炒过）。本地人爱吃闷鸡米线。我们刚到昆明时，昆明的电影院里放的都是美国电影，有一个略懂英语的人坐在包厢（那时的电影院都有包厢）的一角以意为之的加以译解，叫做"演讲"。有一次在大众电影院，影片中有一个情节，是约翰请玛丽去"开餐"，"演讲"的人说："玛丽呀，你要哪样？"楼下观众中有一个西南联大的同学大声答了一句："两碗焖鸡米线！"这本来是开开玩笑，不料"演讲"人立即把电影停住，把全场的灯都开了，厉声问："是哪个说的？哪个说的！"差一点打了一次群架。"演讲"人认为这是对云南人的侮辱。其实焖鸡米线是很好吃的。

另一种常见的米线是"爨肉米线"，即在米线锅中放入肉末。这个"爨"字实在难写。但是昆明的米线店的价目表上都是这样写的。大概云南有《爨宝子》、《爨龙颜》两块名碑，云南人对它很熟悉，觉得这样写很亲切。

巴金先生在写怀念沈从文先生的文章中，说沈先生请巴老吃了两碗米线，加一个鸡蛋，一个西红柿，就算一顿饭。这家卖米线的铺子，就在沈先生住的文林街宿舍的对面。沈先生请我吃过不止一次。他们吃的大概是"爨肉米线"。

米线也还有别的配料。文林街另一家卖米线的就有：鳝鱼米线，鳝鱼切片，酱油汤煮，加很多蒜瓣；叶子米线，猪肉皮晾干油炸过，再用温水发开，切成长片，入汤煮透，这东西有的地方叫"响皮"，有的地方叫"假鱼肚"，昆明叫"叶子"。

莨忠寺坡有一家卖"杷肉米线"。大块肥瘦猪肉，煮极烂，置大瓷盆中，用竹片刮下少许，置米线上，浇以滚开的白汤。

青莲街有一家卖羊血米线。大锅煮羊血，米线煮开后，舀半生羊血一大勺，加芝麻酱、辣椒、蒜泥。这种米线吃法甚"野"，而鄙人照吃不误。

护国路有一家卖炒米线。小锅，放很多猪油，少量的汤汁，加大量的辣椒炒。甚咸而极辣。

凉米线。米线加一点绿豆芽之类的配菜，浇作料。加作料前堂倌要问"吃酸醋吗甜醋？"一般顾客都说："酸甜醋。"即两样醋都要。甜醋别处未见过。

米粉揉成小枕头状的一坨，蒸熟，是为饵块。切成薄片，可加肉丝青菜同炒，为炒饵块；加汤煮，为煮饵块。云南人认为腾冲饵块最好。腾冲人把炒饵块叫做"大救驾"。据说明永历帝被吴三桂追赶，将逃往缅甸，至腾冲，没吃的，饿得走不动了，有人给他送了一盘炒饵块，万岁爷狼吞虎咽，吃得精光，连说："这可救了驾了！"我在腾冲吃过大救驾，没吃出所以然，大概我那天也不太饿。

饵块切成火柴棍大小的细丝，叫做饵丝。饵丝缅甸也有。我曾在中缅交界线上吃过一碗饵丝。那地方的国界没有山，也没有河，只是在公路上用白粉画一道三寸来宽的线，线以外是缅甸，线以内是中国。紧挨着国境线，有一个缅甸人摆的饵丝摊子。这边把钱（人民币）递过去，那边就把饵丝递过来。手过国界没关系，只要脚不过去，就不算越境。缅甸饵丝与中国饵丝味道一样！

还有一种饵块是米面的饼，形状略似北方的牛舌饼，但大一些，有一点像鞋底子。用一盆炭火，上置铁箅子，将饵块饼摊在箅子上烤，不停地用油纸扇扇着，待饵块起泡发软，用竹片涂上芝麻酱、花生酱、甜酱油、油辣子，对折成半月形，谓之"烧饵块"。入夜之后，街头常见一盆红红的炭火，听到一声悠长的吆唤："烧饵块！"给不多的钱，一"块"在手，边走边吃，自有一种情趣。

点心和小吃

火腿月饼。昆明吉庆祥火腿月饼天下第一。因为用的是"云腿"（宣威火腿），做工也讲究。过去四个月饼一斤，按老秤说是四两一个，称为"四两砣"。前几年有人从昆明给我带了两盒"四两砣"来，还能保持当年的质量。

破酥包子。油和的发面做的包子。包子的名称中带一个"破"字，似乎不好听。但也没有办法，因为蒸得了皮面上是有一些小小裂口。糖馅肉馅皆有，吃是很好吃的，就是太"油"了。你想想，油和的面，刚揭笼屉，能不"油"么？这种包子，一次吃不了几个，而且必须喝很浓的茶。

玉麦粑粑。卖玉麦粑粑的都是苗族的女孩。玉麦即包谷。昆明的汉人叫包谷，而苗人叫玉麦。新玉麦，才成粒，磨碎，用手拍成烧饼大，外裹玉麦的箬片（粑粑上还有手指的印子），蒸熟，放在漆木盆里卖，上覆杨梅树叶。玉麦粑粑微有咸味，有新玉麦的清香。苗族女孩子吆唤："玉麦粑粑……"，声音娇娇的，很好听。如果下点小雨，尤有韵致。

洋芋粑粑。洋芋学名马铃薯，山西、内蒙叫山药，东北、河北叫土豆，上海叫洋山芋，云南叫洋芋。洋芋煮烂，捣碎，入花椒盐、葱花，于铁勺中按扁，放在油锅里炸片时，勺底洋芋微脆，粑粑即漂起，捞出，即可拈吃。这是小学生爱吃的零食，我这个大学生也爱吃。

摩登粑粑。摩登粑粑即烤发面饼，不过是用松毛（马尾松的针叶）烤的，有一种松针的香味。这种面饼只有凤翥街一家现烤现卖。西南联大的女生很爱吃。昆明人叫女大学生为"摩登"，这种面饼也就被叫成"摩登粑粑"，而且成了正式的名称。前几年我到昆明，提起这种粑粑，昆明人说：现在还有，不过不在凤翥街了，搬到另外一条街上去了，还叫做"摩登粑粑"。

一九九三年一月十三日

《知味集》征稿小启

　　浙中清馋，无过张岱，白下老饕，端让随园。中国是一个很讲究吃的国家，文人很多都爱吃，会吃，吃的很精；不但会吃，而且善于谈吃。中外文化出版公司要编一套作家谈生活艺术的丛书，其中有一本是作家谈饮食文化的，说白了，就是作家谈吃。这是理所当然的事。作家谈吃，时时散见于报刊，但是向无专集，现在把谈吃的文章集中成一本，想当有趣。凡不厌精细的作家，盍兴乎来；八大菜系、四方小吃、生猛海鲜、新摘园蔬，暨酸豆汁、臭千张，皆可一谈。或小市烹鲜，欣逢多年之故友；佛院烧笋，偶得半日之清闲。婉转亲切，意不在吃，而与吃有关者，何妨一记？作家中不乏烹调高手，卷袖入厨，嗟咄立办；颜色饶有画意，滋味别出酸咸；黄州猪肉、宋嫂鱼羹，不能望其项背。凡有独得之秘者，倘能公诸于世，传之久远，是所望也。

道路阻隔，无由面请，谨奉牍以闻，此启。

作家谈吃第一集

——《知味集》后记

　　编完了这本书的稿子，说几句有关的和无关的话。

　　这本书还是值得看看的。里面的文章，风格各异，有的人书俱老，有的文采翩翩，都可读。不过书名起得有点冒失了。"人莫不饮食也，鲜能知味也"。知味实不容易，说味就更难。从前有人没有吃过葡萄，问人葡萄是什么味道，答曰"似软枣"，我看不像。"千里莼羹，末下盐豉"，和北方的酪可谓毫不相干。山里人不识海味，有人从海边归来盛称海错之美，乡间人争舐其眼。此人大概很能说味。我在福建吃过泥蚶，觉得好吃得不得了，但是回来之后，告诉别人，只能说非常鲜，嫩，不用任何佐料，剥了壳即可入口，而五味俱足，而且不会使人饱餍，越吃越想吃，而已。但是大家还是很爱谈吃。常听到的闲谈的话题是"精神会餐"。说的人津津有味，听的人倾耳入神。但是"精神会餐"者，精神也，只能调动人对某种食物的回忆和想象，谈是当不得吃的。此集所收文章所能达到的效果，也只是这样，使谈者对吃过的东西有所回味，对没吃过的有所向往，"吊吊胃口"罢了。读了一篇文章，跟吃过一盘好菜毕竟不一样（如是这样，就可以多开出版社，少开餐馆）。作家里有很会做菜的。本书的征稿小启中曾希望会做菜的作家将独得之秘公诸于众。本书也有少数几篇是涉及菜的做法的。做菜是有些要领的。炒多种物料放一起的菜，比如罗汉斋，要分别炒，然后再入锅混合，如果冬菇、冬笋、山药、百果、油菜……同时下锅，则将一塌糊涂，生的生，烂的烂。但是做菜主要靠实践，总要失败几次，才能取得经验。想从这本书里学几手，大概是不行的。这本书不是菜谱食单，只是一本作家谈吃的散文集子，读者也只宜当散文读。

数了数文章的篇数，觉得太少了。中国是一个吃的大国，只有这样几篇，实在是挂一漏万。而且谈大菜、名菜的少，谈小吃的多。谈大菜的只有王世襄同志的谈糟溜鱼片一篇。"八大菜系"里，只有一篇谈苏帮菜的，其余各系均付阙如，霍达的谈涮羊肉，只能算是谈了一种中档菜（她的文章可是高档的）。谈豆腐的倒有好几篇，豆腐是很好吃的东西，值得编一本专集，但和本书写到的和没有写到的肴馔平列，就有点过于突出，不成比例。这是什么原因呢？一是大菜、名菜很不好写。山东的葱烧海参，只能说是葱香喷鼻而不见葱；苏州松鹤楼的乳腐肉，只能说是"嫩得像豆腐一样"；四川的樟茶鸭子，只能说是鸭肉酥嫩，而有樟树茶叶香；镇江刀鱼，只能说：鲜！另外，这本书编得有点不合时宜。名菜细点，如果仔细揣摩，能近取譬，还是可以使人得其仿佛的，但是有人会觉得：这是什么时候，谈吃！再有，就是使人有"今日始知身孤寒"之感。我们的作家大都还是寒士。鲥鱼卖到一斤百元以上，北京较大的甲鱼七十元一斤，作家，谁吃得起？名贵的东西，已经成了走门子行贿的手段。买的人不吃，吃的人不买。而这些受贿者又只吃而不懂吃，瞎吃一通，或懂吃又不会写。于是，作家就只能写豆腐。

中国烹饪的现状到底如何？有人说中国的烹饪艺术出现危机。我看这不无道理。时常听到：什么什么东西现在没有了，什么什么菜不是从前那个味儿了。原因何在？很多。一是没有以前的材料。前几年，我到昆明，吃了汽锅鸡，索然无味；吃过桥米线，也一样。一问，才知道以前的汽锅鸡用的是武定壮鸡（武定特产，阉了的母鸡），现在买不到。过桥米线本来也应该是武定壮鸡的汤。我到武定，

吃汽锅鸡，也不是"壮鸡"！北京现在的"光鸡"只有人工
饲养的"西装鸡"和"华都肉鸡"，怎么做也是不好吃的。
二是赔不起那功夫。过去北京的谭家菜要几天前预定，因
为谭家菜是火候菜，不能嗟咄立办。张大千做一碗清炖吕
宋黄翅，要用十四天。吃安徽菜，要能等。现在大家都等
不及。镇江的肴肉过去精肉肥肉都是实在的，现在的肴肉
是软趴趴的，切不成片，我看是卤渍和石压的时间不够。
淮扬一带的狮子头，过去讲究"细切粗斩"，先把肥瘦各半
的硬肋肉切成石榴米大，再略剁几刀。现在是一塌括子放
进绞肉机里一绞，求其鲜嫩，势不可能。再有，我看是经
营管理和烹制的思想有问题。过去的饭馆都有些老主顾，
他们甚至常坐的座位都是固定的。菜品稍有逊色，便会挑
剔。现在大中城市活动人口多，采购员、倒爷，吃了就走。
馆子里不指望做回头生意，于是萝卜快了不洗泥，偷工减
料，马马虎虎。近年来大餐馆的名厨都致力于"创新菜"。
菜本来是应该不断创新的。我们现在不会回到把整牛放在
毛公鼎里熬得稀烂的时代。看看《梦粱录》、《东京梦华
录》，宋朝的菜的做法比现在似乎简单得多。但是创新要在
色香味上下功夫，现在的创新菜却多在形上做文章。有一
类菜叫做"工艺菜"。这本来是古已有之的。晋人雕卵而
食，可以算是工艺菜。宋朝有一位厨娘能用菜肴在盘子里

摆出"辋川小景",这可真是工艺。不过就是雕卵、"辋川小景",也没有多大意思。鸡蛋上雕有花,吃起来还不是鸡蛋的味道么?"辋川小景"没法吃。王维死后有知,一定会摇头:辋川怎么能吃呢?现在常见的工艺菜,是用鸡片、腰片、黄瓜、山楂糕、小樱桃、罐头豌豆……摆弄出来的龙、凤、鹤,华而不实。用鸡茸捏出一个一个椭圆的球球,安上尾巴,是金鱼,实在叫人恶心。有的工艺菜在大盘子里装成一座架空的桥,真是匪夷所思。还有在工艺菜上装上彩色小灯泡的,闪闪烁烁,这简直是:胡闹!中国烹饪确是有些问题。如何继承和发扬传统,使中国的烹饪艺术走上一条健康的正路,需要造一点舆论。此亦弘扬民族文化之一端。而作家在这方面是可以尽一点力的:多写一点文章。看来《知味集》有出续集、三集的必要。然而有什么出版社会出呢?吁。

一九九〇年三月二十三日

食道旧寻

——《学人谈吃》序

《学人谈吃》，我觉得这个书名有点讽刺意味。学人是会吃，且善于谈吃的。中国的饮食艺术源远流长，千年不坠，和学人的著述是有关系的。现存的古典食谱，大都是学人的手笔。但是学人一般比较穷，他们爱谈吃，但是不大吃得起。

抗日战争以前，学人的生活是相当优裕的，大学教授一月可以拿到三四百元，有的教授家里是有厨子的。抗战以后，学人生活一落千丈。我认识一些学人正是在抗战以后。我读的大学是西南联大，西南联大是名教授荟萃的学府。这些教授肚子里有学问，却少油水。昆明的一些名菜，如"培养正气"的汽锅鸡、东月楼的锅贴乌鱼、映时春的油淋鸡、新亚饭店的过油肘子、小西门马家牛肉馆的牛肉、甬道街的红烧鸡枞……能够偶尔一吃的，倒是一些"准学人"——学生或助教。这些准学人两肩担一口，无牵无挂，有一点钱——那时的大学生大都在校外兼职，教中学，当家庭教师，作会计……不时有微薄的收入，多是三朋四友，一顿吃光。有一次有一个四川同学，家里给他寄了一件棉袍来，我们几个人和他一块到邮局去取。出了邮局，他把包裹拆了，把棉袍搭在胳臂上，站在文明街上，大声喊："谁要这件棉袍？"当场有人买了。我们几个人钻进一家小馆子，风卷残云，一会的功夫，就把这件里面三新的棉袍吃掉了。教授们有家，有妻儿老小，当然不能这样的放诞。有一位名教授，外号"二云居士"，谓其所嗜之物为云土与云腿，我想这不可靠。走进大西门外凤翥街的本地馆子里，一屁股坐下来，毫不犹豫地先叫一盘"金钱片腿"的，只有赶马的马锅头。教授只能看看。唐立厂①（兰）先生爱吃干巴菌，这东西是不贵的，但必须有瘦肉、青辣椒同炒，而且过了雨季，鲜干巴菌就没有了，唐先生也不能老吃。沈从文先生经常在米线店就餐。巴金同志的《怀念从文》中提到："我还记得在昆明一家小饮食店里几次同他相遇，一两碗米线作为晚餐，有西红柿，还有鸡蛋，我们就满

---

① 这个字读庵，不是工厂的厂。

足了。"这家米线店在文林街他的宿舍对面，我就陪沈先生吃过多次米线。文林街上除了米线店，还有两家卖牛肉面的小馆子。西边那一家有一位常客，是吴雨僧（宓）先生。他几乎每天都来。老板和他很熟，也对他很尊敬。那时物价以惊人的速度飞涨，牛肉面也随时要涨价。每涨一次价，老板都得征求吴先生的同意。吴先生听了老板的陈述，认为有理，就用一张红纸，毛笔正楷，写一张新订的价目表，贴在墙上。穷虽穷，不废风雅。云南大学成立了一个曲社，定期举行"同期"。参加拍曲的有陶重华（光）、张宗和、孙凤竹、崔芝兰、沈有鼎、吴征镒诸先生，还有一位在民航公司供职的许茹香老先生。"同期"后多半要聚一次餐。所谓"聚餐"，是到翠湖边一家小铺去吃一顿馅儿饼，费用公摊。不到吃完，账已经算得一清二楚，谁该多少钱。掌柜的直纳闷，怎么算得这么快？他不知道算账的是许宝骤先生。许先生是数论专家，这点小九九还在话下！许家是昆曲世家，他的曲子唱得细致规矩是不难理解的，从本书俞平伯先生文中，我才知道他的字也写得很好。昆明的学人清贫如此，重庆、成都的学人也好不到哪里去。我在观音寺一中学教书时，于金启华先生壁间见到胡小石先生写给他的一条字，是胡先生自作的有点打油味道的诗。全诗已忘，前面说广文先生如何如何，有一句我是一直记得的："斋钟顿顿牛皮菜。"牛皮菜即莙荙菜，茎叶可炒食或做汤，北方叫做"根头菜"，也还不太难吃，但是顿顿吃牛皮菜，是会叫人"嘴里淡出鸟来"的！

　　抗战胜利，大学复员。我曾在北大红楼寄住过半年，和学人时有接触，他们的生活比抗战时要好一些，但很少于吃喝上用心的。谭家菜近在咫尺，我没有听说有哪几位教授在谭家菜预定过一桌鱼翅席去解馋。北大附近只有松公府夹道拐角处有一家四川馆子，就是本书李一氓同志文中提到过许倩云、陈书舫曾照顾过的，屋小而菜精。李一氓同志说是这家的菜比成都还做得好，我无从比较。除了鱼香肉丝、炒回锅肉、豆瓣鱼……之外，我一直记得这家的泡菜特别好吃，——而且是不算钱的。掌勺的是个矮胖子，他的儿子也上灶。不知为了什么事，两父子后来闹翻了。常到这里来吃的，以助教、讲师为多，教授是很少来的。除了这家四川馆，红楼附近只有两家小饭铺，卖觞面炒饼，还有一种叫做"炒和菜戴帽"或"炒和菜盖被窝"的菜，——菠菜炒粉条，上面摊一层薄薄的鸡蛋盖住。从大学附近饭铺的菜蔬，可以大体测量出学人和准学人的生活水平。

　　教授、讲师、助教忽然阔了一个时期。国民党政府改革币制，从法币改为金元券，这一下等于增加薪水十倍。于是，我们几乎天天晚上到东安市场去吃。吃森隆、五芳斋的时候少，常吃的是"苏造肉"——猪肉及下水加沙仁、豆蔻等药料共煮一锅，吃客可以自选一两样，由大师傅夹出，剁块，和黄宗江在《美食随笔》里提到的言慧珠请他吃过的爆肚，和白汤杂碎。东安市场的爆肚真是一绝，脆，嫩，绝对干净，爆散丹、爆肚仁都好。白汤杂碎，汤是雪白的。可惜好景不长，阔也就是阔了一个月光景。金元券贬值，只能依旧回沙滩吃炒和菜。

教授很少下馆子。他们一般都在家里吃饭，偶尔约几个朋友小聚，也在家里。教授夫人大都会做菜。我的师娘，三姐张兆和是会做菜的。她做的八宝糯米鸭，酥烂入味，皮不破，肉不散，是个杰作。但是她平常做的只是家常炒菜。四姐张充和多才多艺，字写得极好，曲子唱得极好，——我们在昆明曲会学唱的《思凡》就是用的她的腔，曾听过她的《受吐》的唱片，真是细腻宛转；她善写散曲，也很会做菜。她做的菜我大都忘了，只记得她做的"十香菜"。"十香菜"，苏州人过年吃的常菜耳，只是用十种咸菜丝，分别炒出，置于一盘。但是充和所制，切得极细，精致绝伦，冷冻之后，于鱼肉饫饱之余上桌，拈箸入口，香留齿颊！

解放后我在北京市文联工作过几年。那时文联编着两个刊物：《北京文艺》和《说说唱唱》，每月有一点编辑费。编辑费都是吃掉。编委、编辑，分批开向饭馆。那两年，我们几乎把北京的有名的饭馆都吃遍了。预订包桌的时候很少，大都是临时点菜。"主点"的是老舍先生，执笔写菜单的是王亚平同志。有一次，菜点齐了，老舍先生又斟酌了一次，认为有一个菜不好，不要，亚平同志掏出笔来在这道菜四边画了一个方框，又加了一个螺旋形的小尾巴。服务员接过菜单，端详了一会，问："这是什么意思？"亚平真是个老编辑，他把校对符号用到菜单上来了！

老舍先生好客，他每年要把文联的干部约到家里去喝两次酒，一次是菊花开的时候，赏菊；一次是腊月二十三，他的生日。菜是地道老北京的味儿，很有特点。我记得很清楚的是芝麻酱炖黄花鱼，是一道汤菜。我以前没有吃过这个菜，以后也没有吃过。黄花鱼极新鲜，而且是一般大小，都是八寸。装这个菜得一个特制的器皿——瓷罐子，即周壁直上直下的那么一个家伙。这样黄花鱼才能一条一条顺顺溜溜平躺在汤里。若用通常的大海碗，鱼即会拗弯甚至断碎。老舍夫人胡絜青同志善做"芥末墩"，我以为是天下第一。有一次老舍先生宴客的是两个盒子菜。盒子菜已经绝迹多年，不知他是从哪一家订来的。那种里面分隔的填雕的朱红大圆漆盒现在大概也找不到了。

学人中有不少是会自己做菜的。但都只能做一两只拿手小菜。学人中真正精于烹调的，据我所知，当推北京王世襄。世襄以此为一乐。有时朋友请他上家里做几个菜，主料、配料、酱油、黄酒……都是自己带去。听黄永玉说，有一次有几个朋友在一家会餐，规定每人备料去表演一个菜。王世襄来了，提了一捆葱。他做了一个菜：闷葱。结果把所有的菜全压下去了。此事不知是否可靠。如不可靠，当由黄永玉负责！

客人不多，时间充裕，材料凑手，做几个菜是很愉快的事。成天伏案，改换一下身体的姿势，也是好的，——做菜都是站着的。做菜，得自己去买菜。买菜也是构思的过程。得看菜市上有什么菜，捉摸一下，才能掂配出几个菜来。不可能在家里想做几个什么菜，菜市上准有。想炒一个雪里蕻冬笋，没有冬笋，菜架上却有新到的荷兰豆，只好"改戏"。买菜，也多少是运动。我是很爱逛菜市场的。到了一个新地方，有人爱逛百货公司，有人爱逛书店，我宁可去逛逛菜市。看看生鸡活鸭、鲜鱼水菜、碧绿的黄瓜、通红的辣椒，热热闹闹，挨挨挤挤，让人感到一种生之乐趣。

学人所做的菜很难说有什么特点，但大都存本味，去增饰，不勾浓芡，少用明油，比较清淡，和馆子菜不同。北京菜有所谓"宫廷菜"（如仿膳）、"官府菜"（如谭家菜、"潘鱼"）。学人做的菜该叫个什么菜呢？叫做"学人菜"，不大好听，我想为之拟一名目，曰"名士菜"，不知王世襄等同志能同意否。

　　编者叫我为《学人谈吃》写一篇序，我不知说什么好，就东拉西扯地写了上面一些。

　　　　　　　　　　　一九九〇年六月三十日

食豆饮水斋闲笔

豌豆

在北市口卖熏烧炒货的摊子上，和我写的小说《异秉》里的王二的摊子上，都能买到炒豌豆和油炸豌豆。二十文（两枚当十的铜元）即可买一小包，洒一点盐，一路上吃着往家里走。到家门口，也就吃完了。

离我家不远的越塘旁边的空地上，经常有几副卖零吃的担子。卖花生糖的。大粒去皮的花生仁，炒熟仍是雪白的，平摊在抹了油的白石板上，冰糖熬好，均匀地浇在花生米上，候冷，铲起。这种花生糖晶亮透明，不用刀切，大片，放在玻璃匣里，要买，取出一片，现约，论价。冰糖极脆，花生很香。卖豆腐脑的。我们那里的豆腐脑不像北京浇口蘑渣羊肉卤，只倒一点酱油、醋，加一滴麻油——用一只一头缚着一枚制钱的筷子，在油壶里一蘸，滴在碗里，真正只有一滴。但是加很多样零碎佐料：小虾米、葱花、蒜泥、榨菜末、药芹末——我们那里没有旱芹，只有水芹即药芹，我很喜欢药芹的气味。我觉得这样的豆腐脑清清爽爽，比北京的勾芡的黏黏糊糊的羊肉卤的要好吃。卖糖豌豆粥的。香粳晚米和豌豆一同在铜锅中熬熟，盛出后加洋糖（绵白糖）一勺。夏日于柳阴下喝一碗，风味不恶。我离乡五十多年，至今还记得豌豆粥的香味。

北京以豌豆制成的食品，最有名的是"豌豆黄"。这东西其实制法很简单，豌豆熬烂，去皮，澄出细沙，加少量白糖，摊开压扁，切成5寸×3寸的长方块，再加刀割出四方小块，分而不离，以牙签扎取而食。据说这是"宫廷小吃"，过去是小饭铺里都卖的，很便宜，现在只仿膳这样的大餐馆里有了，而且卖得很贵。

夏天连阴雨天，则有卖煮豌豆的。整料的豌豆煮熟，加少量盐，搁两个大料瓣在浮头上，用豆绿茶碗量了卖。虎坊桥有一个傻子卖煮豌豆，给得多。虎坊桥一带流传一句歇后语："傻子的豌豆——多给"。北京别的地区没有这样的歇后语。想起煮豌豆，就会叫人想起北京夏天的雨。

早年前有磕豌豆模子的。豌豆煮成泥，摁在雕成花样的木模子里，磕出来，就成了一个一个小玩意儿，小猫、小狗、小兔、小猪。买的都是孩子，也玩了，也吃了。

以上说的是干豌豆。新豌豆都是当菜吃。烩豌豆是应时当令的新鲜菜。加一点火腿丁或鸡茸自然很好，就是素烩，也极鲜美。烩豌豆不宜久煮，久煮则汤色发灰，不透亮。

全国兴起了吃荷兰豌豆也就近几年的事。我吃过的荷兰豆以厦门为最好，宽大而嫩。厦门的汤米粉中都要加几片荷兰豆，可以解海鲜的腥味。北京吃的荷兰豆都是从南方运来的。我在厦门郊区的田里看到正在生长着的荷兰豆，搭小架，水红色的小花，嫩绿的叶子，嫣然可爱。

豌豆的嫩头，我的家乡叫豌豆头，但将"豌"字读成"安"。云南叫豌豆尖，四川叫豌豆颠。我的家乡一般都是油盐炒食。云南、四川加在汤面上面，叫做"飘"或"青"。不要加豌豆苗，叫"免飘"；"多青重红"则是多要豌豆苗和辣椒。吃毛肚火锅，在涮了各种荤料后，浓汤之中推进一大盘豌豆颠，美不可言。

豌豆可以入画。曾在山东看到钱舜举的册页，画的是豌豆，不能忘。钱舜举的画设色娇而不俗，用笔稍细而能潇洒，我很喜欢。见过一幅日本竹内栖凤的画，豌豆花，叶颜色较钱舜举尤为鲜丽，但不知道为什么在豌豆前面画了一条赭色的长蛇，非常逼真。是不是日本人觉得蛇也很美？

一九九二年五月七日

黄豆

豆叶在古代是可以当菜吃的。吃法想必是做羹。后来就没有人吃了。没有听说过有人吃凉拌豆叶、炒豆叶、豆叶汤。

我们那里，夏天，家家都要吃几次炒毛豆，加青辣椒。中秋节煮毛豆供月，带壳煮。我父亲会做一种毛豆：毛豆剥出粒，与小青椒（不切）同煮，加酱油、糖，候豆熟收汤，摊在筛子里晾至半干，豆皮起皱，收入小坛。下酒甚妙，做一次可以吃几天。

北京的小酒馆里盐水煮毛豆，有的酒馆是整棵地煮的，不将豆荚剪下，酒客用手摘了吃，似比装了一盘吃起来更香。

香椿豆甚佳。香椿嫩头在开水中略烫，沥去水，碎切，加盐；毛豆加盐煮熟，与香椿同拌匀，候冷，贮之玻璃瓶中，隔日取食。

北京人吃炸酱面，讲究的要有十几种菜码，黄瓜丝、小萝卜、青蒜……还得有一撮毛豆或青豆。肉丁（不用副食店买的绞肉末）炸酱与青豆同嚼，相得益彰。

北京人炒麻豆腐要放几个青豆嘴儿——青豆发一点芽。

三十年前北京稻香村卖熏青豆，以佐茶甚佳。这种豆大概未必是熏的，只是加一点茴香，入轻盐煮后晾成的。皮亦微皱，不软不硬，有咬劲。现在没有了，想是因为费工而利薄，熏青豆是很便宜的。

江阴出粉盐豆。不知怎么能把黄豆发得那样大，长可半寸，盐炒，豆不收缩，皮色发白，极酥松，一嚼即成细粉，故名粉盐豆。味甚隽，远胜花生米。吃粉盐豆，喝白花酒，很相配。我那时还不怎么会喝酒，只是喝白开水。星期天，坐在自修室里，喝水，吃豆，读李清照、辛弃疾词，别是一番滋味。我在江阴南菁中学读过两年，星期天多半是这样消磨过去的。前年我到江阴寻梦，向老同学问起粉盐豆，说现在已经没有了。

稻香村、桂香村、全素斋等处过去都卖笋豆。黄豆、笋干切碎，加酱油、糖煮。现在不大见了。

三年自然灾害时，对十七级干部有一点照顾，每月发几斤黄豆、一斤白糖，叫"糖豆干部"。我用煮笋豆法煮之，没有笋干，放一点口蘑。口蘑是我在张家口坝上自己采得晒干的。我做的口蘑豆自家吃，还送人。曾给黄永玉送去过。永玉的儿子黑蛮吃了，在日记里写道："黄豆是不好吃的东西，汪伯伯却能把它做得很好吃，汪伯伯很伟大！"

炒黄豆芽宜烹糖醋。

黄豆芽吊汤甚鲜。南方的素菜馆、供素斋的寺庙，都用豆芽汤取鲜。有一老饕在一个庙里吃了素斋，怀疑汤里放了虾子包，跑到厨房里去验看，只见一口大锅里熬着一锅黄豆芽和香菇蒂的汤。黄豆芽汤加酸雪里蕻，泡饭甚佳。此味北人不解也。

黄豆对中国人民最大的贡献是能做豆腐及各种豆制品。如果没有豆腐，中国人民的生活将会缺一大块，和尚、口蘑、金针、木耳、冬笋、竹笋，主要是靠豆腐、豆制品。素这个，素那个，只是豆制品变出的花样而已。关于豆腐，应另写专文，此不及。

一九九二年五月十日

绿豆

绿豆在粮食里是最重的。一麻袋绿豆二百七十斤，非壮劳力扛不起。

绿豆性凉，夏天喝绿豆汤、绿豆粥、绿豆水饭，可祛暑。

绿豆的最大用途是做粉丝。粉丝好像是中国的特产。外国名之曰玻璃面条。常见的粉丝的吃法是下在汤里。华侨很爱吃粉丝，大概这会引起他们的故国之思。每年国内要远销大量粉丝到东南亚各地，一律称为"龙口细粉"，华侨多称之为"山东粉"。我有个亲戚，是闽籍马来西亚归侨，我在她家吃饭，她在什么汤里都必放两样东西：粉丝和榨菜。苏南人爱吃"油豆腐线粉"，是小吃，乃以粉丝及豆腐泡下在冬菇扁尖汤里。午饭已经消化完了，晚饭还不到时候，吃一碗油豆腐线粉，蛮好。北京的镇江馆子森隆以前有一道菜，银丝牛肉：粉丝温油炸脆，浇宽汁小炒牛肉丝，唦拉有声。不知这是不是镇江菜。做银丝牛肉的粉丝必须是纯绿豆的，否则易于焦煳。我曾在自己家里做过一次，粉丝大概掺了不知别的什么东西，炸后成了一团黑炭。"蚂蚁上树"原是四川菜，肉末炒粉丝。有一个剧团的伙食办得不好，演员意见很大。剧团的团长为了关心群众生活，深入到食堂去亲自考察，看到菜牌上写的菜名有"蚂蚁上树"，说："啊呀，伙食是有问题，蚂蚁怎么可以吃呢？"这样的人怎么可以当团长呢？

绿豆轧的面条叫"杂面"。《红楼梦》里尤三姐说："咱们清水下杂面，你吃我看。"或说杂面要下羊肉汤里，清水下杂面是说没有吃头的。究竟这句话是什么意思，我还不太明白。不过杂面是要有点荤汤的，素汤杂面我还没有吃过。那么，吃长斋的人是不吃杂面的？

凉粉皮原来都是绿豆的，现在纯绿豆的很少，多是杂豆的。大块凉粉则是白薯粉的。

凉粉以川北凉粉为最好，是豌豆粉，颜色是黄的。川北凉粉放很多油辣椒，吃时嘴里要嘘嘘出气。

广东人爱吃绿豆沙。昆明正义路南头近金碧路处有一家广东人开的甜品店，卖绿豆沙、芝麻糊和番薯糖水。绿豆沙、芝麻糊都好吃，番薯糖水则没有多大意思。

绿豆糕以昆明的吉庆祥和苏州采芝斋最好，油重，且加了玫瑰花。北京的绿豆糕不加油，是干的，吃起来噎人。我有一阵生胆囊炎，不宜吃油，买了一盒回来，我的孙女很爱吃，一气吃了几块，我觉得不可理解。

一九九二年五月十一日

食豆饮水斋闲笔

扁豆

　　我们那一带的扁豆原来只有北京人所说的"宽扁豆"的那一种。郑板桥写过一副对联："一庭春雨瓢儿菜，满架秋风扁豆花"，指的当是这种扁豆。这副对子写的是尚可温饱的寒士家的景况，有钱的阔人家是不会在庭院里种菜种扁豆的。扁豆有紫花和白花的两种，紫花的较多，白花的少。郑板桥眼中的扁豆花大概是紫的。紫花扁豆结的豆角皮色亦微带紫，白花扁豆则是浅绿色的。吃起来味道都差不多。唯入药用，则必为"白扁豆"，两种扁豆药性可能不同。扁豆初秋即开花，旋即结角，可随时摘食。板桥所说"满架秋风"，给人的感觉是已是深秋了。画扁豆花的画家喜欢画一只纺织娘，这是一个季节的东西。暑尽天凉，月色如水，听纺织娘在扁豆架上沙沙地振羽，至有情味。北京有种红扁豆的，花是大红的，豆角则是深紫红的。这种红扁豆似没人吃，只供观赏。我觉得这种扁豆红得不正常，不如紫花、白花有韵致。

　　北京通常所说的扁豆，上海人叫四季豆。我的家乡原来没有，现在有种的了。北京的扁豆有几种，一般的就叫扁豆，有上架的，叫"架豆"。一种叫"棍儿扁豆"，豆角如小圆棍。"棍儿扁豆"字面自相矛盾，既似棍儿，不当叫扁。有一种豆角较宽而甚嫩的，叫"闷儿豆"，我想是"眉豆"的讹读。北京人吃扁豆无非是焯熟凉拌，炒，或闷。"闷扁豆面"挺不错。扁豆闷熟，加水，面条下在上面，面熟，将扁豆翻到上面来，再稍闷，即得。扁豆不管怎么做，总宜加蒜。

我在泰山顶上一个招待所里吃过一盘炒棍儿扁豆，非常嫩。平生所吃扁豆，此为第一。能在泰山顶上吃到，尤为难得。

一九九二年五月十二日

芸豆

我在昆明吃了几年芸豆。西南联大的食堂里有几个常吃的菜：炒猪血（云南叫"旺子"），炒莲花白（即北京的圆白菜、上海的卷心菜、张家口的疙瘩白），灰色的魔芋豆腐……几乎每天都有的是煮芸豆。府甬道菜市上有卖芸豆的，盐煮，我们有时买了当零嘴吃，因为很便宜。芸豆有红的和白的两种，我们在昆明吃的是红的。

北京小饭铺里过去有芸豆粥卖，是白芸豆。芸豆粥粥汁甚黏，好像勾了芡。

芸豆卷和豌豆黄一样，也是"宫廷小吃"。白芸豆煮成沙，入糖，制为小卷。过去北海漪澜堂茶馆里有卖，现在不知还有没有。

在乌鲁木齐逛"巴扎"，见白芸豆极大，有大拇指头顶儿那样大，很想买一点，但是数千里外带一包芸豆回北京，有点"神经"，遂作罢。

一九九二年五月十二日

红小豆

红小豆上海叫赤豆：赤豆汤，赤豆棒冰。北京叫小豆：小豆粥，小豆冰棍。我的家乡叫红饭豆，因为可掺在米里蒸成饭。

红小豆最大的用途是做豆沙。北方的豆沙有不去皮的，只是小豆煮烂而已。豆包、炸糕的馅都是这样的粗制豆沙。水滤去皮，成为细沙，北方叫"澄沙"，南方叫"洗沙"。做月饼、甜包、汤圆，都离不开豆沙。豆沙最能吸油，故宜作馅。我们家大年初一早起吃汤圆，洗沙是年前就用大量的猪油拌了，每天在饭锅头上蒸一次，沙色紫得发黑，已经吸足了油。我们家的汤圆又很大，我只能吃两三个，因为一咬一嘴油。

四川菜有夹沙肉，乃以肥多瘦少的带皮豚肩肉整块煮至六七成熟，捞出，稍凉后，切成厚二三分的大片，两片之间肉皮不切通，中夹洗沙，上笼蒸扒。这道菜是放糖的，很甜。肥肉已经脱了油，吃起来不腻。但也不能多吃，我只能来两片。我的儿子会做夹沙肉，每次都很成功。

一九九二年五月十三日

豇豆

我小时最讨厌豇豆，只有两层皮，味道寡淡。从来北京，岁数大了，觉得豇豆也还好吃。人的口味是可以变的。比如我小时不吃猪肺，觉得泡泡囊囊的，嚼起来很不舒服。老了，觉得肺头挺好吃，于老人牙齿甚相宜。

嫩豇豆切寸段，入开水锅焯熟，以轻盐稍腌，滗去盐水，以好酱油、镇江醋、姜、蒜末同拌，滴香油数滴，可以"渗"酒。炒食亦佳。

河北省酱菜中有酱豇豆，别处似没有。北京的六必居、天源，南方扬州酱菜中都没有。保定酱豇豆是整根酱的，甚脆嫩，而极咸。河北人口重，酱菜无不甚咸。

豇豆长老后，表皮光洁，淡绿中泛浅紫红晕斑。瓷器中有一种"豇豆红"就是这种颜色。曾见一豇豆红小石榴瓶，莹润可爱。中国人很会为瓷器的釉色取名，如"老僧衣"、"芝麻酱"、"茶叶末"，都甚肖。

一九九二年五月十七日

蚕豆

北京快有新蚕豆卖了。

我小时候吃蚕豆，就想过这个问题：为什么叫蚕豆？到了很大的岁数，才明白过来：因为这是养蚕的时候吃的豆。我家附近没有养蚕的，所以联想不起来。四川叫胡豆，我觉得没有道理。中国把从外国来的东西冠之以胡、番、洋，如番茄、洋葱。但是蚕豆似乎是中国本土上早就

420

有的，何以也加一"胡"字？四川人也有写作"葫豆"的，也没有道理。葫是大蒜。这种豆和大蒜有什么关系？也许是因为这种豆结荚的时候也正是大蒜结球的时候？这似乎也是勉强。小时候读鲁迅的文章，提到罗汉豆，叫我好一阵猜，想像不出是怎样一种豆。后来才知道，嗐，就是蚕豆。鲁迅当然是知道全国大多数地方是叫蚕豆的，偏要这样写，想是因为这样写才有绍兴特点，才亲切。

蚕豆是很好吃的东西，可以当菜，也可以当零食。各种做法，都好吃。

我的家乡，嫩蚕豆连内皮炒。或加一点切碎的咸菜，尤妙。稍老一点，就剥去内皮炒豆瓣。有时在炒红苋菜时加几个绿蚕豆瓣，颜色鲜明，也能提味。有一个女同志曾在我家乡的乡下落户，说房东给她们做饭时在鸡蛋汤里放一点蚕豆瓣，说是非常好吃。这是乡下做法，城里没有这么做的。蚕豆老了，就连皮煮熟，加点盐，可以下酒，也可以白嘴吃。有人家将煮熟的大粒蚕豆用线穿成一挂佛珠，给孩子挂在脖子上，一颗一颗地剥了吃，孩子没有不高兴的。

江南人吃蚕豆与我们乡下大体相似。上海一带的人把较老的蚕豆剥去内皮，香油炒成蚕豆泥，好吃。用以佐粥，尤佳。

四川、云南吃蚕豆和苏南、苏北人亦相似。云南季节似比江南略早。前年我随作家访问团到昆明，住翠湖宾馆。吃饭时让大家点菜。我点了一个炒豌豆米，一个炒青蚕豆，作家下箸后都说："汪老真会点菜！"其时北方尚未见青蚕豆，故觉得新鲜。

　　北京人是不大懂吃新鲜蚕豆的。北京人爱吃扁豆、豇豆，而对蚕豆不赏识。因为北京人很少种蚕豆，蚕豆不能对北京人有鲁迅所说的"蛊惑"。北京的蚕豆是从南方运来的，卖蚕豆的也多是南方人。南豆北调，已失新鲜，但毕竟是蚕豆。

　　蚕豆到"落而为萁"，晒干后即为老蚕豆。老蚕豆仍可做菜。老蚕豆浸水生芽，江南人谓之为"发芽豆"，加盐及香料煮熟，是酒菜。我的家乡叫"烂蚕豆"。北京人加一个字，叫做"烂和蚕豆"。我在民间文艺研究会工作的时候，在演乐胡同上班，每天下班都见一个老人卖烂和蚕豆。这老人至少有七十大几了，头发和两腮的短髭都已经是雪白的了。他挎着一个腰圆的木盆，慢慢地从胡同这头到那头，哑声吆喝着：烂和蚕豆……。后来老人不知得了什么病，头抬不起来，但还是折倒了颈子，埋着头，卖烂和蚕豆，只是不再吆喝了。又过些日子，老人不见了。我想是死了。不知道为什么，我每次吃烂和蚕豆，总会想起这位老人。我想的是什么呢？人的生活啊……

老蚕豆可炒食。一种是水泡后炒的，叫"酥蚕豆"。我的家乡叫"沙蚕豆"。一种是以干蚕豆入锅炒的，极硬，北京叫"铁蚕豆"。非极好牙口，是吃不了铁蚕豆的。北京有句歇后语：老太太吃铁蚕豆——闷了。我想没有哪个老太太会吃铁蚕豆，一颗铁蚕豆闷软和了，得多长时间！我的老师沈从文先生在中老胡同住的时候，每天有一个骑着自行车卖铁蚕豆的从他的后墙窗外经过，吆喝"铁蚕豆"……这人是个中年汉子，是个出色的男高音，他的声音不但高、亮、打远，而且尾音带颤。其时沈先生正因为遭受迫害而精神紧张，我觉得这卖铁蚕豆的声音也会给他一种压力，因此我忘不了铁蚕豆。

蚕豆作零食，有：

入水稍泡，油炸。北京叫"开花豆"。我的家乡叫"兰花豆"，因为炸之前在豆嘴上剁一刀，炸后豆瓣四裂，向外翻开，形似兰花。

上海老城隍庙奶油五香豆。

苏州有油酥豆板，乃以绿蚕豆瓣入油炸成。我记得从前的油酥豆板是洒盐的，后来吃的却是裹了糖的，没有加盐的好吃。

四川北碚的怪味胡豆味道真怪，酥、脆、咸、甜、麻、辣。

蚕豆可作调料。作川味菜离不开郫县豆瓣。我家里郫县豆瓣是周年不缺的。

北京就快有青蚕豆卖了，谷雨已经过了。

干丝

南京、镇江、扬州、高邮、淮安都有干丝。发源地我想是扬州。这是淮扬菜系的代表作之一，很多菜谱都著录。但其实这不是"菜"。干丝不是下饭的，是佐茶的。

扬州一带人有吃早茶的习惯。人说扬州人"早上皮包水，晚上水包皮"。"水包皮"是洗澡，"皮包水"是喝茶。"扬八属"各县都有许多茶馆。上茶馆不只是喝茶，是要吃包子点心的。这有点像广东的"饮茶"。不过广东的茶楼是由服务员（过去叫"伙计"）推着小车，内置包点，由茶客手指索要，扬州的茶馆是由客人一次点齐，陆续搬上。包点是现做现蒸，总得等一些时候，一般上茶馆的大都要一个干丝。一边喝茶，吃干丝，既消磨时间，也调动胃口。

一种特制的豆腐干，较大而方，用薄刃快刀片成薄片，再切为细丝，这便是干丝。讲究一块豆腐干要片十六片，切丝细如马尾，一根不断。

最初似只有烫干丝。干丝在开水锅中烫后，滗去水，在碗里堆成宝塔状，浇以麻油、好酱油、醋，即可下箸。过去盛干丝的碗是特制的，白地青花，碗足稍高，碗腹较深，敞口，这样拌起干丝来好拌。现在则是一只普通的大碗了。我父亲常带了一包五香花生米，搓去外皮，携青蒜一把，嘱堂倌切寸段，稍烫一烫，与干丝同拌，别有滋味。这大概是他的发明。干丝喷香，茶泡两开正好，吃一箸干丝，喝半杯茶，很美！扬州人喝茶爱喝"双拼"，倾龙井、香片各一包，入壶同泡，殊不足取。总算还好，没有把乌龙茶和龙井搀和在一起。

煮干丝不知起于何时，用小虾米吊汤，投干丝入锅，下火腿丝、鸡丝，煮至入味，即可上桌。不嫌夺味，亦可加冬菇丝。有冬笋的季节，可加冬笋丝。总之烫干丝味要清纯，煮干丝则不妨浓厚。但也不能搁螃蟹、蛤蜊、海蛎子、蛏，那样就是喧宾夺主，吃不出干丝的味了。

北京没有适于切干丝的豆腐干。偶有"大白干"，质地松泡，切丝易断。不得已，以高碑店豆腐片代之，细切如扬州方干一样，但要选片薄而有韧性者。这道菜已经成了我偶设家宴的保留节目。

美籍华人女作者聂华苓和她的丈夫保罗·安格尔来北京，指名要在我家吃一顿饭，由我亲自做。我给她配了几个菜。几个什么菜，我已经忘了，只记得有一大碗煮干丝。华苓吃得淋漓尽致，最后端起碗来把剩余的汤汁都喝了。华苓是湖北人，年轻时是吃过煮干丝的。但在美国不易吃到。美国有广东馆子、四川馆子、湖南馆子，但淮扬馆子似很少。我做这个菜是有意逗引她的故国乡情！我那道煮干丝自己也感觉不错，是用干贝吊的汤。前已说过，煮干丝不厌浓厚。

　　　　　　　　　　　一九九二年九月七日

干丝

鱼我所欲也

石斑

我第一次吃石斑鱼是一九四七年，在越南海防一家华侨开的饭馆里。那吃法很别致。一条很大的石斑，红烧，同时上一大盘生的薄荷叶。我仿照邻座人的办法，吃一口石斑鱼，嚼几片薄荷叶。这薄荷可把口中残余的鱼味去掉，再吃第二口，则鱼味常新。这种吃法，国内似没有。越南人爱吃薄荷，华侨饭馆这样的搭配，盖受越南人之影响。

石斑鱼有红斑，青斑——即灰鼠斑。灰鼠斑尤为名贵，清蒸最好。

鳜鱼

可以和石斑相媲美的淡水鱼，其谓鳜鱼乎？张志和《渔父》词："西塞山前白鹭飞，桃花流水鳜鱼肥"，一经品题，身价十倍。我的家乡是水乡，产鱼，而以"鳊、白、鲥"为三大名鱼："鲥"是鲥花鱼，即鳜鱼。徐文长以为"鲥"字应作"罽"。"罽"是古代的花毯。鲥花鱼身上有黄黑的斑点，似"罽"。但"罽"字今人多不识，如果饭馆的菜单上出现这个字，顾客将不知道这是什么东西。鳜鱼肉细，是蒜瓣肉，刺少，清蒸、氽汤、红烧、糖醋皆宜。苏南饭馆做"松鼠鳜鱼"，甚佳。

一九三八年，我在淮安吃过干炸鲥花鱼。活鳜鱼，重三斤，加花刀，在大油锅中炸熟，外皮酥脆，鱼肉白嫩，蘸花椒盐吃，极妙。和我一同吃的有小叔父汪兰生、表弟董受申。汪兰生、董受申都去世多年了。

鲥鱼·刀鱼·鮰鱼

这都是江鱼。

鲥鱼现在卖到两百多块钱一斤，成了走后门送礼的东西，"吃的人不买，买的人不吃"。

刀鱼极鲜、肉极细，但多刺。金圣叹尝以为刀鱼刺多是人生恨事之一。不会吃刀鱼的人是很容易卡到嗓子的。镇江人以刀鱼煮至稀烂，用纱布滤去细刺，以做汤、下面，即谓"刀鱼面"，很美。

我在江阴读南菁中学时，常常吃到鮰鱼，学校食堂里常做这东西。在江阴是很便宜的。鮰鱼本名鮠鱼，但今人只叫它鮰鱼。鮰鱼大概也能红烧。但我在中学时吃的鮰鱼都是白烧。后来在汉口的璇宫饭店吃的，也是白烧。鮰鱼肉厚，切块放在碗里，没有吃过的人会以为这是鸡块。鮰鱼几乎无刺，大块入口，吃起来很过瘾，宜于馋而懒的人。或说鮰鱼是吃死人的。江里哪有那么多的死人？！鮰鱼吃鱼，是确实的。凡吃鱼的鱼都好吃。鳜鱼也是吃鱼的。养鱼的池塘里是不能有鳜鱼的，见鳜鱼，即捕去。

黄河鲤鱼

我不爱吃鲤鱼，因为肉粗，且有土腥气，但黄河鲤鱼除外。在河南开封吃过黄河鲤鱼，后来在山东水泊梁山下吃过黄河鲤鱼，名不虚传。辨黄河鲤与非黄河鲤，只须看鲤鱼剖开后内膜是白的还是黑的。白色者是真黄河鲤，黑色者是假货。梁山一带人对鲤鱼很重视，酒席上必须有鲤鱼，"无鱼不成席"。婚宴尤不可少。梁山一带人对即将结婚的青年男女，不说是"等着吃你的喜酒"，而说"等着吃你的鱼！"鲤鱼要吃三斤左右的，价也最贵。《水浒传·吴学究说三阮撞筹》中吴用说他"在一个大财主家做门馆教学，今来要对付十数尾金色鲤鱼，要重十四五斤的"。鲤鱼大到十四五斤，不好吃了，写《水浒》的施耐庵、罗贯中对吃鲤鱼外行。

虎头鲨和昂嗤鱼

虎头鲨和昂嗤鱼原来都是贱鱼，在我的家乡是上不得席的，现在都变得名贵了。

苏州人特重塘鳢鱼，谈起来眉飞色舞。我到苏州一看：嗐，原来就是我们那里的虎头鲨。虎头鲨头大而硬，鳞色微紫，有小黑斑，样子很凶恶，而肉极嫩。我们家乡一般用来汆汤，汤里加醋。嗷嗤鱼阔嘴有须，背黄腹白，无背鳍，背上有一根硬骨，捏住硬骨，它会"嗷嗤嗷嗤"地叫。过去也是汆汤，不放醋，汤白如牛乳。近年家乡兴起炒嗷嗤鱼片，谓之"炒金银片"，亦佳。

鳝鱼

淮安人能做全鳝席，一桌子菜，全是鳝鱼。除了烤鳝背、炝虎尾等等名堂，主要的做法一是炒，二是烧。鳝鱼烫熟切丝再炒，叫做"软兜"；生炒叫炒脆鳝。红烧鳝段叫"火烧马鞍桥"，更粗的鳝段叫"闷张飞"。制鳝鱼都要下大量姜蒜，上桌后洒胡椒，不厌其多。

一九九二年九月十四日

肉食者不鄙

狮子头

狮子头是淮安菜。猪肉肥瘦各半，爱吃肥的亦可肥七瘦三，要"细切粗斩"，如石榴米大小（绞肉机绞的肉末不行），荸荠切碎，与肉末同拌，用手抟成拰柑大的球，入油锅略炸，至外结薄壳，捞出，放进水锅中，加酱油、糖、慢火煮，煮至透味，收汤放入深腹大盘。

狮子头松而不散，入口即化，北方的"四喜丸子"不能与之相比。

周总理在淮安住过，会做狮子头，曾在重庆红岩八路军办事处做过一次，说："多年不做了，来来来，尝尝！"想必做得很成功，因为语气中流露出得意。

我在淮安中学读过一个学期，食堂里有一次做狮子头，一大锅油，狮子头像炸麻团似的在油里翻滚，捞出，放在碗里上笼蒸，下衬白菜。一般狮子头多是红烧，食堂所做却是白汤，我觉最能存其本味。

镇江肴蹄

镇江肴蹄，盐渍，加硝，放大盆中，以巨大石块压之，至肥瘦肉都已板实，取出，煮熟，晾去水气，切厚片，装盘。瘦肉颜色殷红，肥肉白如羊脂玉，入口不腻。

吃肴肉，要蘸镇江醋，加嫩姜丝。

乳腐肉

乳腐肉是苏州松鹤楼的名菜，制法未详。我所做乳腐肉乃以意为之。猪肋肉一块，煮至六七成熟，捞出，俟冷，切大片，每片须带肉皮、肥瘦肉，用煮肉原汤入锅，红乳腐碾烂，加冰糖、黄酒，小火焖。乳腐肉嫩如豆腐，颜色红亮，下饭最宜。汤汁可蘸银丝卷。

腌笃鲜

上海菜。鲜肉和咸肉同炖，加扁尖笋。

东坡肉

浙江杭州、四川眉山，全国到处都有东坡肉。苏东坡爱吃猪肉，见于诗文。东坡肉其实就是红烧肉，功夫全在火候。先用猛火攻，大滚几开，即加作料，用微火慢炖，汤汁略起小泡即可。东坡论煮肉法，云须忌水，不得已时可以浓茶烈酒代之。完全不加水是不行的，会焦糊粘锅，但水不能多。要加大量黄酒。扬州炖肉，还要加一点高粱酒。加浓茶，我试过，也吃不出有什么特殊的味道。

传东坡有一首诗："无竹令人俗，无肉令人瘦，若要不俗与不瘦，除非天天笋烧肉。"未必可靠，但苏东坡有时是会写这种张打油体的诗的。冬笋烧肉，是很好吃。我的大

肉食者不鄙

姑妈善做这道菜，我每次到姑妈家，她都做。

霉干菜烧肉

这是绍兴菜，全国各处皆有，但不似绍兴人三天两头就要吃一次。鲁迅一辈子大概都离不开霉干菜。《风波》里所写的蒸得乌黑的霉干菜很诱人，那大概是不放肉的。

黄鱼鲞烧肉

宁波人爱吃黄鱼鲞（黄鱼干）烧肉，广东人爱吃咸鱼烧肉，这都是外地人所不能理解的口味，其实这种搭配是很有道理的。近几年因为违法乱捕，黄鱼产量锐减，连新鲜黄鱼都很难吃到，更不用说黄鱼鲞了。

火腿

浙江金华火腿和云南宣威火腿风格不同。金华火腿味清，宣威火腿味重。

昆明过去火腿很多，哪一家饭铺里都能吃到火腿。昆明人爱吃肘棒的部位，横切成圆片，外裹一层薄皮，里面一圈肥肉，当中是瘦肉，叫做"金钱片腿"。正义路有一家火腿庄，专卖火腿，除了整只的、零切的火腿，还可以买到火腿脚爪、火腿油。火腿油炖豆腐很好吃。护国路原来有一家本地馆子，叫"东月楼"，有一道名菜"锅贴乌鱼"，乃以乌鱼片两片，中夹火腿一片，在平底铛上烙熟，味道之鲜美，难以形容。前年我到昆明去，向本地人问起东月楼，说是早就没有了，"锅贴乌鱼"遂成《广陵散》。

华山南路吉庆祥的火腿月饼，全国第一。一个重旧秤四两，名曰"四两砣"。吉庆祥还在，而且有了分号，所制四两砣不减当年。

腊肉

湖南人爱吃腊肉。农村人家杀了猪，大部分都腌了，挂在厨灶房梁上，烟熏成腊肉。我不怎样爱吃腊肉，有一次在长沙一家大饭店吃了一回蒸腊肉，这盘腊肉真叫好。通常的腊肉是条状，切片不成形，这盘腊肉却是切成颇大的整齐的方片，而且蒸得极烂，我没有想到腊肉能蒸得这样烂！入口香糯，真是难得。

夹沙肉·芋泥肉

　　夹沙肉和芋泥肉都是甜的，夹沙肉是川菜，芋泥肉是广西菜。厚膘豚肩肉，煮半熟，捞出，沥去汤，过油灼肉皮起泡，候冷，切大片，两片之间不切通，夹入豆沙，装碗笼蒸，蒸至四川人所说"靶而不烂"倒扣在盘里，上桌，是为夹沙肉。芋泥肉做法与夹沙肉相似，芋泥较豆沙尤为细腻，且有芋香，味较夹沙肉更胜一筹。

白肉火锅

　　白肉火锅是东北菜。其特点是肉片极薄，是把大块肉冻实了，用刨子刨出来的，故入锅一涮就熟，很嫩。白肉火锅用海蛎子（蚝）作锅底，加酸菜。

烤乳猪

烤乳猪原来各地都有，清代满汉餐席上必有这道菜，后来别处渐渐没有，只有广东一直盛行，大饭店或烧腊摊上的烤乳猪都很好。烤乳猪如果抹一点甜面酱卷薄饼吃，一定不亚于北京烤鸭。可惜广东人不大懂得吃饼，一般烤乳猪只作为冷盘。

一九九二年九月九日

韭菜花

　　五代杨凝式是由唐代的颜柳欧褚到宋四家苏黄米蔡之间的一个过渡人物。我很喜欢他的字。尤其是"韭花帖"。不但字写得好，文章也极有风致。文不长，录如下：

　　　　昼寝乍兴，朝饥正甚，忽蒙简翰，猥赐盘飧。当一叶报秋之初，乃韭花逞味之始。助其肥羜（音柱）实谓珍羞。充腹之余，铭肌载切，谨修状陈谢，伏维鉴察，谨状。

　　　　　　　　　　七月十一日凝式状

　　使我兴奋的是：

　　一、韭花见于法帖，此为第一次，也许是唯一的一次。此帖即以"韭花"名，且文字完整，全篇可读，读之如今人语，至为亲切。我读书少，觉韭花见之于"文学作品"，这也是头一回。韭菜花这样的虽说极平常，但极有味的东西，是应该出现在文学作品里的。

二、杨凝式是梁、唐、晋、汉、周五朝元老，官至太子太保，是个"高干"，但是收到朋友赠送的一点韭菜花，却是那样的感激，正儿八经地写了一封信（杨凝式多作草书，黄山谷说："谁知洛阳杨风子，下笔便到乌丝阑"，"韭花帖"却是行楷），这使我们想到这位太保在口味上和老百姓的距离不大。彼时亲友之间的馈赠，也不过是韭菜花这样的东西。今天，恐怕是不行的了。

三、这韭菜花不知道是怎样做成的，是清炒的，还是腌制的？但是看起来是配着羊肉一起吃的。"助其肥羜"，"羜"是出生五个月的小羊，杨凝式所吃的未必真是五个月的羊羔子，只是因为《诗·小雅·伐木》有"既有肥羜"的成句，就借用了吧。但是以韭花与羊肉同食，却是可以肯定的。北京现在吃涮羊肉，缺不了韭菜花，或以为这办法来自蒙古或西域回族，原来中国五代时已经有了。杨凝式是陕西人，以韭菜花蘸羊肉吃，盖始于中国西北诸省。

北京的韭菜花是腌了后磨碎了的，带汁。除了是吃涮羊肉必不可少的调料外，就这样单独地当咸菜吃也是可以的。熬一锅虾米皮大白菜，佐以一碟韭菜花，或臭豆腐，或卤虾酱，就着窝头、贴饼子，在北京的小家户，就是一顿不错的饭食。从前在科班里学戏，给饭吃，但没有菜。韭菜花、青椒糊、酱油，拿开水在大木桶里一沏，这就是菜。韭菜花很便宜，拿一只空碗，到油盐店去，三分钱、五分钱，售货员就能拿铁勺子舀给你多半勺。现在都改成用玻璃瓶装，不卖零，一瓶要一块多钱，很贵了。

过去有钱的人家自己腌韭菜花，以韭花和沙果、京白梨一同治为碎菹，那就很讲究了。

云南的韭菜花和北方的不一样。昆明韭菜花和曲靖韭菜花不同。昆明韭菜花是用酱腌的，加了很多辣子。曲靖韭菜花是白色的，乃以韭花和切得极细的、风干了的茎蓝丝同腌成，很香，味道不很咸而有一股说不出来淡淡的甜味。曲靖韭菜花装在一个浅白色的茶叶筒似的陶罐里。凡到曲靖的，都要带几罐送人。我常以为曲靖韭菜花是中国咸菜里的"神品"。

我的家乡是不懂得把韭菜花腌了来吃的，只是在韭花还是骨朵儿，尚未开放时，连同掐得动的嫩薹，切为寸段，加瘦猪肉，炒了吃，这是"时菜"，过了那几天，菜薹老了，就没法吃了。作虾饼，以爆炒的韭菜骨朵儿衬底，美不可言。

附录：

《独坐小品》初版本目录

自序

人物品

---

    * 《独坐小品》，宁夏人民出版社，一九九六年十一月第一版第一次印刷。

编后记

　　汪曾祺生前出版的两种"小品"——《汪曾祺小品》和《独坐小品》，编选的时间间隔不长。《〈汪曾祺小品〉自序》写于一九九二年四月二十二日，书由中国人民大学出版社于当年十月出版；《〈独坐小品〉自序》写于一九九三年三月二十六日，宁夏人民出版社则在一九九六年十一月才出版此书。其中或有曲折，汪曾祺一九九三年二月六日所作《祈难老》一文交代："我将为深圳海天出版社编一本新的散文集，取名就叫《独坐小品》。"后来却由海天出版社换到了宁夏人民出版社。

　　《〈汪曾祺小品〉自序》就"小品"这一概念谈了不少："我在写作的时候，思想里甚至没有浮现过'小品文'这个名词。什么是'小品文'，也很难界定。……现在所说的'小品文'的概念是从英国的 Essay 移植过来的。Essay 亦称'小论文'，是和严肃的学术著作相对而言的。小品文对某个现象，某种问题表示一定的见解。《辞海》说小品文往往'夹叙夹议的讲一些道理'是对的。这些见解不一定深刻，但一定要是个人的见解。"

《独坐小品》也是"小品"，选文标准有近似处，共分为四辑：人物品、文章品、山水品、饮食品。本书重编，也仍然按照写人、论文、记游、谈吃四部分来增删。第一辑写人的文章，侧重短文，既有写师友的，也有描绘市井人物的。第二辑大体是短评和序言。第三辑中前五篇文章，都是《独坐小品》初版本收录的，《隆中游记》作者生前未发表，后由家人找出发表于二〇〇一年第四期《收获》杂志。第四辑写饮食的文章，与《旅食集》中此类文章相比较，拣择的是更接近"小品"的篇目。

李建新

二〇一七年四月十二日

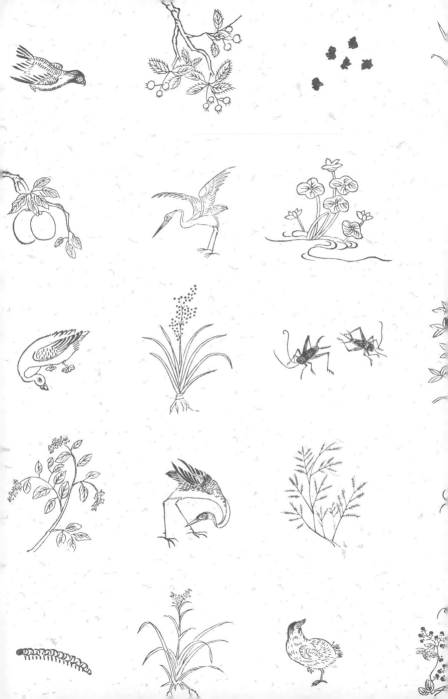